严景东◎著

聊齋誌異化讀

安徽师范大学出版社
ANHUI NORMAL UNIVERSITY PRESS
·芜湖·

图书在版编目(CIP)数据

《聊斋志异》化读 / 严景东著. -- 芜湖 : 安徽师范大学出版社, 2025. 2.
-- ISBN 978-7-5676-7165-2

Ⅰ. I207.419

中国国家版本馆 CIP 数据核字第 2025B7S191 号

《聊斋志异》化读

严景东◎著

LIAOZHAI ZHIYI HUADU

责任编辑:胡志恒　　　　　　　责任校对:平韵冉　王雨嫣
装帧设计:张德宝　汤彬彬　　　责任印制:桑国磊
出版发行:安徽师范大学出版社
　　　　　芜湖市北京中路2号安徽师范大学赭山校区
网　　址:https://press.ahnu.edu.cn
发 行 部:0553-3883578　5910327　5910310(传真)
印　　刷:安徽联众印刷有限公司
版　　次:2025年2月第1版
印　　次:2025年2月第1次印刷
规　　格:700 mm×1000 mm　1/16
印　　张:15　　插　页:9
字　　数:208千字
书　　号:978-7-5676-7165-2
定　　价:45.00元

凡发现图书有质量问题,请与我社联系(联系电话:0553-5910315)

促織

宣德間宮中尚促織之戲歲征民間此物故非西產有華陰令欲
媚上官以一頭進試使鬥而才因責常供令以責之里正市中游
俠兒得佳者籠養之昂其直居為奇貨里胥猾黠假此科斂丁口
每責一頭輒傾數家之產邑有成名者操童子業久不售為人迂
訥遂為華胥報充里正役百計營謀不能脫不終歲薄產累盡會
征促織成不敢斂戶口而又無所賠償憂悶欲死妻曰死何裨益
不如自行搜覓冀有萬一之得成然之早出暮歸提竹筒絲籠於
敗堵叢草處探石發穴靡計不施迄無濟即捕得三兩頭又劣弱
不中於款軍嚴限追比旬餘杖三百兩股間濃血流離並蟲亦不
能行捉矣轉側牀頭惟思自盡時村中來一駝背巫能以神卜妻
因具貲詣問見紅女白婆填塞門戶入其室則密室垂簾簾外設
香几問者熱香於鼎再拜巫從傍望空代祝唇吻翕闢不知何詞
各各竦立以聽少間簾內擲一紙出即道人意中事無毫髮爽成

《促织》（二）

《促织》（三）

囊共視人皮眉目手足無不備具道士卷之
如卷畫軸聲亦囊之乃別欲去陳氏拜迎於
門哭求回生之法道士謝不能陳氏益悲伏
地不起道士沈思曰我術淺誠不能起死我
指一人或能之往求必合有效問何人曰市
人有瘋者時臥糞土中試叩而哀之倘狂辱
夫人夫人勿怒也二郎亦習知之乃別道士
與嫂俱往見乞人顛歌道上鼻涕三尺穢不
可近陳膝行而前乞人笑曰佳人愛我乎陳

《画皮》（一）

《画皮》（二）

乩仙

章邱米步雲善以乩卜每同人雅集輒召仙相與賡和一

日友人見天上微雲得句請其屬對曰羊脂白玉天硯書

云問城南老董眾疑其不能對故妄言之後以故偶適城

南至一處土如丹砂異之有一叟牧豕其側因問之叟曰

此俗呼豬血紅泥地也忽憶乩詞大駭問其姓咨云我老

董也屬對不奇而預知過城南之必遇老董斯亦神矣

《乩仙》（二）

骂鸭

邑西白家莊居民某盜鄰鴨烹之至夜覺膚癢天明

視之茸生鴨毛觸之則痛大懼無術可醫夜夢一人

告之曰汝病乃天罰須得失家罵毛乃可落而鄰翁

素雅量生平失物未嘗微於聲邑某跪告翁曰鴨乃

某甲所盜彼深畏罵罵之亦可警將來翁笑曰誰有

閒氣罵惡人辛不罵某益窘因實告鄰翁翁乃罵其

病良已

《骂鸭》（一）

《骂鸭》（二）

則小倩也歡喜謝曰君信義十死不足以報請從歸識嬋姑膝御

無悔審諦之肌膚流霞足翹細筍白晝端好嬌豔尤絕遂與俱至齋

中囑曰少待先入白母母愕然時寧妻久病母戒毋言恐所驚駭言

次女已翩然入拜伏地下寧曰此小倩也母驚顧不遑女謂母曰兒

飄然一身遠父母兄弟蒙公子露覆澤被髮膚願執箕帚以報高義

母見其綽約可愛始敢與言曰小娘子惠吾兒老身喜不可已但

生平止此兒用承桃緒不敢令有鬼偶女曰兒實無二心泉下人旣

不見信於老母請以兄事依高堂奉晨昏如何母憐其誠允之即欲

拜嫂母辭以疾乃止女即入廚下代母饔入房穿戶似熟居者曰

暮母畏懼之辭使歸寢不為設床褥女窺知母意即竟去過齋欲入

郤步徘徊戶外似有所怯生呼之女曰室中劍氣畏人向道途之不

奉見者良以此故寧已悟為革囊取懸他室女乃入就燭下坐移時

殊不一語久之問夜讀否妾少誦楞嚴經今強半遺亡浣求一卷夜

《聶小倩》（一）

《聂小倩》（二）

《聂小倩》（三）

李超字魁吾淄之西鄙人豪爽好施僧一僧來托鉢李飽啖之僧甚感荷乃曰吾少林出也有薄技請以相授李喜館之客舍豐其給旦夕從學三月藝頗精意得甚僧問汝益乎曰益矣師所能者我已盡能之僧笑命李試其技李乃解衣唾手如猿飛如鳥落騰躍移時詡詡然驕人而立僧又笑曰可矣子既盡吾能請一角低昂李忻然即各交臂作勢既而支撐格拒李時時蹈僧忽一脚飛擲李已仰跌丈餘僧撫掌曰子尚未盡吾能也李以掌致地慚沮請教又數日僧辭去李由此以武名遨遊南北罔有其對偶適歷下見一少年尼僧弄藝於塲觀者填溢尼告衆客曰顛倒一身殊大冷落有好事者不妨下塲一戲如是三言衆相顧迄無應者李在側不覺技癢意氣而進尼便笑與合掌纔一交手尼便呵止曰此少林宗派也即問尊師何人李初不言尼固詰之乃以僧告尼拱手曰憨和尚汝師耶若爾不必較手足讓汝先李請再角尼曰既是憨師弟子同是箇中人無妨一戲但兩相會意可耳李諾之然以其文弱故易之又年少喜勝思欲敗之以要一日之名方頡頏間尼即遽止李問其故但笑不言李以為怯固請再角尼乃起少間李騰一踢去尼駢五指下削其股李覺膝下如中刀斧蹶仆不能起尼笑謝曰孟浪迕客幸勿罪李異歸月餘始愈後年餘僧復來為述往事僧驚曰汝太鹵莽惹他為幸先以我名告之不然股已斷矣

《武技》（一）

《武技》（二）

席方平

席方平，东安人。其父名廉，性戆拙。因与里中富室羊姓有郤。羊先死，数年，廉病垂危，谓人曰：“羊某今贿嘱冥使榜我矣。”俄而身赤肿，号呼遂死。席惨怛不食，曰：“我父朴讷，今见陵于强鬼。我将赴地下，代伸冤气耳。”自此不复言，时坐时立，状类痴。盖魂已离舍矣。席觉初出门，莫知所往，但见路有行人便问城邑。少选，入城。其父已收狱中。至狱门，遥见父卧檐下，似甚狼狈。举目见子，潸然流涕，便谓狱吏受赇嘱，日夜榜掠，胫股残甚矣。席怒，大骂狱吏：“父如有罪，自有王章，岂汝等死魅所能操耶！”遂出，抽笔为词。值城隍早衙，喊冤以投。羊惧，内外贿通，始出质理。城隍以所告无据，颇不直席。席忿气无所复伸，冥行百余里，至郡，以官役私状，告之郡司。迟之半月，始得质理。郡司扑席，仍批城隍覆案。席至邑，备受械梏，惨冤不能自舒。城隍恐其再讼，遣役押送归家。役至门而去。席不肯入，遁赴冥府，诉郡邑之酷贪，冥王立拘对质。二官密遣腹心与席关说，许以千金。席不听。过数日，逆旅主人告曰：“君负气已甚，官府求和而执不从。今闻于王前各有函进，恐事殆矣。”席以道路之口，犹未深信。俄有皂衣人唤入。升堂，见冥王有怒色，不容置词，命笞二十。席厉声问小人何罪，冥王漠若不闻。席受笞，喊曰：“受笞允当，谁教我无钱耶！”冥王益怒，命置火床。两鬼捽席下，见东墀有铁床，炽火其下，床面通赤。鬼脱席衣，掬置其上，反复揉捺之。痛极，骨肉焦黑，苦不得死。约一时许，鬼曰：“可矣。”遂扶起，促使下床着衣，犹幸跛踦而能行步。复至堂上，冥王问：“敢再讼乎？”席曰：“大冤未伸，寸心不死，若言不讼，是欺王也。必讼！”又问：“讼何词？”席曰：“身所受者，皆言之。”冥王又怒，命以锯解其体。二鬼拉去，见立木，高八九尺许，有木板二，仰置其下，上下凝血模糊。方将就缚，忽堂上大呼“席某”。二鬼即复押回。冥王又问：“尚敢讼否？”席答

《席方平》（一）

《席方平》（二）

前　言

一

　　蒲松龄，字留仙，一字剑臣，号柳泉居士，山东淄川（今淄博市）蒲家庄人。他生于明崇祯十三年（1640年），卒于清康熙五十四年（1715年），享年七十六岁，在清朝有七十二年。刚开始，父亲蒲槃苦读经史，但二十多岁还是个童生，家里又很穷，只好弃儒经商，赚了些钱，称为"素封"（无官爵封邑而富比封君的人）；因为四十多岁还没有子嗣，于是赚来的钱不是捐建寺庙，就是救济穷人，结果先后生下五个儿子，人口一下子多起来，渐渐家道中落，后来甚至没有能力为儿子请老师。蒲松龄从小聪慧好学，跟着父亲读书。十八岁结婚，婚后第二年参加考试，受到时任山东学政的诗人施愚山的赏识，连中三元（县、府、道均为第一），少年得志；考取秀才异常顺利，可功名迟迟不来。自从十九岁跨入科第举业第一道门槛，蒲松龄文名噪于一时，二十岁那年与几位同乡好友成立"郢中诗社①"，彼此唱和，切磋道德文章。大约在他二十四五岁时，

————————————
　　① 沈括《梦溪笔谈》卷五："世称善歌者皆曰'郢人'。"诗社取名"郢中"，可能带有诗文激励的用意。

蒲槃给儿子们分家，蒲松龄不久便为家计所迫，不得不去缙绅家坐馆教书。三十一岁时，南下江苏，给同乡好友孙蕙做幕宾①。这是他一生中唯一的远游，虽然相对惬意，但在外地不能参加乡试，八个月（一说为一年）后又回到淄川，继续教书和应考生涯。他先在城北二十里外的丰泉乡王家②，后在离家六十里的西铺村毕际有家，前后坐馆四十馀年。毕际有是前明户部尚书毕自岩（一作"毕自严"）之子，清初做过江南通州知州。毕家庭院宽大，占地十亩之广，小桥流水，花木扶疏，有石隐园、效樊堂、绰然堂等建筑，藏书异常丰富，主宾相处和谐。蒲松龄四十岁时受邀来到这里，一待就是三十几年，直到七十一岁告老还家。清代科举是三年举行一次，他从二十岁开始，大约考到六十多岁，足足考了十几次，但全都以失败收场，七十二岁时才援例成为岁贡生③，四年后便与世长辞，终身未能中举。

蒲松龄幼读诗书，受过系统的儒学教育，入世进取，既有热衷功名的个人追求，也有成就一番事业济世利民的理想，无奈怀才不遇，终身困顿场屋，有志难酬。蒲氏抑郁不平的心绪无意间成就了《聊斋志异》（"聊斋"为其书斋名）这一播惠后世的杰作，是今天读者的幸运。他毕生执着于科考而屡战屡败，四十多年坐馆授业独守书斋，除短暂远游之外一直生活在家乡周边，这些特殊的经历使得《聊斋志异》的创作成为他事业、生活的一部分，几乎是唯一的精神寄托。现有的研究表明，《聊斋志异》是陆续完成的，最早的篇章成于三十岁之前，初具规模当在十年后设帐毕氏之始，六十八

---

① 孙蕙，顺治十八年进士，康熙八年出任宝应知县，后奉命兼署高邮州事。中进士前与蒲松龄自然相识。

② 王氏兄弟中，王观正与蒲松龄交情最深，是孙蕙的妹夫。

③ 明清两代，每年或两三年从府、州、县学中选送廪生升入国子监肄业，称"岁贡"。蒲松龄四十三岁时成为廪生，即由公家供给膳食的生员（又称廪膳生），每月可领四两银子的膳食津贴。

岁还在续写新篇，增补、修订工作始终没有间断过。

二

《聊斋志异》中短篇小说分量最大，且多为精品。内容或抨击官场黑暗，或针砭科场丑恶，或颂美真情与善德；取材极广泛，正史野史、传闻异辞、道听途说等无所不包；艺术上既有加工，更有新创，尤以写花妖狐魅见长。

《聊斋志异》是"鬼狐史"也是孤愤之书，蒲松龄以奇幻的意象进行虚构性创作，表现其精神世界与理想追求。"鬼狐变化无方，形迹诡秘，自可呼来挥去，运用自如，增加作品的生动及戏剧性"（罗敬之）[①]；作者选择超现实题材，让花妖狐魅频繁出现于笔下，甚至安排它们成为故事的主角，或许有这方面的考虑。马振方先生认为，《聊斋志异》的小说作品大体分讽喻和写情两类，后者又以表现爱情主题为最多。赵伯陶先生说，"蒲松龄一生有强烈的文人自恋心理，常高自位置，满足于精神贵族的自身想象""性有所癖，情有独钟，正是士林文化的重要品格，惟其如此，才造就了旧时代文人沉迷于书城学海并自得其乐的兴趣和勇气""蒲松龄常将青云有路与佳人在室视为是人生的两大愿望，在旧时文人心目中，这两种愿望往往有代偿作用，并且以后者代偿前者最为普遍""《聊斋》写情有代偿自己'风云不展'的用心"[②]。

作者在继承历代小说创作成果的基础上多有突破。他"很注重文采与意想，也注意于文备众体"，不但灵活运用诗词、骈文等推动情节的发展，描写人物的心理，有时还"把两个以至更多的故事组成一篇复合型的小说"，"加强了传奇性"[③]。正是从这个意义上

---

① 魏子云主编：《中国文学讲话·第10册》，贵州教育出版社2014年版，页295。
② 赵伯陶：《聊斋志异详注新评》，人民文学出版社2016年版，前言，页7—10。
③ 程毅中：《古体小说论要》，华龄出版社2009年版，页87、91、92。

说，《聊斋志异》是一部意趣横生的文学精品集。所谓意趣，大要为情趣与理趣，情能感人，理以服众，感性带来审美的愉悦，理性引发深刻的思考。蒲氏的"聊斋"是一个全新的艺术世界，深厚、丰富而立体。

三

实事求是地说，《聊斋志异》的阅读门槛没有我们想象得那么低。罗敬之先生就认为，它的"文字仍似稍涉艰深，不适宜程度较低读者"[①]。孙犁先生非常推崇唐代散文，"在描述中间，使读者直面事物，而忘记作者的技巧；只注意事物的发展变化，绝不考虑作者的情节构思。这才可以叫做出神入化"，他说，"《聊斋志异》纪事，固有其文字之妙，但和唐人纪事比较，仍见其人为的痕迹"[②]。

平心而论，要想做到"出神入化"，谈何容易！优秀文人凭借匠心"人为"经营，呈现的文字之妙，不是正可以成为青少年学习的范本么。换句话说，对于语文学习者而言，《聊斋志异》恰是难得的理想教材。

苏轼指示子侄作文，以为"凡文字，少小时须令气象峥嵘，采色绚烂，渐老渐熟乃造平淡；其实不是平淡，绚烂之极也"[③]，这与孙犁的看法不谋而合："因少年感情盛，文思敏捷，出词清丽，易招赞美。个人色彩重，人生经验不足，亦易因骄傲，招致祸败。晚成者，其文字得力处，即不止情感属词，亦包蕴时代社会。然冲淡谦和，易失朝气。固知此道，甚难两全，实则不可偏废也。"[④]

汉语有很强的意会性，讲究言外之意、话外之音，对读者而言，在不失原意的基础上读出字里行间的深义及韵味，需要有效的

---

① 魏子云主编：《中国文学讲话·清代文学》，贵州教育出版社2014年版，页298。

② 孙犁：《野味读书》，东方出版中心2008年版，页162。

③ 张志烈、马德富、周裕锴主编：《苏轼全集校注》，河北人民出版社2010年版，页8864。

④ 孙犁：《野味读书》，东方出版中心2008年版，页238。

训练，而训练的材料尤为重要。《聊斋志异》正是这样的作品，它能让我们充分领略语言文字的魅力，学可致用。

又一月，苦不可忍，而道士并不传教一术。心不能待，辞曰："弟子数百里受业仙师，纵不能得长生术，或小有传习，亦可慰求教之心；今阅两三月，不过早樵而暮归。弟子在家，未谙此苦。"道士笑曰："我固谓不能作苦，今果然。明早当遣汝行。"王曰："弟子操作多日，师略授小技，此来为不负也。"道士问："何术之求？"王曰："每见师行处，墙壁所不能隔，但得此法足矣。"道士笑而允之。乃传以诀，令自咒毕，呼曰："入之！"王面墙，不敢入。又曰："试入之。"王果从容入，及墙而阻。道士曰："俯首骤入，勿逡巡！"王果去墙数步，奔而入；及墙，虚若无物；回视，果在墙外矣。（《劳山道士》）

这段文字，人物对话洗练凝缩而又口吻毕肖，作者以文言融合口语，下足了提炼加工的功夫。"今阅两三月""未谙此苦""弟子操作多日""每见师行处""俯首骤入，勿逡巡"，化俗为雅，韵味十足。王生只为一心求"术"，试看临别之际，他念叨的都是"传教""传习""授"，老师早就猜到了这一点，双方心知肚明。"何术之求"即"求何术"，将"何术"前置强调，自然契合场景及人物心理。

蒲氏终生以书为伴，沉浸坟典，精于语娴于文，深通故实，落笔古雅，造句精致，行文简明精炼而不乏生动。片言只语凸显魅力，而运用之妙存乎一心——语文学习者急需培养这种敏感力。

《聊斋志异》是蒲松龄转益多师的创作结晶。这一点，赵伯陶先生研习有年，探精索微，最有心得，《聊斋志异详注新评》一书所论尤为详备。"语词、典故或直接取用于正史,特别是《左传》《战国策》以及'前四史',即《史记》《汉书》《后汉书》《三国志》,尤受作者青睐;至于《太平广记》等类书,更是其取资的宝山","清代文人自幼从事八股举业,于《四书》《五经》早已烂熟于心,所以吕湛恩、何垠注释《聊斋》,遇有经书语,以为尽人皆知,多不加注,若注出反成蛇足。然而经书典对于今天的读者则相当陌生,必须出注方妥,否则就会莫名其妙"[1]。

中国传统文化博大精深,包罗万象,很多知识对于当时的人是常识,今天的读者却感到陌生。语言不仅是思维的物质外壳,还暗含审美体验,包蕴着厚重的文化气息,所谓只词着意、片语传神。

> 一叟儒冠南面坐,一媪相对,俱年四十馀。东向一少年,可二十许;右一女郎,裁及笄耳。酒胾满案,团坐笑语。生突入,笑呼曰:"有不速之客一人来!"群惊奔匿。独叟出,叱问:"谁何入人闺闼?"生曰:"此我家闺闼,君占之。旨酒自饮,不一邀主人,毋乃太吝?"叟审睇,曰:"非主人也。"生曰:"我狂生耿去病,主人之从子耳。"叟致敬曰:"久仰山斗!"乃揖生入,便呼家人易馔。生止之。叟乃酌客。(《青凤》)

座次有尊卑,具体情况比较复杂。古人席地而坐,室内以坐西向东(东向)为最尊,坐北向南次之,坐南朝北再次,坐东向西最卑。这一节文字叙青凤一家夜宴而坐,叟最尊,南面坐;次之是"一媪相对";再次,乃其右手边的孝儿,东向;最卑者为青凤,坐叟的左手也就是耿去病眼中的右手边,故曰"右一女郎"。人物年

---

[1] 赵伯陶:《聊斋志异详注新评》前言,页21-22。关于《聊斋志异》的取材,学界考稽成果丰富,朱一玄先生《〈聊斋志异〉资料汇编》所集尤夥。

辈、尊卑关系一目了然。像这样涉及古代衣冠服饰、尊卑座次、建筑居室、礼让谦敬等方面的文化知识，只有充分熟悉并将它们和文本结合起来，才可能真正理解作品。

《聊斋志异》以鲜活的内容提供了宝贵的读写门径，循序渐进地阅读，能极大地提升艺术鉴赏力，以及对传统文化的领悟力。

四

在普通高中语文课程中，中国传统文化作品的研习历来是一项重要的内容，文言文在教学中的地位不言而喻。然而，文言文教学的效果一直都不尽如人意，乃是不争的事实。细究起来原因很多，但主要的不外乎教不合理、学不得法。"疏通文意—串讲内容—分析赏读"的教学流程，因易于操作而长期流行，结果"言""文"分离，隔靴搔痒；名为重视积累，实则固守"词类活用"、迷信"特殊句式"的学法几乎成为学习常规——教得无趣，学得吃力，恶性循环而形成死扣。

合理得法的教学要遵循规律，充分尊重学生的身心特点及阅读的一般习惯。这里面，兴味是基础，获得阅读的快感又是兴味浓厚的前提。阅读搔到痒处，才能带来情绪刺激，所谓会心一笑，正是愉悦的表现。这种阅读的敏感尽管不排除天赋因素，但更多的要靠训练习得。教师的职责就是坚持"言在文中，文以言传"的原则，揭示作者的奇思妙笔，点拨字里行间的精彩，从而引导学生养成阅读习惯，提升阅读品位。习惯不是有意注意而是下意识的行为惯性；提升品位，训练的起点不宜太低。此其一。

语言的时代差异客观存在，古今言殊。知道文言以单音节词为主的特点，自然会明白，文言"妻子"相当于现在口语里的"老婆孩子"，不必死记硬背。语言的变化有一个渐进的过程，古今词义及其用法之间有着千丝万缕的联系，不可能迥异也无法割裂。两千

多年前记录在书里的话，像"子非鱼，安知鱼之乐"之类，今天的初中生几乎一看就懂；见惯了"能言善辩""能文能武"等成语，再读"假舟楫者，非能水也，而绝江河"，也不必固守"水，名词活用作动词，这里指游泳"的解释。对于"古今异义""词类活用""特殊句式"等辅助性概念，切不可先入为主，只有读了一定数量的文言作品后按类梳理，积累才会发挥作用。此其二。

学习文言，要熟悉古人的那一套表达系统，初学者宜用从特殊到一般的归纳法而非由一知十的演绎法。换句话说，试图用先验的规则解决新碰到的问题，效果不会太好；反之，通过教师的示范，从单篇开始研习，于关节处见醒豁、平常中见精彩，循序渐进——突破，计日程功。"多读多写"并非老生常谈的空话，弄清楚其中的科学道理，选准合适的好书扎扎实实地读、认认真真地想，读写相生，方有实效。

当然，传统经典汗牛充栋，无论是谁，即使倾其毕生精力废寝忘食地读，所读数量也极为有限。况且所为未必能达所求，结果与初衷常不一致，读书的关键，质重于量。

好东西太多，取之不尽，但"吾生也有涯"，遗憾不可避免。为了缓解这一矛盾，前人一直在探索，提出了很多方案，有想法也有实践。要而言之，核心无非是取舍；取舍当然得有标准，而标准又只能是相对的。主要意见分两派，一派是厚古薄今，以创始为功为贵，推重原典而略论其他。王鼎钧先生就说："一本大书比得上几十本、几百本小书。所谓大书是指学派的开山祖师或者集大成的学者写成的经典之作，这种书问世以后，世界上就有许多书一再重复他说过的话。书店里的书虽然很多，把它们的内容归纳一番，每一类都跳不出几本大书的范围。①

另一派则以为集思广益，主张去粗存精连珠合璧。关于学习材

---

① 王鼎钧：《开放的人生》，生活·读书·新知三联书店 2014 年版，页 120-121。

料，以选文系统为特色。具体做法有二，或从多种典籍中萃取精华，汇成一编（包括丛编）；或专就某一著作予以删削，精简为册。现行的统编语文教材，延续了这一编选传统，其中，高中必修、选择性必修模块及部分选修模块，以前者为主；贯彻国家课程精神的选修模块，有单一著作选本。

参考大多数学者的治学经验，文言文初学者以由选本入门为宜。对中学生来说，博采众长类的，传统的《古文观止》而外，朱自清先生的《经典常谈》已进入新版教科书。吕叔湘先生、张中行先生、周正逵先生先后选编过《文言读本》，锺叔河先生出过几个版本的《念楼学短》，等等，这些都很值得研习。单一著作类的，像《诗经选读》《史记选读》等各具特色的选本不一而足，大可按需而得。

基于这样的认识、体会，结合当前文言文教学的实际，我开始考虑编注新选本的可能。有意无意地，《聊斋志异》进入了视野。

五

《聊斋志异》版本众多。张友鹤辑校的《聊斋志异》会校、会注、会评本（中华书局上海编辑所1962年版，简称"三校本"），任笃行辑校的《全校会注集评聊斋志异》（齐鲁书社2000年版，简称"全校本"），普遍受到学界好评。盛伟的《聊斋志异校注》（山西人民出版社2000年版），马瑞芳的《重校评批聊斋志异》（河北教育出版社2008年版，分4卷），同样是多年沉潜于蒲学研究取得的宝贵成果。这些版本的学术性都较强。

岳麓书社1988年版《聊斋志异（全本）》、上海古籍出版社2004年版《聊斋志异图文本》（全3册），只给白文而没有注释，不太适合普通读者。广西民族出版社1990至1991年陆续出版的《聊斋志异对照注译析》（邱胜威主编，共六卷），漓江出版社1992年版

的《聊斋志异评赏大全》（马振方主编，分上下卷），篇目全收全选，有析有评，丰富有余而针对性稍弱，且卷帙较繁，使用起来不很方便。

人民文学出版社2016年版的《聊斋志异详注新评》（赵伯陶注评），以"全校本"为底本，详注新评，至皇皇四厚册。"蒲松龄常年涵泳于文献典籍中，操觚为文，用词遣句皆惨淡经营，多有出典，注释其小说不厌其详，或多列书证，或详明其典故之来龙去脉，方有可能使读者阅读在简单接受的基础上向复杂接受迈进，尽可能领悟作者的用心良苦。详注《聊斋》，实为令今天读者从普及到提高的不二法门"[①]，实为的论。赵先生以"士林文化"解读《聊斋志异》，理论创获令人耳目一新，嘉惠后学；每一篇末尾附以"简评"，对题材选择与思想内容多有详论，艺术手法的点示相对从略。这和钱锺书先生著《宋诗选注》同理，智者会心，无需繁词，但对学力一般的读者来说，尚感不能尽兴。

普及性选本方面，以张友鹤《聊斋志异选》（人民文学出版社1956年版）为肇端，数量甚夥，其中，马振方《聊斋志异（精选本）》（高等教育出版社2008年版）和周先慎《周先慎细说聊斋》（上海三联书店2015年版）等是不错的本子。这些选本依照一定的标准择善而从，讲究传承且各有特色，选篇数量相对适中，公论的名篇也多在列。

中学生正处在阅读的黄金期，无论是狭义层面的语文学习，还是广义层面的传统文化熏陶，都需要兴味的引领，需要因文入情、揆情度理的阅读示范，以及搔到痒处的阅读点拨，从而循序渐进地提升语文核心素养。略显遗憾的是，迄今为止，还没有看到以中学生等为特定对象，在词语释解、典故探源、传统文化阐释、艺术特色鉴赏等方面精耕细作，帮助他们提升文言阅读水平及文言作品鉴

[①] 赵伯陶：《聊斋志异详注新评》，人民文学出版社2016年版，页27。

赏能力的合适选本。这本《聊斋志异化读》，就是预备给他们（或同等学力人群）读的。当然，对《聊斋志异》有兴趣的一般读者，翻一翻这本小书，相信也不无益处。

六

本书正文部分以"详注新评"本为底本，参以"全校本""三校本"，个别处出于己意。选文与注解、品析，综合考虑题材、体式、语言等三方面因素。

按照《聊斋志异》的题材分类，本书既选"刺贪刺虐""写鬼写妖"的名篇，也收推举仁孝、劝善奖善、歌咏真情挚爱的佳作。

体式方面，所选以小说为主。我们现在所称的小说，是近、现代蔚为大观的一种文学样式。"小说"一词，最早出自《庄子·外物》，意思是偏颇琐屑的言论。《汉书·艺文志》中，小说家列于九流十家之末，"小说"指的是街谈巷语或道听途说的内容，后来借以称丛杂的著作。以演述故事为重点的小说，滥觞于先秦的神话、传说、寓言①，逐步经过魏晋志怪、唐传奇、宋元话本等演变，发展成为虚构的故事性文体的专称，至明清而盛极一时。《聊斋志异》是清代的一部文言作品集，收文近五百篇。"志异"就是"志怪"，聊斋所记怪异，既有诉诸虚构的创造，也包含生活异闻的实录。《聊斋志异》一书被学界誉为"文言小说的艺术高峰"，其中的"小说"属于概而言之。实际情况是，《聊斋志异》中大部分篇章是今天所谓小说，还有一部分是琐闻的笔记。本书所选的多数篇目为公认的小说精品，适当收入带有实录性质的笔记小品。

在优先考虑思想内容和艺术特色的基础上，重点兼顾选篇的语

---

① 按照叶庆炳先生的说法,小说的起源有神话和寓言两个源头,前者没有什么含义,后者则寓有所指。小说要透过故事表现出思想,因而寓言更接近小说。参见《中国文学讲话（第1卷）》之《小说的兴起与演变》。

言，以词语意义多样、用法灵活，思维特征突出，文化信息丰富为标准。

本书的编撰体例定型较早，实受王鼎钧先生《古文观止化读》一书的启发。化，有"教育""受感染""变化""生长"等多重含意，作为一种读解方式，"化读"兼有上述含意；本书对《聊斋志异》选篇的解析、评鉴等，遵循"化读"的理念，以字（词）义、句法、典故、写作缘由、写作者知识背景等的解释为基础，进而推进到对作品谋篇布局、修辞技巧乃至风格气势等的分析，助力读者深入、真切地把握文章的优长，秉持"读写相生"的原则，点化系随文而设，灵活不拘一格。每一选篇均以"导—注—解—赏"的暗线串起：开头为导读性质的文字，内容少拘束，形式尽量活泼；中间为选文，根据阅读需要随文夹注，段落之间作词句和文意解读；末尾为赏析，不求面面俱到，一般仅选一至两点，或思想内容或艺术特色，约略开示即止，力求对读者有所启发。

本书是芜湖市普通高中校本课程项目"统编教材背景下的传统文化经典选读校本课程"的研究成果。项目实施前期，部分篇目已经在一线教学中使用，反馈情况良好；后续跟进则做了适当调整。作为选修课程之一，其综合应用效果尚待全面反馈及进一步检验。

本人学殖浅薄，编撰是书自不量力，唯有焚膏继晷以蛮力补拙，或能稍减舛误。敝帚不敢自珍，深恐过在目前而己不见，恳请方家不吝指教，敬致谢忱。

辛丑季秋初稿 甲辰孟冬改定

习安居主人谨识

目　录

《聊斋志异》

化

读

聊斋自志

　　披萝带荔，三闾氏感而为《骚》①；牛鬼蛇神，长爪郎吟而成癖②。自鸣天籁，不择好音，有由然矣③。松，落落秋萤之火，魑魅争光；逐逐野马之尘，罔两见笑④。才非干宝，雅爱搜神；情类黄州，喜人谈鬼⑤。闻则命笔，遂以成编⑥。久之，四方同人，又以邮筒相寄⑦，因而物以好聚，所积益夥⑧。甚者，人非化外，事或奇于断发之乡⑨；睫在眼前，怪有过于飞头之国⑩。遄飞逸兴，狂固难辞；永托旷怀，痴且不讳⑪。展如之人，得毋向我胡卢耶⑫？然五父衢头，或涉滥听⑬；而三生石上，颇悟前因⑭。放纵之言，有未可概以人废者⑮。松悬弧时，先大人梦一病瘠瞿昙，偏袒入室⑯，药膏如钱，圆粘乳际。寤而松生，果符墨志⑰。且也少羸多病，长命不犹⑱。门庭之凄寂，则冷淡如僧；笔墨之耕耘，则萧条似钵⑲。每搔头自念：勿亦面壁人果是吾前身耶⑳？盖有漏根因，未结人天之果㉑；而随风荡堕，竟成藩溷之花㉒。茫茫六道，何可谓无其理哉㉓！独是子夜荧荧，灯昏欲蕊㉔；萧斋瑟瑟，案冷疑冰㉕。集腋为裘，妄续幽冥之录㉖；浮白载笔，仅成孤愤之书㉗。寄托如此，亦足悲矣㉘。嗟乎！惊霜寒雀，抱树无温㉙；吊月秋虫，偎阑自热㉚。知我者其在青林黑塞间乎㉛！

康熙己未春日㉜

注　释

①〔披萝带荔，三闾氏感而为《骚》〕《楚辞·九歌·山鬼》："若有人兮山之阿，被薜荔兮带女萝。"被，通"披"，搭衣于肩背。萝、荔均为香草。松萝，又名女萝，蔓生植物，色青灰，缘松柏或其他乔木而生，间有寄生石上者，枝体下垂如丝状；薜（bì）荔，又称木莲，常绿藤本，蔓生，叶椭圆形，花极小，隐于花托内。三闾氏，指屈原（约前339—前278），名平，字原，又自云名正则，字灵均，战国楚人，曾任三闾大夫，掌管楚国昭、屈、景三姓贵族；楚顷襄王即位，屈原遭放逐，流浪于沅、湘一带，深感楚国濒于危亡，终投汨罗江而死。骚，诗体的一种，即楚辞体，这里指《九歌·山鬼》。

②〔牛鬼蛇神，长爪郎吟而成癖〕唐杜牧《〈李贺集〉序》："鲸呿（qù）鳌掷，牛鬼蛇神，不足为其虚荒诞幻也。"意思是，无论张嘴的巨鲸、跳跃的海龟，还是牛首之鬼、蛇身之神，都不足以比况李贺作品的虚幻怪诞。长爪郎，李贺的别称。唐李商隐《李长吉小传》："长吉细瘦，通眉，长指爪，能苦吟疾书，最先为昌黎韩愈所知。"李贺（790—816），字长吉，唐福昌（今河南省洛阳市宜阳县）人，吟诗成癖，"每旦日出，与诸公游……恒从小奚奴骑距驴，背一古破锦囊，遇有所得，即书投囊中"，其诗务求新奇，有"鬼才"之称。

③〔自鸣天籁，不择好音，有由然矣〕自鸣，自我表白、自我显示。天籁，原指自然界的风声、鸟声、流水声等响动，这里喻指诗文浑然天成有自然之趣。《庄子·齐物论》记述南郭子綦与学生颜成子游的一段对话，谈到与"人籁""地籁"相比，天籁"夫吹万不同，而使其自己也，咸其自取"，意思是天籁虽然多种多样，

但发动和停息都出于自身。好音，悦耳之音。《诗·鲁颂·泮水》："食我桑黮，怀我好音。"由然，原委，来由。《汉书·匡衡传》："此非其天性，有由然也。"

④〔松，落落秋萤之火，魑魅争光；逐逐野马之尘，罔两见笑〕松，蒲松龄自称。落落，与人疏远寡合，形容孤高。晋左思《咏史》其八："落落穷巷士，抱影守空庐。"晋崔豹《古今注·鱼虫》："萤火……腐草化之，食蚊蚋。"魑魅争光，反用嵇康典故。晋裴启《语林》："嵇中散夜灯火下弹琴，忽有一人，面甚小，斯须转大，遂长丈馀。颜色甚黑，单衣皂带。嵇视之既熟，乃吹灯灭，曰：'吾耻与魑魅争光！'"嵇康，字叔夜，拜中散大夫，世称嵇中散。魑魅，原指能害人的山泽之神怪，这里泛指鬼怪。逐逐，奔忙貌。《易·颐》："虎视眈眈，其欲逐逐。"《庄子·逍遥游》："野马也，尘埃也。生物之以息相吹也。"野马，野外蒸腾的水气，这里指尘埃。罔两见笑，《南史·刘粹传》："（刘）损同郡宗人有刘伯龙者，少而贫薄，及长，历位尚书左丞、少府、武陵太守，贫窭（同"窭"jù）尤甚。常在家慨然，召左右将营十一之方，忽见一鬼在傍抚掌大笑。伯龙叹曰：'贫穷固有命，乃复为鬼所笑也。'遂止。"《左传·宣公三年》："故民入川泽、山林，不逢不若。螭魅罔两，莫能逢之。"罔两，通"魍魉"，传说中的山川精怪，此处泛指鬼物。

⑤〔才非干宝，雅爱搜神；情类黄州，喜人谈鬼〕干宝，字令升（？—336），东晋新蔡（今属河南）人，史学家、文学家；博学，以才器召为著作郎，"撰集古今神祇灵异人物变化，名为《搜神记》，凡三十卷。以示刘惔（dàn），惔曰：'卿可谓鬼之董狐。'"其《搜神记序》自谓"及其著述，亦足以明神道之不诬也"。（《晋书·干宝传》）雅爱，素来爱好。搜神，搜辑有关神鬼一类的故事。苏轼（1037—1101），字子瞻，号东坡居士，北宋眉山（今属

四川省）人，元丰二年（1079）被贬为黄州团练副使。这里以"黄州"代指苏轼。宋叶梦得《避暑录话》："子瞻在黄州及岭表，每旦起，不招客相与语，则必出而访客。所与游者亦不尽择，各随其人高下，谈谐放荡，不复为畛畦。有不能谈者则强之说鬼，或辞无有，则曰'姑妄言之'。于是闻者无不绝倒，皆尽欢而后去。"

⑥〔闻则命笔，遂以成编〕命笔，执笔写作。编，书的计数单位，这里指书的一部分。

⑦〔四方同人，又以邮筒相寄〕同人，志同道合的朋友。《易·同人》："同人于野，亨。"唐孔颖达疏："同人，谓和同于人。"意为志气相同、与人和协，亨通。邮筒，古代封寄书信的竹筒。

⑧〔因而物以好聚，所积益夥〕物以好（hào）聚，事物因人之爱好而聚集。物，这里指有关谈狐说鬼的故事。夥（huǒ），众多。

⑨〔人非化外，事或奇于断发之乡〕化外，政令教化达不到的地方。断发，截短头发。断发之乡，意为蛮荒之地。先秦时荆楚、吴越等地处偏僻，习俗不同，被中原视为蛮荒。《庄子·逍遥游》："宋人资章甫而适诸越，越人断发文身，无所用之。"《史记·吴太伯世家》："太王欲立季历以及昌，于是太伯、仲雍二人乃奔荆蛮，文身断发，示不可用，以避季历。"南朝宋裴骃集解引应劭曰："常在水中，故断其发，文其身，以象龙子，故不见伤害。"

⑩〔睫在眼前，怪有过于飞头之国〕唐杜牧《登池州九峰楼寄张祜》："睫在眼前长不见，道非身外更何求。"睫在眼前，指距离极近之处。晋王嘉《拾遗记》："因墀国献五足兽，状如师子……问其使者五足兽是何变化，对曰：'东方有解形之民，使头飞于南海，左手飞于东山，右手飞于西泽，自脐以下，两足孤立。至暮，头还肩上，两手遇疾风飘于海外，落玄洲之上，化为五足兽，则一指为一足也。其人既失两手，使傍人割里肉以为两臂，宛然如旧也。'

因墀国在西域之北。"唐段成式《酉阳杂俎·境异》："岭南溪洞中，往往有飞头者，故有飞头獠子之号。头将飞一日前，颈有痕，匝项如红缕，妻子遂看守之。其人及夜状如病，头忽生翼，脱身而去，乃于岸泥寻蟹蚓之类食，将晓飞还，如梦觉，其腹实矣。"明费信《星槎胜览·占城国》："相传尸头蛮者，本是妇人也，但无瞳人为异。其妇与家人同寝，夜深飞头而去，食人秽物，飞头而回，复合其体，仍活如旧。若知而封固其项，或移体别处，则死矣。"飞头之国，指传说中离奇怪诞的国度。

⑪〔遄飞逸兴，狂固难辞；永托旷怀，痴且不讳〕唐王勃《秋日登洪府滕王阁饯别序》："遥襟甫畅，逸兴遄飞。"遄（chuán），疾速。逸兴，超逸豪放的意兴。旷怀，豁达的襟怀。明冯梦龙《情史》："人生烦恼思虑种种，因有情而起。浮沤石火，能有几何，而以情自累乎？自达者观之，凡情皆痴也，男女抑末矣。"痴，指对于情事的迷恋。

⑫〔展如之人，得毋向我胡卢耶〕《诗·鄘风·君子偕老》："展如之人兮，邦之媛也。"宋朱熹集注："展，诚也。"清王先谦《集疏》认为"展"相当于"乃"。展如之人，这里指杰出之人。得毋，多作"得无"，相当于"莫非"。胡卢，也作"卢胡"，喉间的笑声。

⑬〔然五父衢头，或涉滥听〕衢（qú），四通八达的道路。五父衢，古代地名，在今山东曲阜东南五里。《左传·襄公十一年》："季武子将作三军……乃盟诸僖闳，诅诸五父之衢。"《史记·孔子世家》："丘生而叔梁纥死，葬于防山。防山在鲁东，由是孔子疑其父墓处，母讳之也。孔子为儿嬉戏，常陈俎豆，设礼容。孔子母死，乃殡五父之衢，盖其慎也。"滥听，虚妄不实之传闻。《左传·昭公八年》："石不能言，或冯焉；不然，民听滥也。"晋杜预注："滥，失也。"唐孔颖达正义："或民听滥，失实，无言而妄称有言也。"

⑭〔而三生石上，颇悟前因〕三生，佛教称前生、今生、来生为"三生"。明田汝成《西湖游览志·北山胜迹》："三生石，在寺后。唐时有李源者，京洛人……居惠林寺者三十年。与僧圆泽友善，相约游蜀中峨眉山。源欲自荆州溯峡，泽欲取长安斜谷路，源不可，曰：'吾已绝世事，岂可复道京师哉？'泽默然久之，曰：'行止固不由人。'遂自荆州路，舟次南浦，见妇人锦裆负甏（zhòu）而汲。圆泽曰：'此吾托身之所也。'源惊问之，泽曰：'妇人姓王氏，吾当为之子，孕三岁矣。吾不来，故不得乳，今既见，无可逃者。公当以符咒助我速生。三日浴儿时，公临视，我以笑为信。后十三年中秋月夜，当与公相见于杭州天竺寺。'源悲悔，为具沐浴，易服。至暮，泽亡而妇乳。三日，往视之，儿见源果笑。源遂不果入蜀，反居惠林。后十三年，自洛适杭州，赴其约所，闻葛洪井畔有牧童，菱髻骑牛，歌竹枝，隔水呼源，觇之，乃圆泽也。歌曰：'三生石上旧精魂，赏月临风不要论。惭愧情人远相访，此身虽异性常存。'……遂拂袖入烟霞而去。"前因，佛教语，谓事皆种因于前世，故称。

⑮〔放纵之言，有未可概以人废者〕放纵之言，纵情率性之语。概，全，一律。《论语·卫灵公》："子曰：'君子不以言举人，不以人废言。'"

⑯〔松悬弧时，先大人梦一病瘠瞿昙，偏袒入室〕古代风俗尚武，家中生男，则于门左挂弓一张，后因称生男为悬弧。语本《礼记·内则》："子生，男子设弧于门左，女子设帨（shuì）于门右。"先大人，指作者已亡故的父亲蒲槃（？—1661），字敏吾。瞿昙（一译乔答摩），本为佛祖释迦牟尼的姓，常用作佛的代称，这里借指一般僧人。《释氏要览·礼数·偏袒》："天竺之仪也，此礼自曹魏世寖至今也。律云偏露右肩，即肉袒也。律云：一切供养，皆偏袒，示有便于执作也。……若入聚落俗舍，皆以袈裟通披之。"佛

教徒穿袈裟，袒露右肩，谓之"偏袒"，以示恭敬，且便于执持法器。

⑰〔寤而松生，果符墨志〕寤（wù），睡醒。墨，黑色。志，通"痣"，人体皮肤所生的有色的斑点或小疙瘩。

⑱〔且也少羸多病，长命不犹〕长，长大，成年。命不犹，命运不如常人。《诗·召南·小星》："抱衾与裯（chóu），寔（shí）命不犹。"不犹，不如。

⑲〔笔墨之耕耘，则萧条似钵〕意思是，自己半生以幕友、塾师为业，过着"久以鹤梅当妻子，直将家舍作邮亭"（《家居》）的笔耕生活，一如托钵化缘的僧人。钵，梵语"钵多罗（pātra）"的省称，意为"应器"，是僧人的食具；底平，口略小，形圆稍扁；用泥或铁等制成。

⑳〔勿亦面壁人果是吾前身耶〕勿亦，语助词，无实义。面壁，佛教谓坐禅。《五灯会元·东土祖师·菩提达磨大师》："十一月二十三日，届于洛阳，当魏孝明帝孝昌三年也。寓止于嵩山少林寺，面壁而坐，终日默然，人莫之测，谓之'壁观婆罗门'。"后因以面壁称坐禅，谓面向墙壁，端坐静修。这里的"面壁人"指僧人。康熙三十六年丁丑（1697）作者五十八岁时，作《斗室落成，从儿辈颜之面壁居》七律四首（参见盛伟《蒲松龄年谱》）。

㉑〔盖有漏根因，未结人天之果〕漏、根、因、果，皆为佛学名词。漏，烦恼；根，能产生感觉、善恶观念的机体或精神力量，如眼、耳、鼻、舌、身、意为六根；因，能引生结果的原因；果，按佛法修行达到一定的证悟境界。人天，佛教谓人界及天界，系六道、十界中之二界，皆为迷妄之界；这里当指脱离轮回之苦的成佛境界。

㉒〔而随风荡堕，竟成藩溷之花〕意谓自己转世如同落花不幸触藩篱而飘坠于厕所中，身遭贫贱，命运不佳。语本《南史·范云

传》："时竟陵王子良盛招宾客，（范）缜亦预焉。尝侍子良，子良精信释教，而缜盛称无佛。子良问曰：'君不信因果，何得富贵贫贱？'缜答曰：'人生如树花同发，随风而堕，自有拂帘幌坠于茵席之上，自有关篱墙落于粪溷之中。坠茵席者，殿下是也；落粪溷者，下官是也。贵贱虽复殊途，因果竟在何处？'子良不能屈，然深怪之。退论其理，著《神灭论》。"藩，篱笆。溷（hùn），厕所。

㉓〔茫茫六道，何可谓无其理哉〕六道，佛教语，谓众生轮回的六种去处：天道、人道、阿修罗道、畜生道、饿鬼道和地狱道。

㉔〔独是子夜荧荧，灯昏欲蕊〕子夜，夜半子时，相当于现代计时的午夜23时至次日凌晨1时之间。荧荧，灯火闪烁貌。《玉台新咏》载汉秦嘉《赠妇诗》："飘飘帷帐，荧荧华烛。尔不是居，帷帐焉施。尔不是照，华烛何为。"蕊，灯花，即灯心余烬结成的花状物，这里做动词用，指结成灯花。灯花结成会妨碍光亮，故曰"灯昏"。

㉕〔萧斋瑟瑟，案冷疑冰〕萧斋，这里谓书斋。唐李肇《唐国史补·李约买萧字》："梁武帝造寺，令萧子云飞白大书'萧'字，至今一'萧'字存焉。李约竭产自江南买归东洛，匾于小亭以玩之，号为'萧斋'。"后人即称寺庙、书斋为"萧斋"。瑟瑟，寒凉貌。唐雍陶《和河南白尹西池北新茸水斋招赏十二韵》："坐中寒瑟瑟，床下细泠泠。"疑冰，谓寒冷。南朝陈陆琼《长相思》："室冷镜疑冰，庭幽花似雪。"

㉖〔集腋为裘，妄续幽冥之录〕腋，指狐狸腋下的毛皮。集腋为裘，比喻积少成多。《慎子·知忠》："故廊庙之材，盖非一木之枝也；粹白之裘，盖非一狐之皮也。"清钱熙祚校注："粹，原作狐；依《意林》引此文改。《意林》皮作腋。"妄，胡乱，随便。幽冥之录，即南朝宋刘义庆所撰志怪小说集《幽明录》（宋李昉等编《太平广记》引书作《幽冥录》），书名中"幽""明"二字分别代

表鬼神世界和人间。《幽明录》大约在宋时亡佚，20世纪初鲁迅从大量文献中辑得其书佚文，编入《古小说钩沉》。

㉗〔浮白载笔，仅成孤愤之书〕浮白，原意为罚饮一满杯酒，后引申为满饮或畅快饮酒。汉刘向《说苑·善说》："魏文侯与大夫饮酒，使公乘不仁为觞政，曰：'饮不釂者，浮以大白。'"载笔，携带文具以记录王事，《礼记·曲礼上》："史载笔，士载言。"这里即指执笔为文。孤愤，原为先秦韩非所著书的篇名。《史记·老子韩非列传》："（韩非）悲廉直不容于邪枉之臣，观往者得失之变，故作《孤愤》《五蠹》《内外储》《说林》《说难》十馀万言。"唐司马贞索隐："孤愤，愤孤直不容于时也。"《史记·太史公自序》："韩非囚秦，《说难》《孤愤》；《诗》三百篇，大抵贤圣发愤之所为作也。此人皆意有所郁结，不得通其道也，故述往事，思来者。"这里指因孤高嫉俗而产生的愤慨之情。

㉘〔亦足悲矣〕宋苏轼《伊尹论》："古之君子，必有高世之行，非苟求为异而已。卿相之位，千金之富，有所不屑，将以自广其心，使穷达利害不能为之芥蒂，以全其才，而欲有所为耳。后之君子，盖亦尝有其志矣，得失乱其中，而荣辱夺其外，是以役役至于老死而不暇，亦足悲矣。"

㉙〔惊霜寒雀，抱树无温〕唐李商隐《燕台四首·秋》："帘钩鹦鹉夜惊霜，唤起南云绕云梦。"南朝梁沈约《郊居赋》："秋蜩吟叶，寒雀噪枝。"晋陆机《园葵诗二首》其一："曾云无温液，严霜有凝威。"

㉚〔吊月秋虫，偎阑自热〕吊月，对月悲鸣。唐李贺《宫娃歌》："啼蛄吊月钩阑下，屈膝铜铺锁阿甄。"秋虫，蟋蟀一类的秋夜鸣虫。阑，门前栅栏，栏杆。

㉛〔知我者其在青林黑塞间乎〕青林黑塞，魂魄所依、超脱尘寰的冥冥世界。语本唐杜甫《梦李白二首》其一："魂来枫林青，

魂返关塞黑。"

㉜〔康熙己未〕康熙，清圣祖爱新觉罗·玄烨的年号。康熙己未，指康熙十八年（1679）。

大 意

　　从战国的屈原到唐代的李贺，或从祭祀神鬼的仪式中受到启发，或癖好牛鬼蛇神的意象，吟咏创作，赋成诗篇。像这样顺随一己真情，不择好坏，自然流露于笔端，早有传统。

　　我犹如秋夜孤飞的萤火虫，以微弱之光为鬼物争亮；又如四处奔散的扬尘，被笔下的精怪所笑。我没有干宝的才华，却素喜搜集神异故事；性情与黄州时期的苏东坡很像，喜欢和别人谈论鬼怪之事。听过之后就提笔写作，逐渐有了规模。时间久了，各地同好又把收罗到的素材寄给我。慢慢地，由于喜好而不断收集，成果越来越多。最特别的是，主人公虽处政教昌明之地，他的事迹可能比荆越蛮乡的人还要神奇；发生地近在咫尺，故事可能比飞头国还要怪异。我一味驰骋逸兴，难免狂放冒失；但为了坦陈怀抱，并不讳言自己的痴迷。各位能人雅士该不会冲我掩口而笑吧？确实，道听途说的故事也许有失实之处，但人生的遇合多是因缘前定的。这些毫无拘束的言论，想来也不会一概因我而废。

　　我刚出生时，先父梦见内室里走进一位瘦弱的病僧，他穿着袈裟，双乳之间贴着铜钱大小的药膏。醒来后发现我已经降生——身上带着一块黑色的圆形胎记。而且我从小瘦弱多病，长大后也命不如人。门户冷清，寂寞得像个僧人；从笔墨中讨生活，如同托钵化缘。我常常挠头自问，难道前身真是个穷苦的僧人吗？看来，前世因缘注定，今生难脱苦海；我就像随风飘荡的花瓣，最终落在篱笆边、掉进粪坑里。六道茫茫，终生辗转轮回，怎么能说没有这个道理呢？夜已深，昏暗的油灯微光摇曳；孤寂清苦的书斋里，书桌冷得像冰一样。我整理平时搜集的素材，续写花魅狐妖的故事；就着冷酒率性创作，表达心中孤愤之情。这样深重的寄托，实在是够可悲的了。呜呼！秋霜里的寒鸟独栖枝头，却无处取暖；月下悲鸣的秋虫，蜷缩于栏杆之下，仅能以一丝体温自慰。大概啊，只有超脱尘寰的冥冥世界里才有我的知己吧！

康熙十八年（1679）春

一 考城隍

古代城市大多有沟河环卫，"城池无水曰隍"（唐李善），城、隍分别指城墙和护城河。

《易经》泰卦有"城复于隍"的卦象。先秦时天子举行八种祭祀（"八蜡"），其中之一就是祭祀水沟（"水庸"祭），大概是城隍信仰的雏形。随着时间的推移，在道教、儒教、佛教等各种信仰因素的作用下，城隍逐步发展为古代社会地方乃至国家的保护神。

南北朝时已经正式有了"城隍神"的俗名，主要是民间信仰。唐朝封爵，五代加封为王，城隍已然为历代帝王所尊。宋代将城隍列入国家祀典，元朝封京都城隍之神为"祐圣王"。明太祖洪武年间更是大行封赏，城隍神庙遍布全国；地方官上任，要首先参拜城隍，有悬而未决的疑案，也往往到城隍庙请求神示，城隍信仰在儒教中的地位可见一斑。

城隍神的职掌，最初以守御城池、保障治安为主，后来扩大为护国安邦，剪凶除恶，调和风雨，管领死人亡魂等。道士建道场"超度亡魂"，要发文书知照城隍（俗称"城隍牒"），才能拘解亡魂赴坛，是城隍信仰与道教因素相交融。明清以后，各地城隍庙除在城隍神旁边塑牛头、马面、黑白无常之外，还塑有十殿阎王像，显然又与佛教的地狱观念有关。直到近世，城隍信仰的民间影响还一定程度地存在着。

本文题目所谓"考城隍"，是指冥府考选城隍。故事的主人公宋焘是个孝子，作为河南城隍神的考察对象之一，他被请去应试（主要是笔试）。

予姊丈之祖宋公，讳焘，邑廪生每月享受朝廷膳食补贴的生员。一日，病卧，见吏人官差持牒官府公文，牵白颠马额有白毛的马来，云："请赴试。"公言："文宗提学未临，何遽怎么得考？"吏不言，但只是敦促之。公力疾勉强支撑病体乘马从去，路甚生疏。至一城郭，如王者都王城。移时过了一段时间入府廨官署，衙门，宫室壮丽。上坐十馀官，都不知何人，惟关壮缪关公（帝）可识。檐下设几坐时凭依或搁置物件的小桌、墩坐具之一各二，先有一秀才坐其末，公便与连肩并肩。几上各有笔札。俄题纸写有题目的纸飞下。视之，八字云："一人二人，有心无心。"二公文成，呈殿上。公文中有云："有心为善，虽善不赏；无心为恶，虽恶不罚。"诸神传赞不已。召公上，谕告诉曰："河南缺一城隍，君称其职。"公方悟，顿首叩头泣曰："辱膺承受宠命，何敢多辞？但老母七旬，奉养无人，请得终其天年自然的寿数，惟听听从，接受录用。"上一帝王像模样者，即命稽查阅母寿籍。有长须吏，捧册翻阅一过遍，白禀告："有阳算阳间的寿命九年。"共踌躇间，关帝曰："不妨令张生摄篆代理官职。篆，官印九年，**瓜代**任职期满由他人接替可也。"乃谓公："应即赴任。今**推**推重，赞许仁孝之心，**给假**准予休假。给jì九年，及期当复相召。"又勉励秀才数语。二公**稽首**行叩头礼并下。

古代对君主、尊长辈的名字避开不直称，叫做"讳名"。如"汉高祖讳邦，字季"（汉荀悦《前汉纪·高祖纪》）。写到死者的名字，一般要名前称"讳"以示尊敬。宋焘是作者姐夫的爷爷，属尊长辈，不直称其名而加"讳"，是习惯用法。清顾炎武："臣闻讳名之礼，始自周人。"（《庙讳御名仪》）"名讳"，意思与名字相同，但含有敬意。

"颠"指头顶，白颠马即额上有白毛的马，俗名"戴星马""玉顶马"等，为古代名马之一。冥府请宋焘前去应试，派官差牵着名马供他骑乘，规格不低，重视之意明显。

"文宗"，明清时对提学、学政的尊称。明正统元年（1436）设提督学校官，南、北两京及十三布政使司各置一人，两京以御史，十三布政使司以按察司副使、佥事充任，管理地方学校及教育行政，称"提督学道""提学道"，简称"提学"或"学使"。巡回考试各府、州、县生员，是提学的一项重要工作。这里的文宗即指提学（学使）。雍正四年（1726）改设提督学院，长官称"提督学政"，官方文件称"提督某省学政"，简称"学政"。当然，这是蒲松龄去世之后的事。

古代正式的科举考试包括乡试、会试、殿试，在此之前还有一个童试，包括县试、府试和院试。各级考试都有相对固定的时间、地点。县试、府试分别由当地县令、知府主持，时间通常为农历二月和四月。由提学主持的有院试和乡试：清代院试一般于农历四五月在各府州的考棚举行；乡试在京城和各省会城市的贡院举行，时间为农历八月，也称"秋试""秋闱"。明清会试由礼部主持在京城贡院举行（皇帝任命主考官），故又称为"礼部试""礼闱"；考试时间是春天（多数为三月），所以又称为"春闱""春试""春榜""杏榜"等。明代和清初，由皇帝主持的殿试四月初举行，地点在紫禁城保和殿，故又称"御试""廷试""廷对"。"文宗未临，何遽得考"，意思是近期并非考试时间，提学也没来，怎么会突然举行考试。留下疑问的同时，也为后面的冥考伏笔。

三国时蜀汉名将关羽，原字长生，改字云长，河东解县（今山西省运城市临猗县西南）人，东汉末随刘备起兵，卓有战功。南宋高宗建炎二年（1128）追赠"壮缪武安王"的封号，上文中所谓"关壮缪"是以这一封号代称。关羽明万历四十二年（1614）受封"三界伏魔大帝神威远镇天尊关圣帝君"，清顺治九年（1652）被加封"忠义神武关圣大帝"，即为"关帝"所本。（追封关羽"壮缪"的谥号，是美谥还是恶谥，历来存在争议。持美谥主张者认为"缪"为"穆"的通假字；相反的一方则举证，古代谥法中对"缪"和"穆"分别有界定，二字不同，"名与实爽曰缪"，也就是名不副实，是恶谥。还有学者认为，"壮缪"属美谥加平谥："壮"通"庄"，即关羽先后"兵甲亟作""叡圉克服""胜敌志强""死于原野""武而不遂"，与实际情况相符；"缪"就是名声与实际不称。）

"顿首""稽首"原本是古代祭祀时九拜（九种礼拜形式）中的两种，相同的是都要叩头至地，头接触地面的时长则有区别。前者触及地面随即抬起，相当于一顿，故称顿首，即通常所谓磕头；后者要作一段时间的停留。以后均演变为较为隆重的跪拜礼，相比较而言，稽首的恭敬程度更高。因家中七十岁的老母需要奉养，宋焘行顿首礼节禀告。他和张生"稽首并下"，一为关帝体恤下情，一为考选稍次者得以代理河南城隍一职，都是行重礼以示感恩。

"长须吏"，即民间传说冥司中阎王属下掌管生死簿的判官，其典型形象是满脸络腮胡须。

"瓜代",典故"及瓜而代"(《左传·庄公八年》)的省称,本义是第二年瓜熟时派人接替,引申指官吏任职期满由他人接替。文中指派张生暂行代理原本属于宋焘的城隍职位,故有瓜代一说。

以"王者都""府廨"等交代冥府,考选官员则是"十馀官""诸神",关帝为民间所熟知,其余皆陌生,故着重描写主事者("一帝王像者"),先群像然后特写镜头,条理分明。叙述事件,大体从简,细节处特拎出主人公的一段陈情,行文脉络甚是清晰。

秀才握手,送**诸**之于郊野,自言长山县名张某。以诗赠别,都忘其词,中有"有花有酒春常在,无烛无灯夜自明"之句。公既骑,乃别而去。及抵**里**家乡,豁若梦寤。时卒已三日,母闻棺中呻吟,扶出,半日始能语。问之长山,果有张生,于**是日**这一天死矣。后九年,母果卒,**营葬**操办丧事。营,谋划,筹办既毕,**浣濯**洗过澡(并换上干净的衣服)入室而**没**死。其岳家居城中西门内,忽见公**镂膺朱幩**马具华美显赫。幩fén,**舆马**车马甚众,登其堂,一拜而行。相共惊疑,不知其为神,奔讯乡中,则已**殁**mò死矣。公有自记小传,惜**乱**战乱后无存,此其略耳。

"镂膺",是马胸前的雕花金属饰品带子;"朱幩",马嚼环两旁的红色扇汗用具,也用作装饰。"镂膺朱幩,舆马甚众",形容马具华美,出行队伍声威外显。

张生虽略输文才,得以替补身份暂行河南城隍之职,立马变为当地主人,他一直把宋焘送到郊外,顺便提及自己的籍贯,然后分

一 考城隍

手，情节安排尤为自然。

"长山"，明清时山东济南府下辖县，治所在今山东邹平县以东、淄川以北偏西。文章开头的"邑"即淄川（蒲松龄家乡），与长山同属济南府，两地相去不远。想来，文中考选城隍是就地取材，作为本地守护神，其任所当是河南边的城隍庙，"河南"并非一般意义上的省级区划。这与明代以来城隍神庙遍布全国，不少地方有多处城隍庙的实际情况吻合。

城隍信仰盛行之际，朝廷下令各地城隍按行政机构名称称呼，城隍庙的规模也模仿各级衙门建造，俨然形成一套完整的阴间王朝的官吏系统。冥界一如人世，其选材用人制度如法炮制。古代科举背景下，选拔人才主要考察德与才，且首重德行。在被认为可靠程度最高的《聊斋志异》手稿本中，《考城隍》被置于卷一之首，隐约可见作者托意科场、推行仁孝的用心。

"有心为善，虽善不赏；无心为恶，虽恶不罚"，劝善去恶，既有佛家偈子的语言形式，又可看作对道家"南华真人"庄子思想的阐释（《庄子·养生主》有"为善无近名"的句子）。这几句话的大意是，有目的地做善事，尽管是善举但无需奖赏，因为受赏成名非其本意；无意中做了坏事，虽然造成了恶果但不必惩罚，因为那不是作恶者的初衷。或者像周先慎先生那样理解为："有心为善是为大善，大善不必奖赏；无心为恶是为小恶，小恶可以宽容。"本来，让张生减寿（提前死去）代宋焘行城隍之职，善恶的界定很困难；作者在构思成篇时是否考虑过这个问题，不好妄测，不过，这几句话倒在一定程度上缓解了矛盾。会心的读者，以为然否？

二 偷桃

西王母形象由物（《山海经》）到人（《穆天子传》）再到神（《汉武内传》），有一个逐步变化的过程，她最终成为中国古代神话中的女神和长生不老的象征，有了"（瑶池）金母""王母娘娘""王母""西姥"等诸多名号。到她的园子里去偷三千年结果一次的蟠桃无疑只能是传说。

本篇所谓"偷桃"，与行窃之事无关，无非魔术的噱头而已。魔术表演当然要神乎其技，严冬之际变出夏季的时令蔬果，表演者附会一番以惹人耳目，自在情理之中。事实上，他很好地达到了自己的目的，表演结束之后，"坐官骇诧，各有赐金"，打赏的小费少不了。

童时赴**郡试**府试，值**春节**立春日。旧例：先一日，各行商贾，彩楼**鼓吹**演奏乐曲的乐队赴**藩司**布政使司衙门，名曰"演春"。余从友人**戏瞩**游观，是日，游人如**堵**墙。堂上四官皆赤衣，东西相向坐，**时方稚**当时年纪还小，亦不解其何官，但闻人语**哜嘈**嘈杂。哜jiē，鼓吹**聒耳**刺耳。忽有一人率披发童，荷担而上，似有所白。万声汹动，亦不闻为何语，但视堂上作笑声。即有青衣人大声命作剧变戏法，表演幻术，其人应命方兴起身，站起来，问："作何剧？"堂上相顾数语。吏下，宣问所长，答言："能颠倒生物使植物违反季节规律生长。"吏以白官。少顷复下，命取桃子。

　　按明、清科举制度，凡入学以前，无论年纪大小，皆称童生（文童、儒童）。童生参加地方举行的考录童生的低级考试叫做童子（生）试，简称童试，包括县试、府（或直隶州、厅）试和院试三个阶段，依次通过这三个考试的人即为生员，俗称秀才，送入府或县学宫，称入学，接受教官的月课与考校。

　　作为古代地方行政区划名，在周代县大郡小；战国时逐渐变为郡大于县；秦灭六国，正式建立郡县制，以郡统县；汉承袭之；隋唐后，州郡互称；到了明代而郡废。清代无郡，与之大致相当的是府。这里所谓"郡试"，即指明清童生试第二阶段的"府试"。不过，由"值春节""坚冰未解"等文字看，考试时间大致在正月，有别于农历四月举行的常例；再结合文章关于集市热闹场景的精彩描述，字里行间隐约可见铺陈之法，蒲松龄一生阅经览史，腹笥丰盈，或许这正是他别出心裁的虚撰。

　　古以立春为春节，节日前后民间举行盛大的活动，集市上热闹非凡。旧题宋尤袤撰《全唐诗话·王起》："缘初获美名，实皆少隽，既遇春节，难阻良游，三五人自为宴乐，并无所禁，唯不得聚集同年进士，广为宴会。"藩司，本为明清时对布政使的别称，是主管一省民政与财务的官员，这里代指布政使司衙门。

　　古代社会，衣服的颜色与人物的身份相关。赤衣即"绯袍"，是官吏的红色品服。清初一段时间沿袭明制，地方高级官员可以穿着绯袍。赵伯陶先生认为，"济南府为山东省治所在，这里当指总督、巡抚、布政使、按察使四位省级官员"。汉以后，青衣多为地位低下者所穿，婢女或童仆的青衣为绿色。这里的青衣人，指穿着黑色衣服的役吏或差役。

古文中"兴"字，有时与"作"用法差不多，相当于现代汉语的"起"。"起"本义是起身、起床，如"夙兴夜寐"（《诗经·卫风·氓》）。所谓"一拜，兴。再拜，兴。三拜，兴。礼成"，正是常见的拜礼流程，"兴"即做起身的动作。在本义基础上进一步引申，兴可以表示产生、形成等意思，如"积土成山，风雨兴焉"（荀子《劝学》），"天下大事，必作于细"（老子《道德经》）等。"其人应命方兴"，表演戏法的术士上堂，禀告之后待命，接着"应命"起身，都是礼节所需。

在古人看来，"身体发肤受之父母，不敢毁伤"（《孝经》），因此除非刑罚等特殊情况，一般都不剪发。二十岁之前都垂发，"黄发垂髫"（晋陶渊明《桃花源记》）代指老人孩子。小孩子的头发长了，就紧靠着发根扎在一起，散披脑后，叫做"总发"。若扎成左右两束，有点像兽的角，就叫"总角"，如"总角之宴，言笑晏晏"（《诗经·卫风·氓》），借以指年幼之时。"一人率披发童，荷担而上"，上来的是一对父子，儿子年纪、身形估计都比较小，巧妙呼应下文缘绳攀爬的场景。

桃子栽种后两到三年开始结果，五到六年进入盛果期，是一种夏季的时令水果。"颠倒"有"上下、前后或次序倒置"的意思，"颠倒生物"就是让植物违反季节规律生长。

以第一人称亲历者的身份叙事，"余""赴郡试"时年纪还小，因赶考得以游观每年一度的"演春"，真实而又自然，情节展开令人期待。

术人声诺出声应答，解衣覆笥竹箱。笥sì上，故作怨状，曰："官长长官殊不了了通晓事理！坚冰未解，安所何处得桃？不取，又恐为南面者长官所怒，奈何！"其子曰："父已诺之，又焉辞？"术人惆怅良久，乃云："我筹之烂熟：春初雪积，人间何处可觅？唯王母园中四时常不凋卸凋谢，或有之。必窃之天上乃可才行。"子曰："嘻！天可阶而升乎？"曰："有术在。"乃启笥，出绳一团，约数十丈，理其端，望空中掷去，绳即悬立空际，若有物以挂之。未几，愈掷愈高，渺入云中，手中绳亦尽，乃呼子曰："儿来！余老惫衰老，体重拙，不能行去不了，得děi需要汝一往。"遂以绳授子，曰："持此可登。"子受绳有难色，怨曰："阿翁父亲亦大愦愦糊涂！如此一线之绳，欲我附攀之以登万仞古代七尺（或八尺）之高天，倘中道断绝，骸骨何存矣！"父又强鸣以声安慰拍之，曰："我已失口说错了话，悔无及，烦儿一行。儿勿苦埋怨，倘窃得来，必有百金赏，当为儿娶一美妇。"子乃持索，盘旋而上，手移足随，如蛛趁丝沿着蛛丝爬，渐入云霄，不可复见。久之，坠一桃，如碗大。术人喜，持献公堂。堂上传视良久，亦不知其真伪。忽而绳落地上，术人惊曰："殆矣！上有人断吾绳，儿将焉托！"移时，一物堕，视之，其子首也。捧而泣曰："是必偷桃为监者所觉。吾儿休矣完了！"又移时，一足落；无何不久，肢体纷堕，无复存者。术人大悲，一一拾置笥中而闔闭合之，曰："老夫止此儿，日从我南北游。今承严命敬称君父或官长之命，不意罹lí遭受此奇惨！当负去瘗yì埋葬之。"乃升登上堂而跪，曰："为桃故，杀吾子矣！如怜小人而助之葬，当结草以图报耳。"坐官骇诧，各有赐金。术人受而缠诸腰，乃扣笥而呼曰："八八儿，不出谢赏，将何待还等什么？"忽一蓬头僮首抵笥盖而出，望北稽首，则其子也。以其术奇，故至今犹记之。后闻白莲教能为此术，意此其苗裔子孙后代耶？

　　"天可阶而升乎"，字少而意丰，神态、语气毕现，是颇具意味的表述。如果老老实实还原说话人的意思，大致相当于："难道还能顺着台阶升上去？那可是天啊！又哪里来的台阶！"在同时传达的几层意思中，"天""阶"（或者说"无阶之天"）是重点。通过将"天"前置为陈述对象（主语），并活用名词"阶"为动词，"天可阶而升乎"一下子有了神奇的表达效果。

　　蜘蛛腹部后端接近肛门的地方有23对小凸起（称为纺绩器），上面有许多细孔，通过细孔排出分泌液（丝质或黏液），凝固而成蛛丝，俗称吐丝。蜘蛛吐丝并随之攀爬，给人的感觉就像它在追逐蛛丝。术人之子抓着悬在空中的绳子往上攀爬，其动作的确"如蛛趁丝"。趁，最初意思是追逐，引申又可指顺着、沿着。对于日常生活现象，杰出的作家多有常人不能及的敏锐感受，像这样不经意化于笔下，直令人叹为观止。

　　"白莲教"，假借"弥勒下生"的谶言、风靡一时的民间秘密宗教团体，盛行于元、明、清。其教派名目繁多，教内等级森严。在不断发展的过程中往往成为农民反抗朝廷的组织者，故屡遭官府的严厉禁止与残酷镇压。

　　揆之情理，术人父子的对话当出于表演的需要。风趣的语言突

二 偷桃

出了"颠倒生物"之难及"偷桃"手段之高；绘声绘色、穷形尽相的文字，更使得表演场景栩栩如生，增添了波澜，丰富了情致。"像明代多家和蒲松龄记述的这种偷桃幻术，可以缘着木棍或绳索升空上天、肢体纷然坠地的幻象，在没有特定的背景下是制造不出来的。明人记述便都说据传闻写的，蒲松龄所记也不会是真实记事"（袁世硕），作者特别强调"以其术奇，故至今犹记之"，刻意淡化加工创造的痕迹，其搦管成文的功夫却越发让人叹服。

魔术是一种杂技，用极敏捷、使人不易觉察的手法和特殊的装置将变化的真相掩盖住，而使观众感到奇幻莫测，旧称"幻术"或"戏法"。

表演幻术，障眼法或者打时间差是最主要的手段，既为干扰观众的视线，也对手法的娴熟、敏捷提出了很高要求。作者深谙其中奥妙，始终关注术人父子的动作、语言，并大量使用与时间有关的词来描述表演的过程，使人身临其境，如在目前："乃（于是）启笥，出绳一团……绳即（马上）悬立空际……未几（没一会儿），愈掷愈高……乃（于是）呼子曰……遂（就）以绳授子……子乃（于是）持索……久之（过了很久），坠一桃……忽而（忽然）绳落地上……移时（过了一段时间）……又移时（过了一段时间）……无何（时间不长）……乃（于是）升堂而跪……"。

常言道"眼见为实，耳听为虚"，但在记叙魔术表演场景的一类文章中，这些都失去了效用。偷桃的故事大概率得自传闻或载籍，蒲松龄以精当的小说笔法，通过出神入化的文字二度加工，几乎让读者信以为真。（除了这篇写得很是详尽的《偷桃》，《聊斋志异》中《戏术》《劳山道士》等都涉及幻术的内容。）在佩服之余，我们是不是还能得到关于记叙文写作或小说创作的启示呢？

三 劳山道士

　　崂山古称劳山、牢山，也叫辅唐山、鳌山，位于山东省青岛市崂山县境内。宋元以来，劳山上多建道观，为道教名山。至今，上清宫、下清宫、太平宫、华楼宫等道教建筑仍为人熟知。

　　除本文外，《成仙》《崀石》《香玉》的叙事也与劳山有关。蒲松龄曾于康熙十一年（1672）初夏与友人同游劳山。据孙克诚考证，蒲氏此行大致线路是"修真观—上苑山—叼龙矶—那罗延山—翻燕岭—窑货堤—黑水河—长岭—青山—黄山"，因途中遇雨，在翻燕岭看到了海市蜃楼奇观，乃作《崂山观海市作歌》。

　　道士即道教徒。道教是我国主要宗教之一，按胡三省的说法，"道家虽曰宗老子，而西汉以前未尝以道士自名，至东汉始有张道陵、于吉等，其实与佛教皆起于东汉之时"（《资治通鉴》胡三省注）。东汉时，张道陵根据传统的民间信仰创立道教，奉元始天尊、太上老君（老子）为教祖。因为刚开始入道者须交五斗米，故又称"五斗米道"。南北朝时盛行，金元以后分为正一、全真两派。后世道教多讲斋醮礼忏等迷信法术，追求羽化成仙。本文的劳山道士乃修行得道之人。

　　需要指出的是，作为一种思想或观念，"道"旨趣宏深。在先

秦诸子学说中，"道"是一个相对抽象的上位概念，如《论语》"君子务本，本立而道生""人能弘道，非道弘人""道不行，乘桴浮于海""三年无改于父之道，可谓孝矣"，《孟子》"得道者多助，失道者寡助"，《荀子》"先王之道""后王之道"等等，所指不一，涵盖颇广，包容性强。相较而言，《老子》"道可道非常道"，《庄子》"内圣外王之道"等侧重宏观，道家论"道"，具有整体混融的特征。儒家思想是伦理哲学，追求对实践具有指导意义的"道"，意味着君子要进德修业，始终积极用世。关于求道与得道，黄宗羲在《明儒学案》中记述了王艮（字心斋）和朱恕（字光信）的故事。朱恕"樵薪养母"，一日经过心斋讲堂，即兴而歌"离山十里，薪在家里，离山一里，薪在山里"，王艮于是对弟子们说："道病不求耳，求则不难，不求无易。"王艮是明代哲学思潮"王左学派"的代表人物，他认为"百姓日用即道"，其门人多为底层劳动者，除朱恕外，比较知名的还有陶匠韩贞、田夫夏廷美等。

蒲松龄毕生投入举业，其精神世界既以儒家为底色，也不同程度地附着了道家、佛家的某些观念，从《劳山道士》等为数不少的篇章中，我们能比较明显地看到这些痕迹。

邑有王生，行七，故家子。少慕道，闻劳山多仙人，负笈往游。登一顶，有**观宇**道观佛寺。观 guàn，甚幽。一道士坐蒲团上，**素发**白发垂**领**脖子，而**神光**神态**爽迈**爽朗超逸。**叩**叩拜而与语，理甚玄妙。请师之，道士曰："恐娇惰不能**作苦**劳动吃苦。"答言："能之。"其门人甚众，**薄暮**傍晚毕集，王俱与稽首，遂留观中。凌晨，道士呼王去，授以斧，使随众采樵，王谨受教。过月馀，手足**重茧**厚茧，**不堪**受不了其苦，阴暗中，私下里有归志心思，想法。

"行七"，排行老七。古人兄弟行辈中长幼排行的次序有一些特殊的称谓，如"伯仲叔季"。汉班固《白虎通义·姓名》说，"伯者，子最长，迫近父也。仲者，中也。叔者，少也。季者，幼也"。一般情况下，我们可以通过人物的表字推知其在兄弟辈中的排行，如三国孙权字仲谋，他的哥哥孙策字伯符；"竹林七贤之一"嵇康字叔夜，当排行老三；盛唐诗人王之涣字季淩，其父王昱曾任汴州浚仪县令，靳能的《唐故文安郡文安县太原王府君墓志铭并序》说王之涣乃"浚仪第四子"。至于商末孤竹君只有两个儿子，长子、次子分别叫伯夷、叔齐而不称伯夷、仲齐，参考郑玄作的笺注，大概这里仅用伯、叔作"兄弟之称"。（"叔兮伯兮，倡，予和女""叔兮伯兮，倡，予要女"出自《诗经·郑风·萚（tuò）兮》。唐莫尧译为"哥啊，弟啊"，指女子对爱人的昵称；余冠英在《诗经选注》中则以为"女子呼爱人为'伯'或'叔'或'叔伯'，叔伯语气像对两人，实际是对一人说话"，故笼统将"叔兮伯兮"意译为"好人儿，亲人儿"。）

"故家"，世族大家。"故家子"，即世代仕宦之家的子弟。

过去的书箱叫笈，古人出外求学都背着自己的书箱，即"负笈"。"游"，这里是"求学"之意。身为富家之子，王生因为听说劳山多仙人，特拟前往，看似求学，实则一心渴盼成仙，可知当时的风气。"故家子"，暗伏后文"阴有归志""心不能待"，最终辍学而返等事。

"叩"是个会意字，"从卩（jié）从口"，本指用节杖敲打发出声响，初始义为敲打。汉贾谊《过秦论》："尝以十倍之地，百万之众，叩关而攻秦。""叩关"，敲打城门请求进入，进而引申为"攻打关卡，侵犯他国"。表示"敲打"意思的形声字又写作"扣"，如宋苏轼《石钟山记》"〔李渤〕得双石于潭上，扣而聆之，南声函胡，北音清越"。与此相关，"叩"又有了"磕头""探问，询问"等意思。

"能之"，是说自己做得到，能胜任这些工作。这里"能"可以直接跟宾语，用法和现代汉语不太相同。《荀子·劝学》"非能水也，而绝江河"，意思是我们能横渡江河并不是因为游泳技术多么好。《明史》记述李德的任职经历，"洪武三年以明经荐授洛阳典史，历南阳、西安二府幕官，并能其职"，"能其职"是说他在不同的岗位上都很称职。

"毕集"，全都到了。晋王羲之《兰亭集序》中有"群贤毕至，少长咸集"的句子，"毕至""咸集""毕集"意思相同。

道士举一手向人行礼也叫"稽首"，与上一篇《考城隍》中用法不同。

文章开头看似平平而起，有一处关节却值得注意。王生一心想学道成仙，听说劳山多仙人，于是往赴求学，及亲见仙风道骨，亲闻玄言妙理，当然要拜师从学；道士也并不为难，只要答应能够吃苦耐劳，与众门人一一致意招呼，就可以留下来，学道的门槛好像不算高。劳山之上，门人"甚众"，纨绔子弟能否经受学习的考验，最终修成正果，自然成了行文的悬念。

大清早就要跟着众门人一起外出砍柴，王生一开始并无怨言，但仅仅过了一个多月就坚持不住，打起了退堂鼓。从讲故事的角度看，这里有一个典型的"起落"技巧。叙述当然会引起读者的反应，如果读者反应一直很弱，文章就陷入了"平铺直叙"的泥沼。王生一心向道，突然"阴有归志"，第一次刺激了读者的情绪反应。起落的错杂安排，增添了行文波澜。

一夕归，见二人与师共酌。日已暮，尚无灯烛，师乃剪纸如镜，粘壁间。俄顷，**月明**月光辉室，光**鉴**照毫芒。诸门人环听奔走。一客曰："良宵**胜乐**盛美乐事，不可不同。"乃于案上取壶酒，**分赉**分发赏赐。赉lài诸徒，且嘱尽醉。王自思：七八人，壶酒何能遍给？遂各觅盎盂，竞饮先**釂** jiào尽，完，惟恐樽尽；而**往复**来回**挹注**从酒壶倒酒入酒杯，竟不少减。心奇之。俄一客曰："蒙赐月明之照，乃尔寂饮，何不呼嫦娥来？"乃以箸掷月中。见一美人，自光中出；初不盈尺，至地遂与人**等**一样（高）；纤腰**秀**秀美，漂亮项，翩**翩**作"霓裳舞"。已而歌曰："仙仙乎，而还乎，而幽我于广寒乎！"其声**清越**清脆悠扬，**烈**美如箫管。歌毕，盘旋而起，跃登几上，惊顾之间，已复为箸。三人大笑。又一客曰："今宵最乐，然不胜酒力矣。其饯我于月宫可乎？"三人移席，渐入月中。众视三人，坐月中饮，须眉毕见，如影之在镜中。移时，月渐暗；门人**然**通"燃""烛来，则道士独坐而客**杳**消失，不见踪影矣。几上看核**尚故**还像原来一样；壁上月，纸圆如镜而已。道士问众："饮足乎？"曰："足矣。""足宜早寝，勿误**樵苏**砍柴割草。"众诺而退。王窃**忻慕**高兴而仰慕。忻xīn，归念遂息。

兽类秋后生出御寒的细毛叫"毫"，麦子等谷类外壳上的针状刺须叫"芒"，"毫芒"比喻极微细之物。

"环听奔走"，乍一看很奇怪："环听"当然是围在道士身边，奔走却又是到处跑。其实，听还有"听从"的意思。这里是说，门人们围着道士，随时听候吩咐，以便道士有什么需要的时候跑着去取，唯恐耽误观看师父表演法术。文言的表述追求简洁，以少胜多、词约意丰的特点于此可见一斑。

"遍给"，全部满足，也就是让每一位门人都能喝够喝好。盎盂统指盛汤水的容器，大腹而敛口的是"盎"，宽口而敛底的是"盂"。

"乃尔"，竟然像这样。"乃尔寂饮"，这样寂寞地喝酒真无趣，一点都没意思。

刘文典《淮南鸿烈集解》引庄达吉的话说："姮（héng）娥，诸本皆作'恒'，唯《意林》作'姮'，《文选》注引此作'常'，淮南王当讳'恒'，不应作'恒'，疑《意林》是也。"意思是，嫦娥本名"姮娥"，淮南王及其门客编书时为避汉文帝刘恒的名讳而改"常娥"（恒、常二字同义），现在写作"嫦娥"。嫦娥是神话传说中的月神，据说本来是后羿的妻子，她偷走后羿向西王母请来的不死之药，逃到了月宫。

相传神仙以云为裳，"霓裳"指神仙的衣裳。"霓裳舞"是《霓裳羽衣舞》的简称，唐代天宝年间宫廷盛行的一种舞蹈。根据《乐府诗集·舞曲歌辞五·霓裳辞》题解，其缘起有两种说法：一载于《唐逸史》，传说唐玄宗曾夜游月宫，见"仙女数百，皆素练霓衣，舞于广庭。问其曲，曰《霓裳羽衣》"，玄宗"默记其音调而还""明日，召乐工，依其音调"谱作而就；二出自《乐苑》，西凉节度使杨敬述所献西域《婆罗门曲》，经唐玄宗改制而成。当以后说为是。

"仙仙"也写作"僊僊"，指轻盈的舞姿。《聊斋志异·丐仙》有"女乃仙仙而舞"句。

"广寒宫"是月神嫦娥住的地方，和道家很有些渊源。旧题汉郭宪撰《汉武洞冥记》有"冬至后，月养魄于广寒宫"的记载；唐梁丘子注解晋人作品《黄庭内景经·口为》"审能修之登广寒"说，"广寒，北方仙宫之名。又云山名，亦曰广霞。《洞真经》云：冬至之日，月伏于广寒之宫，其时育养月魄于广寒之池，天人采青华之林条，以拂日月光也。"《诗经》称姮娥是"帝喾下妃之女"。有史学家推断，姮娥刚开始嫁给后羿，后来寒浞杀掉后羿称王，姮娥所在的部落又与寒氏结盟，她本人也改嫁寒浞。寒国的宫殿统称"寒宫"，寒浞为了取悦姮娥，建造了一座规模更广的宫殿供她居住，"广寒宫"由此而来。又，传说唐玄宗于八月十五游月中，见一大宫府，匾额上书"广寒清虚之府"，后因称月中仙宫为"广寒宫"（旧题唐柳宗元撰《龙城录·明皇梦游广寒宫》），这是另一种浪漫的说法。

"而还乎，而幽我于广寒乎"，大意为"我是回到人间了呢，还是仍被幽禁在月宫"。或许，嫦娥要为偷药奔月的行为埋单，而被幽禁在广寒宫。李商隐的"嫦娥应悔偷灵药，碧海青天夜夜心"是脍炙人口的诗句。

"其饯我于月宫可乎"，"其……乎"是一个问句，用"其"突显商量的语气，引出下文在月宫中宴饮的情节。

"归念遂息"，于是不再作中途回家的打算。围绕这一点，本节文字作了精妙绝伦的描写。剪纸即成明月，一小壶酒怎么都倒不尽；筷子变成嫦娥，轻歌曼舞，移坐月中，纤毫毕见；转瞬之间，又一切如故，法术而已。广寒仙子载歌载舞，连她也分辨不出剪贴壁上的月亮是人间的虚造，还是天上的实有，老师道术之神妙可知。只见众门人"环听奔走"，不写其惊骇叹服，想来老师的即兴表演并非难能一见，只有王生心下羡慕不已，"归心遂息"。由此，故事乍起，旋即又落。

又一月，苦不可忍，而道士并不传教一术。心不能待，辞曰："弟子数百里受业仙师，纵不能得长生术，或小有**传习**传授教习，亦可慰求教之心。今**阅**过了两三月，不过早樵而暮归。弟子在家，未谙经受此苦。"道士笑曰："我固谓不能作苦，今果然。明早当遣汝行。"王曰："弟子**操作**劳动多日，师略授小技，此来为不负也。"道士问："何术之求？"王曰："每见师行**处**时候，墙壁所不能隔，但得此法足矣。"道士笑而允之。乃传以诀，令自**咒**念口诀毕，呼曰："入之！"王面墙，不敢入。又曰："试入之。"王果从容入，及墙而阻。道士曰："俯首骤入，勿**逡巡**犹豫！"王果去墙数步，奔而入；及墙，虚若无物；回视，果在墙外矣。大喜，入谢。道士曰："归宜**洁持**以纯洁的心地葆其道术，否则不验。"遂**助资斧**盘缠，遣之归。抵家，自诩遇仙，坚壁所不能阻。妻不信。王效其**作为**做法，**去**离墙数尺，奔而入，头触硬壁，蓦然而**踣**bó摔倒在地。妻扶视之，额上**坟起**肿块隆起，如巨卵焉。妻揶揄之。王惭忿，骂老道士之**无良**不善，没存好心而已。

"何术之求"相当于"求何术"，将"何术"前置带有强调的意味。徒弟一心想要的是"术"，试看临别之际，他时时处处说的都是"传教""传习""授"一类的词，老师早就猜到了这一点，双方心知肚明。文言中常见的像"何陋之有"一类的所谓倒装并非随意为之，读古文往往要作如是观。

"每见师行处"，"处"相当于"……的时候"，这类用法有不少，如宋柳永《雨霖铃》"留恋处，兰舟催发"，唐韩愈《早春呈水部张十八员外》"最是一年春好处，绝胜烟柳满皇都"，宋岳飞《满江红》"凭栏处，潇潇雨歇"等等。

"我固谓不能作苦，今果然"是这节文字的关键。王生"苦不可忍""心不能待"，求学之心终究敌不过劳动之苦，无奈退而求其次，露骨的表白在所难免。道士还是预留了较大的空间，不但答应第二天一早就放他走，而且"笑而允之"传授法术；授术已毕仍不忘叮嘱，心术不正会导致法术不灵；送王生上路，还赠以盘缠。与人为善，普度众生者，历来都很宽容。

"坚壁所不能阻"，与上一段的"墙壁所不能隔"一样，略区别于现代汉语的表达，多了一个"所"字，以后读文言时也当注意。

"抵家"之后的文字是全篇的尾声，为整个故事结案，其处理出人意表又在情理之中。无论从王生本人的角度，还是从读者的角度，"遇仙"恐怕是事实，但"自诩"则公然违背了"宜洁持"的戒律，因此，王生毫无当初的犹豫，以为"奔而入"就一定会大功告成，最终成为妻子"揶揄"、读者讥嘲的笑柄。这种人不会有反思之心，恼羞成怒而骂老师无良，无非是让我们多看一会笑话罢了。

异史氏曰："闻此事，未有不大笑者；而不知世之为王生者，正复不少。今有伧父_{鄙贱匹夫}。伧 cāng，喜痰 chèn_{疾病}毒而畏药石，遂有吮痈舐痔者，进宣威逞暴之术以迎其旨，诒骗之曰：'执此术也以往，可以横行而无碍。'初试未尝不小效，遂谓天下之大，举全都可以如是行矣，势不至触硬壁而颠蹶不止也。"

"药石"，用以治病的药物和石针（砭）。据《左传》记载，孟孙死后，臧孙（臧武仲）幡然醒悟，哀痛不已。他说，季孙看似爱我，其实是给我喝可口的毒药；孟孙好像不喜欢我，实则在用药石救我。《史记》说汉文帝长了毒疮，邓通常常替他吮吸；《庄子》说秦王有病，召医者治疗，承诺给割破毒疮的人一辆车，给甘心舔舐毒疮的人五辆车，越是下作所得赏赐越多。吸痈脓，舔痔疮，如此恶心之举，显然是无耻的诌媚奉迎。

因《聊斋志异》所载多为"搜神""谈鬼"之作，所记都是不同于正史的怪异之事，"志而曰异，明其不同于常也"（高衍），故作者自称"异史氏"。这很可能是受了司马迁《史记》"太史公曰"写作体例的影响。和"太史公曰"一样，"异史氏曰"相当于作者的创作宣言，或者说微型"写作手记"，不同程度地透露了与创作意图有关的信息。

"异史氏曰"有意扩大了故事的教育意义，作了另一层意义上的发挥。有人乐于接受为害不浅的蜜语，却严拒逆耳的忠言，于是像王生这样的小丑粉墨登场，所进之言，所献之策，刚开始可能会小有效验，实则"宣威逞暴之术"，若照此行事，长此以往，必将碰得头破血流。史上既有古人，以后也不会缺来者，作者引述典故阐述，深意大概在此。

《劳山道士》可有多种读法，这里仅谈如何讲故事。择其大端有二，一是考虑说（作）者的用意，二是照顾听（读）者的反应。

从说（作）者一面讲，选择讲什么故事、怎么讲，为的是更好地传达自己的意图。道理是融合在故事中的，内容的详略安排当以表达己意为落脚点和最终目的。因此浓墨处是说（作）者强调的重点，简略处往往就一带而过，甚至，可以不考虑情节的进程，有的干脆弃而不书。

从听（读）者一面看，跟着情节走必然有情绪的阶段性反应，喜怒哀乐随文涌现，因而，行文的起落安排若刚好能够引导听（读）者的情绪反应，使得他紧跟说（作）者的叙述（笔），不敢丝毫怠慢，紧张处欲言又止，想说又说不出，松弛处如释重负，频频点头默叹，歌哭笑骂好似身临其境，作品的写作效果自属上乘。

写作记叙类的文章，是不是该有这样的追求呢？

四　青凤

　　据《禽经》记载，凤有青、赤、黄、白、紫五色，青凤为其一。《山海经·西山经》中提到的"三青鸟"，主要为西王母取食，袁珂先生认为它不是"宛转依人之小鸟，乃多力善飞之猛禽"。后世把为西王母传信的青鸟也称青凤，则出自《艺文类聚》引东汉班固《汉武故事》："七月七日，上（汉武帝）于承华殿斋，正中，忽有一青鸟从西方来，集殿前。上问东方朔，朔曰：'此西王母欲来也。'有顷，王母至，有二青鸟如乌，侠（通"夹"）侍王母旁。"

　　来自神话和民间传闻的凤，频繁出现于文学作品中，凤凰涅槃、凤求凰等典故尤为人称道，脍炙人口。以凤命名的人物，多半是美女，比如凤姐、"凤辣子"王熙凤。在蒲松龄笔下，青凤是一只寄居在叔叔门下的小狐，与年轻后生耿去病互有好感，故事的核心是跨界之恋。人狐有别，本"不相类"，有情者要想终成眷属，其难可知。

　　鲁迅先生说"聊斋"里的神鬼狐妖"和易可亲，忘为异类"，这让我们对青凤的德行、性格等产生强烈的好奇。比蒲松龄略早的清代桐城人姚文燮，曾在注解李贺《天上谣》诗时介绍，剑南、彭蜀之间有一种青凤，也叫桐花凤，"鸟大如指，五色毕具，有冠似凤。每桐有花则至，花落则不知所之。性至驯，喜集妇人钗上"。小说中的青凤与这种手指大小的迷你鸟儿有无关系不得而知，但在娇小驯良、惹人怜爱这一点上，二者太像了。

太原耿氏，故大家，第宅弘阔。后**凌夷**衰落，楼舍连亘，半**旷废**荒废之。因生怪异，堂门**辄**总是自开掩，家人**恒**常常**中夜**半夜骇哗。耿患之，移居**别墅**本宅外另建的住宅，留老翁门焉。**由此**从此荒落益甚。或闻笑语**歌吹**歌声和乐声声。

"凌夷"，一般写作"陵夷"。陵原指大土山，夷本义为平，二者皆可引申出"衰微，衰落"的意思。耿家曾经是豪门贵族，后来家道衰落。孟浩然诗云"人事有代谢，往来成古今"（《与诸子登岘山》），世事变迁，人往往成为主要的因素。古宅残楼，无人关合，"堂门"却每每"自开掩"，耿家人吓得不轻，搬出另居自是常理。"门""焉"分别做动词、兼词（"于之"）用。偌大的耿家老宅，只留了一个年纪大的仆人在那儿看门；有时还能听到歌声与人语，煞是怪异。

耿有从子**侄子**去病，狂放不羁，嘱翁有所闻见，奔告之。至夜，见楼上灯光明灭，走报生。生欲入**觇**chān窥察其异，止之，不听。门户**素**平时所习识，**竟**径直拨蒿蓬，曲折而入。登楼，**殊**甚无少异。穿楼而过，闻人语切切。潜窥之，见巨烛双烧，其明如昼。一叟儒冠南面坐，一媪相对，俱年四十馀。东向一少年，**可**大约二十**许**左右；右一女郎，裁通"才"及笋耳。酒载zì切成大块的肉满案，团坐笑语。生突入，笑呼曰："有不速召，请之客一人来！"群惊奔匿。独叟出，叱问："谁何什么人入人闺阃私室，内寝？"生曰："此我家闺阃，君占之。旨酒美酒自饮，不一邀主人，毋乃太吝？"叟审睨视，望，曰："非主人也。"生曰："我狂生耿去病，主人之从子耳。"叟致敬曰："久仰山斗！"乃揖生入，便呼家人易馔食物，菜肴。生止之，叟乃酌客。生曰："吾辈通家世交，座客无庸无须，不必见避，还祈招饮。"叟呼："孝儿！"俄少年自外入。叟曰："此豚儿犬子也。"揖而坐，略审询问门阀门第、家世。叟自言："义君姓胡。"生素豪，谈议风生，孝儿亦倜傥豪爽洒脱而不受世俗礼法拘束，倾吐间，雅甚相爱悦。生二十一，长孝儿二岁，因弟之认作弟弟。叟曰："闻君祖纂《涂山外传》，知之乎？"答："知之。"叟曰："我涂山氏之苗裔也。唐以后，谱系犹能忆之；五代而上无传焉。幸公子一垂教也。"生略述涂山女佐禹之功，粉饰多词铺陈夸张，词采繁富，妙绪思绪，话头泉涌。叟大喜，谓子曰："今幸得闻所未闻。公子亦非他人，可请阿母及青凤来共听之，亦令知我祖德也。"孝儿入帏中。少时，媪偕女郎出。审顾之，弱态生娇，秋波美女眼睛清澈明亮流慧聪明，人间无其丽并驾，匹敌之人也。叟指妇云："此为老荆。"又指女郎："此青凤，鄙人之犹女也。颇惠通"慧"，所闻见，辄记不忘，故唤令听之。"生谈竟而饮，瞻顾女郎，停睇不转。女觉之，辄俯其首。生隐蹑踩莲钩，女急敛足，亦无愠怒。生神志飞扬，不能自主，拍案曰："得妇如此，南面王不易也！"媪见生渐醉，益狂，与女俱起，**遽**赶忙**搴**qiān撩起帱去。生失望，乃辞叟出，而心萦萦，不能忘情于青凤也。

"从"，本意为"跟随"，后引申出"堂房亲属"的意思。堂兄、堂弟分别叫"从兄""从弟"，侄子叫"从子"，又称"犹子"。后文的"犹女"即侄女，青凤称老者为"叔""阿叔"也可印证。

两个主要人物都是侄辈，想来是作者有意为之。耿生狂放不羁，个性突出，取名"去病"，颇多妙趣。面对怪异频出，他很是好奇，似乎也预感有事发生，因此嘱咐老翁一旦有所见闻，就立马跑来报告——果不其然。

"竟"，最早多用做动词，根据汉代经学家郑玄对《周礼·春官·乐师》"凡乐成则告备"的注解，"成，谓所奏一竟"，"竟"表示奏乐完毕、一章终了。后引申指"终了，完毕"，如《史记·项羽本纪》："于是项梁乃教籍兵法，籍大喜，略知其意，又不肯竟学。"这段文字中，"生谈竟而饮"，是说耿去病说完一席话后喝酒。《史记·廉颇蔺相如列传》"秦王竟酒，终不能加胜于赵"之"竟"，则指"自始至终的整段时间"。"竟"也可以做副词用，相当于"最终，到底"。现代汉语中"竟然"的义项，产生则相对较晚。"竟"还有"直接，一直，径直"的意思，耿生对耿家老宅熟门熟路，即便晚上进去也不会迷路，"竟拨蒿蓬，曲折而入"，完全符合生活真实。

座次有尊卑，具体情况比较复杂。古代贵族住宅的主要部分是堂和室，堂在前，室在堂后，堂、室之间有墙相隔，墙上开窗，称"牖"。前堂为古人行家礼、待客的地方，不住人。后室才是起居吃

住之处。古人南面（坐北）为上，还是东向（坐西）为上的问题，也与堂室制度密切相关。"堂上以南向为尊"，"室内以东向为尊"（清凌廷堪《礼经释例》）。古人讲"南面称王"，反映出堂的制度是以坐北朝南为上的。帝王诸侯见群臣，或卿大夫见僚属，都是面朝南坐，后来就用"南面"指居帝王或诸侯、卿大夫之位。耿去病狂言"南面王不易也"，是说如果能得到青凤，即使别人拿帝王的位子和他交换，他也不干。"南面"泛指居尊位或官位，则是进一步引申的结果。如前一篇《偷桃》，术人故作怨状："坚冰未解，安所得桃？不取，又恐为南面者所怒，奈何！"

若在室内，则是以坐西朝东为尊。古代军营无堂、室之分，座次仿照室内制度，以西为尊。室内座次的排列，尊卑次序依次为西、北、南、东。《鸿门宴》的一段描写最为具体："项王、项伯东乡坐。亚父南乡坐。亚父者，范增也。沛公北乡坐，张良西乡侍。"项羽自大自居，坐东向；范增虽是谋士，但被尊为亚父，坐南向；项羽根本就没把刘邦当做客人，安排他坐北向；张良的待遇当然最差，自然只能"西乡侍"了。此处"乡"通"向"。向，最初是指朝北的窗子，"牖与向不同，南出者谓之牖，北出者谓之向"（清夏炘《学礼管释·释窗牖向》），后来泛指窗户，并进一步引申出动词用法"面对，朝着"，如明归有光《项脊轩志》："又北向，不能得日，日过午已昏。"

古来室内四角各有名称。《尔雅·释宫》说，"西南隅谓之奥，西北隅谓之屋漏，东北隅谓之宧（yí），东南隅谓之窔（yào）"。四角之中，古人以奥为主位，因为奥在室的西面，所以室内座次以西为尊。

"儒冠"，儒生戴的帽子，这是介绍狐叟的装束；"南面坐"，说明其一家之主的地位。此节文字记叙青凤一家夜宴而坐，叟最尊，南面坐；次之是"一媪相对"；再次，则是叟右手边的孝儿，东向；

最卑者为青凤，坐在叟的左手。从耿去病眼中看，青凤在自己的右手边，所以说"右一女郎"。人物年辈、尊卑关系一目了然，下文两次提到"闺训""家范"既有呼应的作用，也突出主人公交结屡次受阻的原因，令人印象深刻。

"何"，可以做疑问代词，指谁、哪个。谁、何合称，复指"什么人"，不过语气加重了。如西汉贾谊《过秦论》："良将劲弩守要害之处，信臣精卒陈利兵而谁何。""谁何"做动词用，表示盘查的意思。"叟出"，大声喝问"谁何入人闺闼"，警惕而且不悦。

"不一邀主人，毋乃太吝"，与狐叟的厉声"叱问"不同，耿生报以戏谑：是你占住在我家，现在喝着美酒好不快活，也不喊我一同享用，是不是太小气了？"毋""无"多表示否定，"何"带反问语气，"乃"含揣测、怀疑或否定意味。

文言中"毋乃""无乃""何乃"一类的表达较多。"毋乃"，相当于"莫非，岂非"；"无乃"，相当于"莫非，恐怕是"，表示委婉测度的语气。《论语·季氏》："孔子曰：'求！无乃尔是过与？'"在孔子看来，冉有作为季氏家臣，在"季氏将伐颛臾"一事上明显存在过错。"何乃"，类似"怎能""怎么""为什么"，语气略强。南北朝民歌《孔雀东南飞》中，焦母赶走刘兰芝的态度非常强硬，她严厉责备儿子的愚拙："何乃太区区！此妇无礼节，举动自专由。"

"久仰山斗"是敬词的用法，狐叟借以表达对耿生的钦佩仰慕之意。泰山为五岳之首，北斗最明亮，为众星所拱并可指示方向。泰山北斗，指德高望重或有卓越成就而被人们尊重敬仰的人，简称"山斗"。这一典故出自《新唐书·韩愈传（赞）》："自愈没，其言大行，学者仰之如泰山、北斗云。"

中华民族的文化，一直延续着卑己尊人的传统，在语言交际中表现为谦辞和敬辞的大量运用。比如豚儿，犹言犬子，是对人称自己儿子的谦辞。东汉梁鸿的妻子孟光荆钗布裙，传为美谈。"老荆"，是老年人对人称自己妻子的谦辞；若忽略年龄问题，则通以"拙荆""山荆""荆妻"等谦称自己的妻子。"垂"是敬辞，"垂教"意为"赐教"，"垂询"指称上对下的询问。日常语言表达，适度、适当地运用谦辞、敬辞，显得客气有分寸，是得体的需要；如果一味滥用，就会让人感觉虚假或掉书袋，适得其反。

"涂山氏"，大禹的妻子，古史传说为涂山国诸侯之女，也有人认为是涂山九尾狐的女儿。《吴越春秋·越王无余外传》："禹三十未娶，行到涂山，恐时之暮，失其度制，乃辞云：'吾娶也，必有应矣。'乃有白狐九尾造于禹……禹因娶涂山，谓之女娇……禹行十月，女娇生子启。"

综合文意来看，耿生与狐叟交谈的内容当出于作者的精心设计。耿家祖上编纂了《涂山外传》，耿去病自然熟知其谱系，老者说自己是涂山氏的后代，特向对方请教，主客相谈甚欢。人与狐在此有了交集，耿生对古宅有着强烈的好奇心，狐叟自言"义君姓胡"，交集延伸的范围进一步加大。马振方先生认为，"'义君'之'义'……即洪迈在《容斋随笔》卷八《人物以义为名》中说过的'自外入而非正者'。'君'用以指称父或祖，古文多有用之者。……《青凤》中的'义君'即笼而统之指称义父祖。狐叟本无姓氏，更无家世，面对耿生之问，难以作答，便以谐音冒充姓胡，但又并非胡姓子孙，遂称胡姓先人为其义君。这是机智、巧妙的回答，也可窥见善写狐鬼的蒲松龄造语考究，涉笔成文"。照情理分析，交谈之前，耿生未必知道老叟是狐，狐叟自报家门时不说本生父母而提及"义君"，感觉很奇怪。不过，如果默认耿家人知悉狐叟的底细则另当别论，加之耿去病本来就是狂生，相谈甚欢之际并无深究之心，上述"义君"的解释也就完全说得通。

缠足是旧时摧残妇女身心健康的陋习。女子以布帛紧束双足，使足骨变形，脚形尖小成弓状，以此为美，称"（三寸）金莲"。因其畸形纤小似新月，也称莲钩。这当然是变态的审美观。摒除时代因素不论，这里无非是说，耿生被青凤吸引，主动挑逗而未遭明确拒绝，故而"神志飞扬"；当青凤随媪离去，自然失望不已，"不能忘情"。行文充分铺写当事人的行为表现及其心理状态，为后续情节张本。

至夜，复往，则兰麝青凤所用的名贵香料犹芳，而凝专注待终宵，寂无声欬咳嗽或所发的声音。欬kài。归与妻谋，欲携家而居之，冀得一遇。妻不从，生乃自往，读于楼下。夜方凭几，一鬼披发入，面黑如漆，张目视生。生笑，染指研墨自涂，灼灼然眼睛明亮的样子相与对视。鬼惭而去。次夜，更既深，灭烛欲寝，闻楼后发扃jiōng从里面关的门闩，辟之閛pēng关门声然。生急起窥觇，则扉半启。俄闻履声细碎，有烛光自房中出。视之，则原来是青凤也。骤见生，骇而却退，遽阖双扉。生长跽而致词曰："小生不避险恶，实以卿故。幸无他人，得一握手为笑，死不憾耳。"女遥语曰："惓惓juàn念念不忘深情，妾岂不知？但叔闺训严，不敢奉命。"生固哀之云："亦不敢望肌肤之亲，但一见颜色足矣。"女似肯可同意，答应，启关出，捉之臂而曳之。生狂喜，相将相偕，一同入楼下，拥而加诸膝。女曰："幸有夙分宿缘，前世注定的缘分，过此一夕，即相思无用矣。"问："何故？"曰："阿叔畏君狂，故化厉鬼以相吓，而君不动

也。今已卜居他所，一家皆移**什物**各种物品器具赴新居，而妾留守，明日即发矣。"言已欲去，云："恐叔归。"生强**止**挽留之，欲与为欢。方**持论**争论间，叟**掩**突然入。女羞惧无以自容，俯首倚床，拈带不语。叟怒曰："贱婢辱吾门户！不速去，鞭挞**且**将从其后！"女低头急去，叟亦出。尾而听之，诃诟万端。闻青凤嘤嘤啜泣，生心**意**心中如割，大声曰："罪在小生，于青凤**何**与何干？倘宥凤也，刀锯**铁**同"斧"**钺** yuè大斧，小生愿身受之！"良久寂然，生乃归寝。自此第内绝不复声息矣。生叔闻而奇之，愿售以居，不较**直**通"值"，价钱。生喜，携家口而迁焉。**居逾年**过了一年多，甚适，而未尝须臾忘凤也。

据《左传·昭公五年》杜预注，周代的十二时段为夜半、鸡鸣、平旦、日出、食时、隅中、日中、日昃（zè）、晡（bū）时、日入、黄昏、人定。唐张守节《史记正义》、清赵翼《陔余丛考》的记载说明，汉代分一昼夜为十二时辰，以子、丑、寅、卯、辰、巳、午、未、申、酉、戌、亥十二地支为名，旧称十二辰。清初受西洋二十四小时纪时制度的影响，又把每个时辰分为初、正两段，时初分四刻（十五分钟为一刻），时正分四刻，一个时辰共八刻，即两个小时。

十二时段中，古人以夜半为中心，把一夜分为"五更"，每更为一个时辰，每到一更开始，官府派人打更巡夜。古代军队在外打仗，夜间每更巡逻。城邑中心还专设更鼓楼，定时击鼓（后改为敲钟）向全城报时，故五更又称五鼓。汉魏时期还把五更以天干命名，即甲夜、乙夜、丙夜、丁夜、戊夜，称"五夜"。这种计时方式精确性相对较弱，作为序数词的"五更"大致相当于天亮前。《孔雀东南飞》："中有双飞鸟，自名为鸳鸯；仰头相向鸣，夜夜达五更。"更深也就是深夜。

古人铺席于地，两膝着席，两脚脚背向下，臀部落在脚踵上，叫做"坐"；如果"敛膝倾腰"，两膝着地而臀部不落在脚踵上，则称为跪或跽（细分的话，跪是上身虚悬，跽则是上身挺直）。《陔馀丛考·古人跪坐相类》："盖以膝隐地，伸腰及股，危而不安者，跪也。以膝隐地，以尻着蹠（脚跟），而体便安者，坐也……据此则古人之坐与跪，皆是以膝着地，但分尻着蹠与不着蹠耳。"跽需"屈膝直腰"，即两膝着地但耸体挺身，最为恭谨；但也有随即要站起来的意思。《史记·项羽本纪》："项王按剑而跽曰：'客何为者？'"面对樊哙闯帐，项羽很是警惕。长跪或长跽即直身而跪，多含庄敬之意。"凭几"，本指膝纳于几下、肘伏于几上的坐法，又叫"隐几"。这里的"夜方凭几"，是说耿去病正坐着打盹。

有意思的是，与现代汉语动量词用法类似，在文言文中，"一"通常放在动词的前边。"幸无他人，得一握手为笑，死不憾耳"，"一握手"即握一次（下）手。上文"不一邀主人""幸公子一垂教也"，换用现在的话说，分别表示"不邀请一下主人""希望公子赐教一番"的意思。

狐叟以为装鬼能吓倒耿生，使他知难而退，无果。第二天深夜，耿生终于得见青凤，可谓功夫不负有心人。他"长跽而致词"，再加哀求，"女似肯可"，两情相悦。至此，狐叟与耿生一老一少两个男人的阔谈转为青年男女的私语，既追述狐叟携家迁居的事实，推进情节的发展，更通过人物言行充分展现不同的个性，细节刻画、心理描写都十分细腻。听到青凤被叔叔骂哭，委屈得不得了，耿生心如刀割，只要不连累青凤，他甘愿承揽一切过错。私情无法得偿，好在低价买得耿家古宅，安适地住下。耿生对青凤仍念念不忘。

会清明上墓归，见小狐二，为犬逼逐，其一投荒窜去，一则皇通“惶”急道上。望见生，依依哀啼，阘耳耳朵下垂。阘tà辑通“戢”，藏首，似乞其援。生怜之，启裳衿衣下两旁盖住裳的部分，提抱以归。闭门，置床上，则青凤也。大喜，慰问。女曰：“适与婢子戏，遘gòu遭遇此大厄。脱如果非郎君，必葬犬腹。望无以非类见憎。”生曰：“日切深切怀思，系于魂梦。见卿如获异宝，何憎之云！”女曰：“此天数也，不因颠覆困顿，何得相从？然幸矣，婢子必以妾为已死，可与君坚永约坚订终身之约耳。”生喜，另舍居之。

古代的衣服形制和今天有一定的区别，一般是“上衣下裳”，下身穿的衣裙称“裳”，无论男女都穿。屈原《离骚》“制芰荷以为衣兮，集芙蓉以为裳”很具体地显示了这一特点。通常的穿着习惯，是以上边的衣罩住下边的裳，“启裳衿”相当于撩开衣服的下摆。耿生这样做，目的是好让小狐从下摆处钻进去，“提抱以归”。

扶危济困基于良善之心，对弱小待救的对象普施援手，不必以类相从。耿生对青凤，是出于真心的喜欢，无论是起初化为人形的美女，还是后来变回真身的小狐。作者收起影影绰绰的笔触，揭开人狐之恋的真相。在耿生眼里，他“日切怀思，系于魂梦”的青凤是不是“非类”一点儿都不重要，感情之真挚、强烈可见一斑。二人从此可以终身相守，自然欢喜异常。另选一处地方安置青凤，不在话下。

积过了二年馀，生方夜读，孝儿忽入。生辍读，讶诘所来。孝儿伏地，怆然曰："家君有**横难** hèng nàn 意外之灾，非君莫拯。将自诣来恳，恐不见纳，故**以派**某来。"问："何事?"曰："公子识莫三郎否?"曰："此吾年家子也。"孝儿曰："明日将过。倘携有猎狐，望君之留之也。"生曰："楼下之羞，耿耿在念，他事不敢**预闻**过问。必欲仆**效**尽**绵薄**才力薄弱的谦辞，非青凤来不可!"孝儿零涕曰："凤妹已**野死**死于荒野，未经敛葬三年矣!"生拂衣曰："既尔，则恨**滋**更深耳!"执卷高吟，殊不顾瞻。孝儿起，哭失声，掩面而去。生**如**到青凤所，告以故，女失色曰："果究竟救之**否**句末语气词?"曰："救则救之，**适**刚才不之诺者，亦聊以报前**横**粗暴干涉耳。"女乃喜，曰："妾少孤，依叔**成立**长大成人。昔虽**获罪**受责备，乃**家范**家规应尔。"生曰："诚然，但使人不能无介**介**耿耿于怀耳。卿果如果死，定不相援。"女笑曰："忍狠心哉!"次日，莫三郎果至，镂**膺**虎**韔**盛弓的袋子饰以虎纹。**韔** chàng，**仆从**随从，仆人甚赫。生门**逆**迎之。见获禽甚多，中一黑狐，血**殷** yān 染红毛革；抚之，皮肉犹温。便**托**借口裘敝，乞得缀补。莫慨然解赠。生即付青凤，乃与客饮。客既去，女抱狐于怀，三日而苏，**展转**经过多种途径复化为叟。举目见凤，疑非人间。女历言其情。叟乃下拜，惭谢前**愆** qiān 罪过，喜顾女曰："我固谓汝不死，今果然矣。"女谓生曰："君如念妾，还乞以楼宅相假，使妾得以**申**表达**返哺**孝养父母之**私**孝心。"生诺之。叟赧然谢别而去。入夜，果举家来。由此如家人父子，无复猜忌矣。生**斋居**家居，孝儿时共谈谦_{边宴饮边叙谈。谦yàn，聚谈。}生嫡出子_{正妻所生之子}渐长，遂使傅之；盖循循善教，有师范_{老师的风度气派}焉。

科举时代同年登科者两家互称"年家"；"年家子"，就是科举同年的晚辈子侄。明末以后，往来通谒，无论是否同年登科，一概称"年家"。

文言虚词"之"的用法比较灵活，这里提醒其中的两类。第一，取消句子的独立性，也就是使句子在形式上变成句中的一个成分，意思上不完整，如不依赖一定的上下文，就不能独立存在。其位置又分为几种情况。要么在充当主语或宾语的主谓结构之间，如唐韩愈《师说》"师道之不传也久矣"，"师道不传"本来可以独立成句，这里被降格为"久（矣）"的主语，独立性就被取消了；又如《论语》"岁寒，然后知松柏之后凋也"，本可独立的"松柏后凋"在加了"之"后不再能独立成句。本段中，"望君之留之也"就属于这种用法。要么在一个分句的主谓之间，表示意思未完，让听者或读者等待下文，如庄子《逍遥游》"且夫水之积也不厚，则其负大舟也无力"，前一个分句"水""积（也不厚）"之间用"之"字，提醒读者注意下面要具体表达的意思。要么在主语和时间状语之间，略带停顿，如《孟子·寡人之于国也》"寡人之于国也，尽心焉耳矣"；这一结构在下面的句子中表现得更为特殊："始臣之解牛之时，所见无非牛者。"（《庄子·庖丁解牛》）第二，作宾语前置的标志词，如本段中"适不之诺者，亦聊以报前横耳"，"适不之诺"是"适不诺之"的倒装形式，意思是"刚才不答应孝儿的恳求"。一般来说，无论是取消句子独立性还是标示宾语前置，都是出于表达的需要而带有某种强调的意味。当然，这都是以现代汉语语法来分析，出于理解的方便。还有不少情况，古今表达习惯有别，无法做一一对应式的处理。说到底，要想避免犯以今律古的错误，除了多读，没有更好的法子。

在宗法制度下，家庭正支正妻称为"嫡"，正妻生的儿子叫"嫡子"；与之相对，妾所生子为庶出，称"庶子"。中国古代社会，帝王实行嫡长子继承制，清王应奎《柳南随笔》："盖庶出之子，虽年长于嫡出，而不得为嗣子。"文中的"嫡出子"即"嫡子"，是耿生正妻生的儿子。

在四种基本的文学样式中，小说对于技巧的要求比较高。故事要靠作者苦心经营，除了主人公，次要人物如何安排绝非随意。作者写孝儿，前文只是闲闲地勾勒了几笔，说他是个十九岁的年轻人，"亦倜傥"，耿生很喜欢，把他当作弟弟看待，此外再无戏份。孝儿再次出现，是奉父命请耿生施救，"伏地，怆然""零涕""哭失声，掩面而去"等举止、神情一如其名。这样处理非常巧妙，正面刻画孝儿的文字背后，始终"站"着狐叟。莫三郎则很像友情出演，在下一个场景集中出镜一次就匆匆离去，为耿生的表现增色不少。借口裘破向"年家子"讨一张狐皮"缀补"，自然是小菜一碟，但耿生当面拒绝了孝儿之请，这既合人之常情，毕竟曾经的"楼下之羞"让青凤受尽委屈；也是欲扬先抑，他告诉青凤自己只是想出出气。"忍哉"类似于"你好狠心啊"，由青凤口中说出，而且是"笑曰"，含着娇嗔、开心、感激等丰富的情绪，耐人寻味。

狐叟得救后三天才醒来，经过漫长的变化过程方现出人形，"举目见凤，疑非人间"，耿生行小善而积回生之德。青凤以德报怨，一心尽孝，请求并提议狐叟一家迁回耿氏古宅，自此"如家人父子"，前嫌尽释。耿妻生了孩子，孝儿很自然地做了老师，还教得有模有样，补述这一其乐融融的细节，可谓神来之笔。

就阅读取向来说，读故事，追求获得所谓的正能量当然无可非议，但将其视为唯一的目的，既无必要也不太可能，毕竟伟大的作家各如其面，优秀的作品百态千姿。仅就欣赏而论，单一终会带来乏味。好的小说总能给人感发，字里行间留有思索的余地，让阅者一篇看完，禁不住遥想沉吟；作者言有尽而读者意无穷。如果耿去病只是个猎色以贪求肌肤之亲的花花公子，除了给那些整天盼望艳遇的无聊之徒以画饼充饥的意淫满足之外，很难找到别的意义。

陈寅恪先生说："狐能为怪之说，由来久矣。而幻为美女以惑人之物语，恐是中唐以来始盛传者。"人狐相恋大约与"狐能为怪"的传闻有关。两情相悦不一定就能缔结姻缘，门户地位、社会关系、伦理道德等诸多因素在制约着，现实社会中，跨越这些障碍绝非易事，人、狐不同类，难度就更甚。耿生不但豪爽多情，更有善良的美德，源自良善本能、与私心无干的救助之举，才使事情出现转机，促成皆大欢喜的结局。莫以善小而不为，助人者往往益己，不经意间感染了读者。赵伯陶先生以为，"若与异类相恋，则可以规避人世间的种种规则或重重限制，可以任意插上想象的翅膀，翱翔于情感的自由天地。读《聊斋志异》中的人狐相恋，皆当作如是观"，换一个视角读故事，说不定会有新的收获。

不用说，故事首先要好看。蒲松龄创作《聊斋志异》，转益多师，其艺术加工的高超手法直令人叹为观止。关于聊斋故事本事的考证，学术界有丰硕的成果。冯伟民先生认为，唐牛僧孺《玄怪录·华山客》所记党超元遇狐事，宋刘斧《青琐高议·后集·小莲记》（小莲狐精迷郎中）的后半部分情节，都与《青凤》存在渊源关系。蒲松龄基于本事，其加工艺术可谓精到，不但对"救难"情节进行了升级，使得故事层次更为丰富，青凤的形象得以凸显，不同人物的心理状态通过一颦一笑清晰呈现。

推进情节，节奏的掌控也有火候问题。一味拖沓固然不好，全程快马加鞭也容易使人疲劳，快慢相间，似断实连，遥相呼应，有时就需要借助意外。新生代导演许荣哲说他喜欢"把意外定义为'努力之外'，也就是费尽心机都无法达成的事，却在某个转折点发生了"。耿生苦苦支撑，爱情却迟迟无果，谁知第二年的清明节，青凤"为犬逼逐""皇急道上"，意外之喜让读者都有些猝不及防，然而巧合就这样发生了。英雄救美的故事并不新鲜，现成拿来之后施以嫁接之功，相当于巧妇借米且酿而为酒——蒲氏点化，真真好手段。

五　画皮

　　与欧印语言相比，汉语里没有词格、时态等的变化，完整性、逻辑性稍欠，因此常给人表意不确切的印象。这是从消极的一面看，事实确实如此。但也有积极的一面，那就是汉语表达相对灵活而不刻板，讲究丰富蕴藉，且多忌直白浅露。"君君，臣臣，父父，子子"，是记孔子回答齐景公问政的话。这四个叠字短句本身有两种理解的可能，既可以是"君样的君，臣样的臣，父样的父，子样的子"，也可以是"君够君样，臣够臣样，父够父样，子够子样"；因为下文是"公曰：'善哉！信如君不君，臣不臣，父不父，子不子，虽有粟，吾得而食诸！'"，意思就只能是后一种。

　　本文的标题"画皮"有两解。一指动作、行为——在（人）皮上画出眉眼，故事中王生见"一狞鬼，面翠色，齿巉巉如锯，铺人皮于榻上，执彩笔而绘之；已而掷笔，举皮，如振衣状，披于身，遂化为女子"，正是此等场景。一指具体的名物——经过描画的（人）皮，故事中"共视人皮，眉目手足，无不备具。道士卷之，如卷画轴声"，就是这么个东西。

　　一方面，语词的涵容性对应概念的丰富，提供了广阔的联想想象空间；另一方面，借助具体语境（上下文）的制约，词义的模糊性又得以消解，表意明确。这恰是汉语表达的弹性特征。

入夜紧闭门窗，厉鬼铺人皮于坐卧之具，在上面仔细描画眉眼，接着抖一抖披在身上，如此"画皮"的场景着实令人不寒而栗。《聊斋志异》中有不少鬼怪狐妖的故事，这是其中一类，鬼是狞鬼，人是愚人。

画画本为堪赏之雅事，今见以人皮为材料，顿觉阴气逼面，细思恐极。耐人寻味的是，作者讲说《画皮》的故事，在揭开恐怖的底子之前，读者看到的是光鲜亮丽，以及男女欢愉。

太原王生，早行，遇一女郎，抱襆（fú 包袱）独奔，甚艰于步。急走趁（逐之），乃二八姝丽（美女）。心相爱乐，问："何夙夜（不分日夜）踽踽而独（只身独行）？"女曰："行道之人，不能解愁忧，何劳相问。"生曰："卿何愁忧？或可效力，不辞也。"女黯然曰："父母贪赂（财物），鬻妾朱门。嫡妒甚，朝詈而夕楚（拷打辱之），所弗堪也，将远遁耳。"问："何之？"曰："在亡之人，乌（岂，何，哪里）有定所。"生言："敝庐不远，即烦枉顾。"女喜，从之。生代携襆物，导与同归。女顾室（家无人），问："君何无家口（家人）？"答云："斋（书斋耳）。"女曰："此所良佳。如怜妾而活之，须秘密，勿泄。"生诺之。乃与寝合（交合）。使匿密室，过数日而人不知也。生微（悄悄告妻）。妻陈（妻子陈氏），疑为大家媵妾（姬妾。媵 yìng），劝遣之。生不听。

文言中与"走"有关的说法很多，而且分得很细，像"步"

（步行；两次抬脚的距离为一步，抬一次脚的距离称为"跬"），"武"（半步；足迹），"行"（行走），"趋"（小步快走；奔跑），"走"（奔跑），等等。

"急走趁之，乃二八姝丽"，"乃"相当于"原来是"，带有恍然或意外之意。一大早，王生起先只见一年轻女子揣着包袱艰难急奔，追上去细看，发现竟然是个美女，自然喜不自胜。《史记·孟尝君列传》："孟尝君过赵，赵平原君客之。赵人闻孟尝君贤，出观之，皆笑曰：'始以薛公为魁然也，今视之，乃眇小丈夫耳。'"孟尝君田文的父亲田婴被封于薛，田婴死后，田文代立于薛，这里的薛公代指孟尝君。赵人早就听说孟尝君的大名，本想着一睹风采，开始以为是堂堂男子汉，如今一看，原来是个小丈夫。"始""今"对比，掩饰不住失望之情，进而语带嘲讽。

"心相爱乐"，是说王生见色起意，一厢情愿，居心不良。"相"表示一方对另一方有所施为。古乐府《木兰诗》"爷娘闻女来，出门（郭）相扶将"，《古诗为焦仲卿妻作》（《孔雀东南飞》）"初七及下九，嬉戏莫相忘"，句中的"相"都是这一用法（本篇后文"何劳相问"的"相"亦同）。

"朱门"，古代王侯贵族的府第大门漆成红色，以示尊贵，后代指豪门大族、富贵豪强之家。综合下句"嫡妒甚"看，"鬻妾朱门"指的是被卖到富贵人家当妾。

古人调遣虚词，用法往往比较灵活。"朝詈而夕楚辱之"一句中，"之"相当于第一人称"我"，正妻妒意十足，对"我"早晚打骂侮辱。类似的情况下文就有，如"如怜妾而活之"。《聊斋志异·珊瑚》："媪曰：'被出如珊瑚，不知念子作何语？'（沈）曰：'骂之耳。'"媪的意思是，珊瑚是被你赶走的，她想到你的时候会说什么呢？妹妹沈氏非常羞愧："骂我罢了"。除了"之"，"其"也有临时指代第一人称的用法，宋王安石的《游褒禅山记》中有比较典型的体现。"既其出，则或咎其欲出者，而余亦悔其随之而不得极夫游之乐也"，"出"（从洞中出来）的是"其"，亦即"我们"；"随之而不得极夫游之乐"的是"其"，也就是"余"（我），二者都指向第一人称。

从历史文化角度说，古人很讲究言语的得体，敬辞和谦辞的运用比较普遍。敬辞较为直接。"枉顾"就是私人来访，其字面的意思是，对您来说，看望我是委屈了你，这种说法凸显出对方身份地位的尊贵。谦辞略带婉转，无论自己的住处实际上奢华、普通抑或寒酸，一律以"敝庐"（房子破败）称之，通过卑己达到尊人的目的。

古代宗法社会实行一夫多妻的婚姻制度，随之产生了"嫡庶""姬妾""妃嫔媵嫱"等一系列专有名词。正妻为"嫡"，在正妻以外聘娶的女子称"妾"（本指女奴）。正妻所生子女为"嫡生"；妾的子女为"庶出"，他们要称父亲的正妻为"嫡母"。引申开来，"嫡"也指最亲近的血缘关系。"妃嫔"是帝王的妾侍；妃，位次于后，嫔，位又次于妃。作为宫廷侍御的"媵嫱"，位又次于妃嫔。古代诸侯嫁女，以侄娣（侄女和妹妹）从嫁，称"媵"；"媵"进而代指以臣仆陪嫁，且可以泛指庶贱者，以后也借指小妻。"姬"指妾，是从"美女"和"汉代宫中女官"的义项辗转而来的。"媵妾"，相当于姬妾。王生的妻子陈氏怀疑丈夫藏匿的女子是富贵人家的姬妾，因而劝丈夫将她打发走，免得惹麻烦。

偶适市，遇一道士，顾生而愕，问："何所遇？"答言："无之。"道士曰："君身邪气萦绕，何言无？"生又力白_{辩白}。道士乃去，曰："惑哉！世固有死将临而不悟者！"生以其言异，颇略_微疑女；转思明明丽人，何至为妖，意_{怀疑}

五画皮

043

（是）道士借**魇**镇压邪祟**禳** ráng 除去邪恶或灾异以**猎食**谋食者。无何，至斋门，门内**杜**关上，不得入。**心疑所作**好奇她在里面做什么事，乃逾**垝垣**坏墙。垝，guǐ，则室门已闭。蹑迹而窗窥之，见一狞鬼，面翠色，齿**巉巉** chán 锋利尖锐如锯，铺人皮于榻上，执彩笔而绘之；已而掷笔，举皮，如**振衣**抖衣状，披于身，遂化为女子。睹此状，大惧，**兽伏**因恐惧而俯伏而出。急追道士，不知所往。遍**迹**追寻之，遇于野，长跪乞救。道士曰："请遣除之。此物亦良苦，**甫能觅代者**刚刚能找到替身，予亦不忍伤其生。"乃以蝇拂授生，令挂寝门。临别，约会于青帝庙。生归，不敢入斋，乃寝内室，悬拂焉。一更许，闻门外**戢戢** jí 细小之声有声，自不敢窥也，使妻窥之。但见女子来，望拂子不敢进；立而切齿，良久乃去。少时，复来，骂曰："道士吓我。**终即使不然**不对，**宁**难道入口而吐之耶！"取拂碎之，坏寝门而入，径登生床，裂生腹，掬生心而去。妻号。婢入烛之，生已死，腔血狼藉。陈骇涕不敢声。

"何所遇"，结合上文看，兼有"到过什么地方""遇到过什么东西"两重含意，远比"遇何"来得丰富。细加分析，大致"何"相当于"什么"，侧重指物；"所"即本义，侧重指场所，综合"何所遇"一句，比照文章开头"太原王生，早行，遇一女郎"，不仅情形吻合，而且结构上自然呼应。

这种不依赖形式方面的严格规整而借助语境的提示与制约，就是所谓"意会性"。意，或两可或多维，独立看，模糊；置于一定的语境，则明确。《红楼梦》中，贾宝玉对林黛玉先后两次说过同样的话，"你死了，我做和尚！"（三十回），"你死了，我作和尚去"（三十一回），尽管前后分句之间没有关联词语，读者也绝不会理解成因果关系。唐王勃《秋日登洪府滕王阁饯别序》有"兰亭已矣，梓泽丘墟"的对句，"已矣"全是虚字，"丘墟"全是实字，初看很难算相对，启功先生说"梓泽原不是甚么天然的荒丘地带，而是古代的名园胜境。今言'丘墟'，是说它的荒废情景，那么'已矣'是'完了'，'丘墟'是'荒废'，不过还是实字作虚与纯虚相对的手法而已。里边再掺杂进双声叠韵的因素，就更使人眼花缭乱了"。《水浒传》第十回回目"林教头风雪山神庙，陆虞侯火烧草料场"，"火烧草料场"语序清楚自然，"风雪山神庙"则语法关系不明确，但读者通过意会，不仅明白原文意思，还能从"风雪""火烧"的对整形式中自然串联起故事内容，收获更深层次的审美体验。这在汉语以外的拼音文字中是很难见到的。

"蝇拂"也叫拂尘，是驱蝇除尘的用具，多用马尾制成，俗称马尾甩子，旧时道士手上常拿着它。"终不然"，意思是即使这样做是错的；"宁入口而吐之耶"，是说"难道吃进嘴里还吐出来不成"，反问语气尤为强烈。女鬼极不甘心，执迷而不悟，终于将王生裂腹掬心，扬长而去。

短短几天工夫，王生从活蹦乱跳到被剖腹取心，腔血狼藉而死，全因他借救难之名，行猎色之实。他被面前的一张画皮遮没了双眼，看不到危险，也听不进预警，不良之居心一再存有侥幸，难逃劫难，其惨万状。

明日，使弟二郎奔告道士。道士怒曰："我固怜之，鬼子乃敢尔！"即从生弟来。女子已失所在。既而仰首四望，

五
画
皮

045

曰："幸遁未远。"问："南院谁家？"二郎曰："小生所舍也。"道士曰："现在君所。"二郎愕然，以为未有。道士问曰："曾否有不识者一人来？"答曰："仆早赴青帝庙，**良**实在不知。当归问之。"去，少顷而返，曰："果有之。晨间一妪来，欲佣为仆家**操作**做杂事，**室人止之**妻子留下了她，尚在也。"道士曰："即是此，这物矣。"遂与俱往。仗木剑，立庭心，呼曰："孽魅！偿我拂子来！"妪在室，惶遽无色，出门欲遁，道士逐击之。妪仆，人皮**划然**拟声词而脱，化为厉鬼，卧嗥如猪。道士以木剑枭其首，身变作浓烟，**匝地**遍地作堆。道士出一葫芦，拔其塞，置烟中，**飗飗**liú拟声词然如口吸气，瞬息烟尽。道士塞口入囊。共视人皮，眉目手足，无不**备具**完备，齐全。道士卷之，如卷画轴声，亦囊之，乃别欲去。

"枭"是个会意字，本指猫头鹰一类的猛禽之一，相传为食母的恶鸟（一说"也作鸮"，不确）。引申指勇猛难驯，或骁勇、雄豪，常见词为"枭雄"。"悬头示众"是另一引申义，多用于"枭首"。上文中"道士以木剑枭其首"，"枭"指单纯的"斩""砍"动作。

这"鬼子"真不简单。道士尚存怜悯之心，不忍伤生，它却不愿将到嘴的肥肉吐掉，两番变身，化为老妪，伺机作案。一旦正义临门，惶恐无地，卸去人皮变回厉鬼，无处可逃，顿作浓烟。徒然扎挣，机心枉费。

不过，故事并未结束，要用救活王生来收尾，还得安排别的"节目"。

陈氏拜迎于门，哭求回生之法，道士谢不能。陈益悲，伏地不起。道士沉思曰："我术浅，诚不能起死。我指一人，或能之，往求必合_{应该}有效。"问："何人？"曰："市上有疯者，时卧粪土中。试叩_{叩头}，拜而哀之。倘狂辱夫人，夫人勿怒也。"二郎亦习熟_{悉知}之，乃别道士，与嫂俱往。见乞人颠_{通"癫"}歌道上，鼻涕三尺，秽不可近。陈膝行而前。乞人笑曰："佳人爱我乎？"陈告之故。又大笑曰："人尽夫也_{人人都可做你的丈夫}，活之何为！"陈固哀之。乃曰："异哉，人死而乞活于我！我阎摩耶？"怒以杖击陈，陈忍痛受之。市人渐集如堵。乞人咯痰唾盈把_{满掌}，举向陈吻_{嘴（边）}曰："食之！"陈红涨于面，有难色；既思道士之嘱，遂强啖焉。觉入喉中，硬如团絮，格格而下，停结胸间。乞人大笑曰："佳人爱我哉！"遂起，行已不顾。尾之，入于庙中。迫而求之，不知所在；前后冥搜_{尽力寻找}，殊无端兆_{端倪，迹象}，惭恨而归。既悼夫亡之惨，又悔食唾之羞，俯仰哀啼，但愿即_{马上}死。方欲展_{揩拭血}敛尸，家人伫望，无敢近者。陈抱尸收肠，且理且哭。哭极声嘶，顿欲呕，觉鬲_{通"膈"}中结物，突奔而出，不及回首，已落腔中。惊而视之，乃人心也，在腔中突突犹跃，热气腾蒸如烟然。大异之。急以两手合腔，极力抱挤，少懈_{过了一会儿}，则气氤氲自缝中出，乃裂缯_{帛丝织品。缯zēng}急束之。以手抚尸，渐温。覆以衾裯_{被褥。裯chóu，单被}。中夜启视，有鼻息矣。天明，竟终于活，为言："恍惚若梦，但觉腹隐痛耳。"视破处，痂结如钱，寻愈。

"谢"除了"感谢"的含义之外，在文言中还可以表示"推辞"或"致歉"。联系后文道士说自己"术浅"，"谢不能"意为"我做不到，非常抱歉"，即表示他本来就做不到，并非有意推辞。

"阎摩"同"阎罗"，是梵语 Yama 的音译，指地狱中的鬼王。在佛经中他既是地狱的审判者，但同时也承受地狱的烧炙毒痛之苦。在中国民间更进一步发展成十阎罗王乃至十八阎罗王的信仰。或称为"阎摩""阎魔""阎魔王""阎罗王""阎君""阎王""阎王老子""阎王爷""琰魔王"等。

恶心、作弄王妻的"节目"并不让人愉快，但愈是让读者添堵，愈能见出故事背后的沉重。讲故事，有时候就会像蒲松龄处理《画皮》这般，出狠招。

异史氏曰："愚哉世人！明明妖也，而以为美。迷哉愚人！明明忠也，而以为妄。然爱人之色而**渔**侵占之，妻亦将食人之唾而甘之矣。天道好还，但愚而迷者不**寤**醒悟耳。可哀也夫！"

成语"天道好还"出自《老子》："以道佐人主者，不以兵强天下，其事好还。"意为天道循环、报应不爽。"好"音 hào，表示物性或事理的倾向，如南朝梁简文帝《春日想上林》诗："柳条恒着地，杨花好上衣。""还"，回报。

作者在此表明自己的看法，糊涂愚蠢的世人心怀不轨，不但丢了卿卿性命，还连累亲人遭受无尽的痛苦，尽管最终捡回一条贱命，却让妻子留下了难以抹去的耻辱的阴影。人心之坏之难测之不可不慎，教训太大了。

《画皮》的思想核心是写果报。善有善报恶有恶报，不是不报时候未到。

《画皮》最下功夫的是写"人心"。王生渔色之心，及其眼中道士谋事之心，"此物"害人之狠心，"乞人"摧折王妻以试探之心，以及陈氏救夫骤忍之心，凡此种种，令人过目难忘。后两点写得更是精彩，尤其将王生的执迷不悟充分展开，合情合理。

明知山有虎偏向虎山行，显示豪气与勇敢的同时，说不定刚好暴露了自己的莽撞。设若私心太重，像王生那样为猎艳而不顾死活，当然是自作孽不可活，无话可说。王生起死回生竟要妻子代偿奇辱，直见得"夫为妻纲"的封建毒害，现在看来，这当然是《聊斋志异》作者囿于时代局限的思想糟粕。

但更深的意义在于，愚人自作孽，狞鬼也就有了许多可钻的空子；鬼固然可恶，人更可恨。

《画皮》全文，最触目惊心的是附带伤害。如果不改痴愚，总是寄希望于像道士、乞人这样神通广大的救世主，那就错了。现实生活中，真正的悲剧主角，是那些与愚蠢的当事人休戚相关的无辜的亲友。《画皮》读来让我们惊得一身冷汗的地方，大概就在此吧。

六 陆判

这是一个发生在安徽青阳的"人鬼情未了"的故事。陵阳，本是战国时期的楚邑，明代属南直隶池州府青阳县，治所是现在的池州市青阳县陵阳镇。

即使在医术发达的今天，换心也是极为复杂的外科手术，至于换头，目前尚未见到成功的报道。假之鬼手，朱尔旦夫妇得以顺利换心、换头，确是天才的想象。施行手术的是"绿面赤须，貌尤狞恶"的陆判，荒诞色彩较浓；将生性豪放、长久笃学无功的书生，及其"下体颇亦不恶，但头面不甚佳丽"的结发妻子设定为患者，还是植根于现实，不离世俗常情。

陵阳朱尔旦，字小明，性豪放；然素**钝**笨拙，迟钝，学虽**笃**专心，尚未知名。一日，文社众饮。或戏之云："君有豪名，能深夜赴十王殿负得左廊判官来，众当**醵** jù 凑钱聚饮作筵。"盖陵阳有十王殿，神鬼皆以木雕，妆饰如生。东庑有立判，绿面赤须，貌尤狞恶。或夜闻两廊拷讯声，入者毛皆**森竖**因恐怖而毛发竖立。故众以此难朱。朱笑起，径去。

居无何，门外大呼曰："我请髯宗师至矣！"众皆起。俄负判入，置几上，奉筯酹以酒浇地，表示祭奠之三。众睹之，瑟缩不安于坐，仍请负去。朱又把酒灌地，祝曰："门生狂率不文无礼，大宗师谅不为怪。荒舍匪遥不远，合应该乘兴来觅饮，幸勿为畛畦zhěn qí界限，隔阂。"乃负之去。

在古代社会，志趣相投的文人所结成的团体称为"文社"。文社的日常活动以切磋文章为主，像明末的"复社"那样议政的，为数并不多。

汉传佛教认为有十个主管地狱的阎王（具体说法稍有不同），十王殿，指寺庙中供奉十殿阎王的殿。传说阎王属下有分掌各种事务的判官（以掌管生死簿者为最有名），判官无专庙，多陪祀于城隍庙、十王殿或岳神庙；其塑像形貌美丑不一。

"髯宗师"，字面意思是"大胡子宗师"。学政俗称大宗师，是管理诸生的顶头上司。朱尔旦以"髯宗师"相称，在调侃的同时也有震慑文社众人的意味。古代科举考试，考生对取中自己的考官自称"门生"。朱尔旦视陆判为学政（学政主持院试、岁考与科考），故有此说。

人鬼相隔，不能互通，陆判的出场无疑是个难题。用吓唬的手段捉弄向来愚钝的朱尔旦，只是文友们的恶作剧；二话不说，立马执行，表面上是就范，实则完全出人意料——作者不但轻松解决了难题，还附带呈现了戏剧效果，这正是写作的匠心。

次日，众果招邀请饮。抵暮，半醉而归，兴未阑将尽，挑灯独酌。忽有人搴帘入，视之，则判官也。朱起曰："意猜测，估计吾殆将死矣！**前夕**昨晚**冒渎**冒犯，亵渎，今来加斧锧耶？"判启浓髯微笑，曰："非也。昨蒙**高义**深情厚谊相**订**约定，夜偶暇，敬**践**赴**达人**豁达豪放的人之约。"朱大悦，牵衣促坐，自起涤器**爇**ruò燃点火。判曰："**天道**天气，气候温和，可以冷饮。"朱如命，置瓶案上，奔告家人治肴果。妻闻，大骇，戒勿出。朱不听，立俟治具以出。易**琖**zhǎn酒杯交酬，始询姓氏。曰："我陆姓，无名字。"与谈**古典**古代典籍，应答如响回声。问："知**制艺**八股文否？"曰："**妍媸**美丑，好坏亦**颇**略微辨之。阴司诵读，与阳世略同。"陆豪饮，一举十觥。朱因**竟日**整天饮，遂不觉玉山倾颓，伏几醺睡。比醒，则残烛昏黄，鬼客已去。自是三两日辄一来，情益洽，时抵足卧。朱献**窗稿**习作，陆辄**红勒**用朱笔勾涂文字之，**都**总言不佳。一夜，朱醉，先寝，陆犹自酌。忽醉梦中，觉脏腑微痛。醒而视之，则陆**危坐**直身而坐床前，破腔出肠胃，条条整理，愕曰："夙无仇怨，何以**见杀**杀我？"陆笑云："勿惧，我为君易慧心耳。"从容纳肠已，复合之，末以**裹足布**缠腿布束朱腰。**作用**施行法术，即换心毕，视榻上亦无血迹，腹间觉少稍，略麻木。见陆置肉块几上，问之。曰："此君心也。作文不**快**好，知君之**毛窍**（心脏的）小孔塞耳。**适**刚才在冥间，于千万心中，拣得佳者一**枚**颗，为君易之，留此以补**阙**空缺数。"乃起，掩扉去。天明解视，则创缝已合，有**绖**tīng佩玉的绶带而赤者存焉。自是文思大进，过眼不忘。数日，又出文示陆，陆曰："可矣。但君福薄，不能大显贵，乡、科而已。"问："何时？"曰："今岁必**魁**考中第一名。"未几，科试冠军，秋闱果中经元。同社生素揶揄之，及见闱墨，相视而惊，细询始知其异。共求朱**先容**事先为人介绍、推荐，愿**纳交**结交陆，陆诺之。众大设以待之。**更初**即"初更"，晚七时至九时，陆至，赤**髯生动**飘动，目炯炯如电。众**茫乎**相当于"然"无色，齿欲相击，渐**引去**离开。

　　"斧锧（zhì）"是古代的刑具，分别指用于腰斩的斧子和砧板，泛指罪名。朱尔旦半醉之后又在家"挑灯独酌"，面对突然闯进来的陆判，第一反应是对方要兴师问罪，没承想陆判是来赴约的。样貌狰狞的鬼判官"启浓髯微笑"，情态历历如画。

　　"制艺"即八股文，又称"制义""时文"（与"古文"相对）。"熙宁中王安石创立经义，以为取士之格，明复仿之，更变其式，不惟陈义，并尚代言，体用排偶，谓之八比，通称制艺，亦名举业"（姚华《论文后编》），"其文略仿宋经义，然代古人语气为之，体用排偶，谓之八股，通谓之制义"（《明史·选举志》）。身为文人，朱尔旦最关心的想来还是举业，既然"与谈古典，应答如响"，很自然就聊到了"正事"。

　　"玉山倾颓"是醉酒的文雅说法，出自《世说新语》关于嵇康的典故："嵇叔夜之为人也，岩岩若孤松之独立；其醉也，傀俄若玉山之将崩。"过去称私塾里学生习作的诗文为"窗稿"（窗指私塾窗下），这里指文社中平时习作的文稿。红勒，指用朱笔勾涂、批改文字。宋沈括《梦溪笔谈·人事一》："嘉祐中士人刘几累为国学第一人，骤为怪险之语，学者翕然效之，遂成风俗。欧阳公深恶之。会公主文，决意痛惩……有一举人论曰：'天地轧，万物苗，圣人发。'公曰：'此必刘几也。'戏续之曰：'秀才刺，试官刷。'乃以大朱笔横抹之，自首至尾，谓之'红勒帛'，判'大纰缪'字榜之，既而果几也。"（有学者质疑这则材料的真伪，见吴以宁《梦溪笔谈辨疑》"黜刘几属妄传"条。）

乡、科，即乡试和科考。明清科举，每三年一次在各省省城（包括京城）举行的考试叫乡试，时间一般为农历八月，取中者称举人。每届乡试前，由学官举行的甄别性考试叫科考（科试），生员达一定等第，方准送乡试（即下文所谓"秋闱"）。经元即经魁，明清乡、会试考八股文，《四书》之外，《五经》也是出题内容之一，应试者一般只选习一经，每科乡试及会试的前五名即分别于《五经》中各取其第一名，称为"经魁"。乡试、会试后，主考挑选文字符合程式的试卷编刻成书，公开印行，供士子学习参考，同时也便于社会监督，清代称"闱墨"（明代叫"小录"）。

换心一事，想来也只有鬼手能为。但士人谋举业，而朱生"毛窍"蔽塞，文思不通，陆判为报其"高义"，故"为君易慧心"，这些又全在情理之中。

朱乃携陆归饮。既醺，朱曰："**湔肠伐胃**医术高明。湔，jiān。伐，治疗，受赐已多。尚有一事相烦，不知可否？"陆便**请命**请求指示。朱曰："心肠可易，面目想亦可更。**山荆**谦称自己的妻子，**予结发人**元配，**下体**身材颇亦不恶丑，但头面不甚佳丽。尚欲烦君刀斧，如何？"陆笑曰："诺！容徐图谋划之。"过数日，半夜来**叩关**敲门，朱急起延入。**烛**照之，见襟裹一物，诘之，曰："君曩所嘱，**向艰**物色一直很难找。适得一美人首，敬报君命。"朱拨视，颈血犹湿。陆力促急入，勿惊禽犬。朱虑门户夜扃，陆至，一手推扉，扉自辟。引至卧室，见夫人侧身眠。陆以头授朱抱之，自于靴中出**白刃**锋利的刀如匕首，按夫人项，着力如切腐状，迎刃而解，首落枕畔。急于生怀取美人头合项上，**详审端正**仔细检查位置是不是正，而后**按捺**用力按压。已而移枕塞**肩际**与肩合缝之处，命朱瘗首**静所**僻静的地方，乃去。朱妻醒，觉颈间微麻，面颊**甲错**表皮干枯皱缩或粗糙不平，搓之，得血片，甚骇，呼婢汲盥。婢见面血狼藉，惊绝，濯之，盆水尽赤。举首则面目全非，又骇极。夫人**引**拿起镜自照，错愕不能自解，朱入告之。因反复细视，则长眉**掩**藏，延伸入鬓，笑靥**承**托颧，画中人也。解领验之，有红线一周圈，上下肉色，判然而异。

"湔肠伐胃"，盥洗肠胃加以治疗，意思是医术高明。传说上古名医俞跗医术极为高明，能够"湔浣肠胃，漱涤五藏"（《史记·扁鹊仓公列传》）。

古来习惯称原配夫妻为"结发夫妻"，源于古代新婚男女结发为信的习俗。《礼记·曲礼上》："女子许嫁，缨。"缨是丝绳，女子与人订婚后，以缨束发髻，表示已有夫家。直到入洞房时，才由新郎亲手解下新娘头上结的缨绳，留作永久的信物，《仪礼·士昏礼》："主人入，亲说（通"脱"）妇缨。"结发之缨是初婚的象征，后人故以此指元配，即始娶的正妻（参见凡朴《问学札记》）。

有时候，酒是个好东西。朱尔旦"既醮"之际，向陆判提出为妻换头的请求，不但缓解了冒昧的尴尬，又为万一被拒留有余地。

"适"用作副词，在不同的语境中，分别可以表示"刚才"或"偶然"。在"适得一美人首，敬报君命"一句中，"适"当是"刚才"之意。陆判很爽快地答应了朱尔旦的请求，但踏破铁鞋无觅处（"向艰物色"），一旦得来，哪怕是半夜也急急赶往朱家，为的是"敬报君命"。"适得美人首"是陆判一心搜求的必然结果，不存在偶然因素。

陆判夜半来敲门，朱尔旦已经"急起延入"，而后"朱虑门户夜扃，陆至，一手推扉，扉自辟。引至卧室，见夫人侧身眠"，粗略读来，很是费解。其实，这与古代的住宅制度有关。尽管文章开头交代故事的发生地在陵阳（安徽池州），对朱尔旦的家境也未作专门介绍，但作者构思这一小说，应该是基于生活实际安排人物的居住环境，即以当时普通房室形制、构造为蓝本。清代北方普通民居多为坐北朝南的四合院，进屋门（一般为临街的东南角或西南角）有院子，主人住北屋（正室），东西有厢房（据张勇先生考证，"位于淄川洪山镇的蒲松龄故居……最初只是一个有三间正房和东西厢房的四合院"）。朱尔旦"急起延入"，已将陆判请进了院子，如果当晚他住书房而妻子在正室，进卧室需要开门（敲门），这样势必会"惊禽犬"，现在"陆至，一手推扉，扉自辟"，自然令朱惊异，同时也从侧面表现了陆判的"法术"。

陆判动以"刀斧"，除了朱尔旦夫妇事后稍感患处微麻之外，几乎没有知觉就完成了手术，堪称妙手；前者为陆判主动帮忙，后者乃朱尔旦有心求助，内容上同中有异，写法则异曲同工。换心而又换首，本有贪心之嫌，但陆判不厌其烦，一一满足，实际上仍是"好人好报"的俗套。只不过人鬼殊途，"门生狂率，大宗师谅不为怪。荒舍匪遥，合乘兴来觅饮，幸勿为畛畦"，朱生的邀约无非客套，陆判能为之感动，其冥府生活也许鲜有知己，相当寂寞。作家灵活处理材料以突出既定的表达意图，由此可见一斑。

　　先是此前，吴侍御侍御史、监察御史的省称有女甚美，未嫁而丧二夫，故十九犹未醮jiào嫁人也。上元游十王殿时，游人甚杂，内有无赖贼窥而艳倾慕之，遂阴访居里，乘夜梯入，穴寝门撬开内室的门（进去），杀一婢于床下；逼女与淫，女力拒声喊，贼怒，亦杀之。吴夫人微闻隐约听到闹声，呼婢往视，见尸骇绝。举家尽起，停尸堂上，置首项侧，一门啼号，纷腾杂乱喧腾终夜。诘旦第二天一早启衾，则身在而失其首。遍挞侍女，谓所守不恪敬，恭谨，致葬犬腹。侍御告郡，郡严限捕贼，三月而罪人弗得。渐有以朱家换头之异闻报告，告知吴公者。吴疑之，遣媪探诸其家。入见夫人，骇走以告吴公。公视女尸故还，尚存，惊疑无以自决。猜朱以左道旁门邪道，不正当的手法杀女，往诘朱。朱曰："室人我妻子梦易其首，实不解其何故，谓仆杀之，则冤也。"吴不信，讼之。收拘捕家人仆人鞠之，一如主言，郡守不能决无法判决。朱归，求计于陆，陆曰："不难，当使伊女自言之。"吴夜梦女曰："儿为苏溪杨大年所贼，无与与……不相干朱孝廉。彼不艳于其妻觉得自己妻子不够漂亮，陆判官取儿头与之易之，是这样儿身死而头生也。愿勿相仇怨他。"醒告夫人，所梦同，乃言于官。问之，果有杨大年，执而械之，遂伏通"服"，供认其罪。吴乃诣朱，请见夫人，由此为翁婿岳父和女婿。乃以朱妻首合女尸而葬焉。

据史为乐主编《中国历史地名大辞典》，苏溪作为水名有三种说法。一在今湖南桃源县北，据《读史方舆纪要·湖广六》，苏溪在"县北百里。南流二十里，谓之善溪。相传以善卷所游而名。流经花岩、白阳、吕真诸港入沅江"。二在今四川宜宾市西北思坡乡境。三在今云南云龙县西北。作为地名，苏溪镇在今湖南新化县西北一百里，明、清置巡司于此。另说在今湖南桃源县北八十里，明置巡司于此，后废。善卷（又名善绻、单卷），湖南武陵人，以德著称，是上古时代与许由齐名的高士，尧和舜先后要将帝位禅让给他，被他拒绝，被后世尊为"德祖"。魏嵩山主编《中国历史地名大辞典》则认为"苏溪在今山西灵云县东"。故事中杨大年是一个典型的恶棍，这里的"苏溪"很可能是作者随文虚拟的地名。

"孝廉"，明清两代对举人的称呼。前文交代朱尔旦乡试（秋闱）中式，夺得经魁，已经是举人了，故这里称"朱孝廉"。

"翁"本义是鸟颈毛，因头颈的毛居上，引申为长者、父祖，也泛称男性老者。古初以公为翁，例子较多，如《说苑·政理》"见一老公而问之"。《汉字源流大典》在"翁"本义之外，主要附列四个义项，即父亲，夫之父、妻之父（如翁姑、翁婿），男性老人，对男子的尊称（如尊翁）。

吴女托梦其父，解决了三个问题：一是冰释了吴侍御"朱以左道杀女"的疑虑，二是破获了吴女被害的悬案，元凶服罪；三是不打（打官司）不相识，吴女"身死而头生"差可安慰，吴、朱"由此为翁婿"。——陆判策划"使伊女自言之"这一小小情节，发挥了多重叙事功能。

朱三入礼闱会试，皆以**场规**科举考试的考场规则被**放**逐，于是灰心仕进。积三十年，一夕，陆告曰："君寿不永矣。"

问其期，对以五日。"能相救否？"曰："惟天所命，人何能私？且自达人观之，生死一一样耳，何必生之为乐，死之为悲？"朱以为然，即治备办衣衾棺椁。既竟一切准备好后，盛服穿戴整齐而没。

"何必生之为乐，死之为悲？"换成通常的说法则是"何必以生为乐，以死为悲"——为什么一定要认为活着就是快乐，死了就是悲呢。将"生""死"前置，且用虚词"之"略示停顿，以突出关乎生死的观点，与"生死一耳"相呼应。文言文中，有意改变正常语序形成所谓倒装句式，其特定的表达意图很值得揣摩。

"盛服"的意思是服饰齐整，这里指穿戴整齐。朱尔旦虔心科举仕途，屡战屡败之后得知自己即将离开人世，和陆判的交谊很大程度上影响了他对穷通、得失、生死等的理解，"盛服而没"形象地表现了其从容赴死的心态。

翌日，夫人方扶枢哭，朱忽再冉慢慢地自外至。夫人惧，朱曰："我诚鬼，不异生时。虑尔寡母孤儿，殊甚，极恋恋耳。"夫人大恸，涕垂膺，朱依依慰解之。夫人曰："古有还魂之说，君既有灵，何不再生？"朱曰："天数天命不可违也。"问："在阴司作何务？"曰："陆判荐我督案务，授有官爵，亦无所苦。"夫人欲再语，朱曰："陆公与我同来，可设酒馔。"趋而出。夫人依言营备置备，准备。但闻室中笑饮，亮气豪爽的气概高声，宛若生前。半夜窥之，窅yǎo岑寂然已逝。自是三数日辄一来，时而留宿缱绻，家中

事就便**经纪**管理照料。子玮**方**刚刚五岁，来辄捉抱，至七八岁，则灯下教读。子亦惠，九岁能文，十五入**邑庠**县学，**竟**始终不知无父也。从此来渐疏，日月至焉而已。又一夕，来谓夫人曰："今与卿永诀矣。"问："何往？"曰："承帝命为**太华卿**华山山神，行将远赴，事烦途隔，故不能来。"母子**持**抱着之哭，曰："勿尔！儿已**成立**成人，**家计**家产，家财尚可**存活**过活，度日，岂有百岁不拆之**鸾凤**鸾鸟与凤凰，喻指夫妇耶！"顾子曰："好为人，勿**堕**huī荒废父业。十年后一相见耳。"径出门去，于是遂绝。

在科举时代，"邑庠"指的是县学。《孟子·滕文公上》："夏曰校，殷曰序，周曰庠，学则三代共之，皆所以明人伦也。"

简洁凝练的表述往往以少胜多，所谓言简义丰。朱尔旦说完之后，"径出门去，于是遂绝"。"遂绝"字面意思是"马上就消失不见了"，联系语境，又指此后十年间朱尔旦再也没有出现过。

生离死别其实大不易，阴阳相隔，有太多的人世牵挂，故"殊恋恋耳"。朱尔旦撇不下妻儿老小，又怕以鬼身猛然出现惊吓了他们，脚步放得很慢很轻，"冉冉自外至"。渐渐地儿子长大，家计尚能维持，"好为人，勿堕父业"的叮嘱，"十年后一相见"的订期，隐约伏设诗书传家、子耀门楣的后话。

后玮二十五举进士，官**行人**官名。奉命祭西岳，道经华阴，忽有**舆从**车马随从羽葆驰冲卤簿，讶之；审视车中人，其父也。下马哭伏**道左**路旁。父停舆曰："**官声**做官的名声好，我目暝矣。"玮伏不起。朱促舆行，火驰不顾。去数步，回望，解佩刀遣人持赠，遥语曰："佩之当贵。"玮欲追从，见舆马人从，飘忽若风，瞬息不见，**痛恨**沉痛地引为恨事良久。抽刀视之，制极精工，镌字一行，曰："胆欲大而心欲小，智欲圆而行欲方。"玮后官至**司马**兵部尚书或兵部侍郎。生五子，曰沉，曰潜，曰**沕** mì，曰浑，曰深。一夕，梦父曰："佩刀宜赠浑也。"从之。浑仕为**总宪**明清都察院左都御史的别称，有**政声**官吏的政治声誉。

"行人"，官名，主管捧节奉使之事。据《中国历代官制大辞典》，"《周礼·秋官》属官有大行人、小行人，掌迎送接待宾客之礼。春秋战国各国多设行人，掌朝觐聘问，常任使者。……明朝洪武十三年（1380）置为行人司长官，正九品，下设左、右行人，从九品，旋改行人为司正，左、右行人为左、右司副，下设行人三百四十五员，多以孝廉充任，掌捧节奉使之事，凡颁行诏赦、册封宗室、抚谕诸蕃、征聘贤才、赏赐、慰问、赈济、军旅、祭祀、传旨法司、遣戍囚徒等皆差之。明初在京各衙门不外差，有事则遣行人。二十七年定制，以孝廉奉使率不称旨，改任进士，员三十七人，正八品。非奉旨，诸司不得擅差，其职始重。建文（1399—1402）中罢行人司，以其官隶鸿胪寺，成祖复旧"。

"羽葆"，原指帝王仪仗中以鸟羽联缀为饰的华盖，也泛指卤簿或作为天子的代称。这里指太华卿出行的仪仗。卤簿，本指古代扈从帝王的仪仗队，汉代以后逐渐成为官员出行的仪仗。"舆驾行幸，羽仪导从谓之'卤簿'……按字书：'卤，大楯也。'……卤以甲为之，所以扞敌……甲楯有先后部伍之次，皆著之部籍，天子出入则

六
陆
判

———

061

案次导从，故谓之'卤簿'耳。"（唐封演《封氏闻见记》）"唐人谓：卤，橹也，甲楯之别名。凡兵卫以甲楯居外为前导，捍蔽其先后，皆著之簿籍，故曰卤簿。"（宋叶梦得《石林燕语》卷四）这里指朱玮的仪仗。

"胆欲大而心欲小，智欲圆而行欲方"，这是朱尔旦赠予儿子的佩刀上所镌文字，出处有二。《淮南子·主术训》："凡人之论，心欲小而志欲大，智欲员而行欲方，能欲多而事欲鲜。"《旧唐书·方伎传》："胆欲大而心欲小，智欲圆而行欲方。"

十年后，父子如期相见。眼见儿子没有辜负自己的期望，朱尔旦甚感欣慰，临行"解佩刀"相赠，无非为子孙"日胜贵"锦上添花而已。

异史氏曰："断鹤续凫，矫作者妄；移花接木，创始者奇。而况加凿削于肝肠，施刀锥于颈项者哉！陆公者，可谓媸皮裹妍骨矣。**明季**明末至今，**为岁**为时不远，陵阳陆公犹存乎？尚有灵焉否也？为之执鞭，所欣慕焉。"

这里化用了两处出典，盛赞陆判换心换首的"创始"奇功。"断鹤续凫"，截下鹤的长腿接到野鸭的短腿上，比喻强做违反规律的事。语本《庄子·骈拇》："长者不为有馀，短者不为不足。是故凫胫虽短，续之则忧，鹤胫虽长，断之则悲。"又《史记·管晏列传》："假令晏子而在，余虽为之执鞭（持鞭驾车，多借以表示卑贱的差役），所忻慕焉。"

其实，换心、换首之事，在蒲松龄之前或同时代的作品中屡有记述，如唐范摅《云溪友议》卷九所载胡钉铰梦中被剖腹纳书，南朝宋刘义庆《幽明录》中所记贾弼之的故事（载《太平广记·妖怪二》），宋洪迈《夷坚志·丙志·孙鬼脑》，清张潮《虞初新志》卷四所录徐芳《换心记》，清王晫《今世说·赏誉》，等等。此外，本文"开首叙述陆判与朱生交友之缘由，亦有所本，乃袭用唐皇甫氏《原化记》里的《刘氏子妻》的模式，两者在表现豪放者的胆气意趣上是一致的"（参见冯伟民、袁世硕、赵伯陶等的观点）。蒲松龄对这些经眼或耳闻的诸多线索进行爬梳整合，二度创作出一气呵成的艺术精品，其移花接木之奇功如水中著盐，自然无痕。

好的小说是一个有机体，全体与部分、部分与部分之间的照应往往能妙笔生花。朱光潜先生说："批评作品的形式只有一个很简单的标准，就是看它是否为完整的有机体。有机体的特征有两个：一是亚里士多德所说的有头有尾有中段，一是全体与部分，部分与部分，互相连络照应，变更任何一部分，其余都必同时受牵动。"陆判在冥府当值，不仅"于千万心中，拣得佳者一枚"，给朱尔旦换上；反复物色之后，又为朱的原配妻子重置"美人首"。心、首从哪里得来，无疑是读者关心的，按部就班地分别介绍，既显得琐屑又过于平滑，效果未必好。插入"先是"一段文字，只就"美人首"作追叙；宕开一笔，增加了行文的波澜，舍次择主则使得层次更为清晰，在呼应的同时又丰富了情节（吴侍御之女为杨大年所害），进一步突出惩恶扬善的主题，实现了内容与形式的完美融合。

在千军万马过独木桥的残酷现实面前，妻荣子贵是文人的梦想，其中有不为人知的艰辛和太多的偶然因素，借助外力"圆梦"自然成了皆大欢喜的选择。这个故事寄托了封建文人的"白日梦"，本身了不足奇，但换心换首骇人听闻，素来铁面狰狞的鬼判官与凡间书生相契而为此"壮"举，成为让人过目难忘的故事主角，跃然纸上。

七 婴宁

蒲松龄为什么给故事的主人公取名婴宁，学界尚有争议。主流说法大致有两种：或认为典出《庄子》"撄宁"，意为扰乱中保持安宁；或寻绎原文"呆痴裁如婴儿"句意，认为与李贽的"童心说"有关。

从字面上看，"婴"本指初生的女孩，泛指初生儿（据李零先生意见，只会哭的小孩叫"婴儿"，会笑的小孩才叫"孩"），"婴儿"也有幼童的意思；"宁"就是安宁。晋宋时俗语"宁馨"表示"如此""这样"，"宁馨儿"即"这样的孩子"，后用作对孩子的美称，相当于"好孩子"。

在蒲松龄笔下，这个天真烂漫、快乐无邪的少女全然不顾世俗规矩，笑出于心，爱花成癖。我们在感动之余，悟得"得失成败都不动心"的精神境界，实为情理中事。在极为复杂的成人世界里，不泯赤子之心大不易，也可贵之至。

《聊斋词集》中有一首《山花子》："十五憨生未解愁，终朝顾影弄娇柔。尽日全无个事，笑不休。 贪扑蝶儿忙未了，滑苔褪去凤罗钩。背后谁家年少立？好生羞！"拿来与本篇对读，不由得让人喜欢。当然，就人物形象的鲜明性而言，《婴宁》给人的印象无疑要深刻得多了。

王子服，莒 jǔ 今山东省莒县之罗店人，早孤。绝惠聪明绝顶，十四入泮 pàn。母最爱之，寻常不令游郊野。聘聘娶正妻萧氏，未嫁而夭，故求凰未就也。

古代学宫前有泮水，故称学校为泮宫。科举时代童生入学为生员叫"入泮"。

相传司马相如曾唱《琴歌》向卓文君求爱，词曰："凤兮凤兮归故乡，遨游四海求其凰。"后因称男子求偶为"求凰"（也作"求皇"）。

故事开头简单交代了王子服的生平，他早年丧父，读书非常聪明。"寻常不令游郊野""求凰未就"都是为下文巧遇婴宁设伏。

会上元元宵节，有舅氏子吴生，邀同眺瞩，方至村外，舅家有仆来，招吴去。生见游女如云，乘兴独遨。有女郎携婢，撚 niǎn 执，持取梅花一枝，容华绝代，笑容可掬。生注目不移，竟忘顾忌。女过去数武几步。古以六尺为步，半步为武，顾婢曰："个这个儿郎目灼灼似贼！"遗花地上，笑语自去。生拾花怅然，神魂丧失，怏怏遂返。至家，藏花枕底，垂头而睡，不语亦不食。母忧之，醮请来道士设坛祈祷禳益剧，肌革锐减急速消瘦。医师诊视，投剂发表发散表邪，忽忽若迷。母抚问所由，默然不答，适吴生来，嘱密诘之。吴至榻前，生见之泪下，吴就榻慰解，渐致研诘仔细询问，生具详细吐其实（实情），且求谋画。吴笑曰："君意亦实（在）复痴！此愿有何难遂（完成）？当代替你访之。徒步于野，必非世家，如其未字（许配人家），事固谐（办妥矣）；不然，拼 pàn（豁出去）以重赂（厚礼），计必允遂（成功）。但得痊瘳（只要你的病好了），成事在我。"生闻之，不觉解颐。吴出告母，物色女子居里，而探访既穷，并无踪绪。母大忧，无所为计。然自吴去后，颜顿开，食亦略进。数日，吴复来，生问所谋。吴绐之曰："已得之矣。我以为谁何人，乃我姑氏女，即君姨妹行 háng（辈），今尚待聘。虽内戚有昏因（通"婚姻"）之嫌，实告之，无不谐者。"生喜溢眉宇，问："居何里？"吴诡曰："西南山中，去此可三十馀里。"生又付嘱（叮嘱）再四，吴锐身（挺身自任当作自身的职责）而去。

古代分别以农历正月、七月、十月的十五（望日）为上元、中元和下元节，合称"三元"。源出于道教。据清代学者赵翼考证，"三元"之称是从南北朝时的北魏开始的。上元又称元宵、元夜、元夕。上元节既是道教节日，所以前篇《陆判》有吴侍御女儿"游十王殿"的情节；又是民间节日，故本文有王子服、吴生及婴宁主仆"眺瞩"之事。

"君意亦复痴"，你实在是痴情啊！意痴，痴情；"亦""复"都是虚词，起加强语气的作用。"亦"相当于"实在"，"复"在现代汉语中还找不到相对应的说法。词语的古今异义给我们理解古代作品带来了不小的困难，借助语境的提示，配合翻查辞书的习惯，特别重要。

清代，官方对存在姻亲关系的婚娶行为原则上是禁止的。《大清律例》"尊卑为婚"律文沿袭《大明律》规定：若外姻共为婚姻，则"以亲属相奸论"，即视同乱伦；如果"娶姑舅两姨姊妹"，"杖八十"之后强制拆散，"妇女归宗，财礼入官"。此即上文中吴生所谓"内戚有昏因之嫌"。考虑到民间实际，雍正八年作了相应调整，增加"外姻亲属为婚，除尊卑相犯者，仍照例临时斟酌拟奏外，其姑舅两姨姊妹，听从民便"的条例，乾隆五年馆修入律。也就是说，王子服最终能与婴宁结为秦晋之好，符合《大清律例》的规定。

王子服偶遇婴宁，一见倾心；梅花是传情的媒介。吴生无意间惹了"祸"，眼看表弟相思成疾，无奈之下用善意的谎言慰藉。所谓"锐身自任"，搪塞而已，戏已经开演，只能接着唱下去。

生由此饮食渐加，日就平复。探视枕底，花虽枯，未**便**马上凋落，凝思把玩，如见其人。**怪**觉得奇怪吴不至，**折柬**即"折简"，裁纸写信招之，吴**支托**支吾推托不肯赴召。生恚怒，悒悒不欢。母虑其复病，急为议姻，略与**商榷**商讨。榷què，辄摇首不愿，惟日盼吴。吴**迄**始终无耗，益怨恨之。转思三十里非遥，何必**仰息**"仰人鼻息"的略语，依赖他人？怀梅袖中，负气自往，而家人不知也。伶仃独步，无可问**程**路，但望南山行去。约三十馀里，乱山合**沓**重叠，**空翠**山间潮湿的雾气爽肌，寂无人行，止有鸟道。遥望谷底，丛花乱树中，隐隐有小**里落**村落。下山入村，见舍宇无多，皆茅屋，而**意**情趣，这里指环境甚**修雅**高雅脱俗。北**向**门朝北一家，门前皆丝柳，墙内桃杏尤繁，间以修竹，野鸟**格磔**鸟鸣声其中。意其园亭，不敢遽入。回顾**对户**门对面，有巨石滑洁，

七
婴
宁

——

067

因据坐坐在石头上少憩。俄闻墙内有女子，**长呼**大呼"小荣"，其声娇细。方伫听间，一女郎由东而西，执杏花一朵，**俛首**低头自簪；举头见生，遂不复簪，含笑撚花而入。审视之，即上元途中所遇也。心骤喜，但念无以**阶进**进一步探访；欲呼姨氏，顾从无还往，惧有讹误。门内无人可问，坐卧徘徊，自朝至于**日昃**太阳偏西，约下午二时左右，**盈盈**清澈，借喻眼神望断，并忘饥渴。时见女子露半面来窥，似讶其不去者。忽一老媪**扶杖**拄杖出，顾生曰："何处郎君，闻自辰刻便来，以至于今。意将何为？**得勿**或许饥耶？"生急起揖之，答云："将以**盼**探望亲。"媪聋聩，不闻，又大言之，乃问："贵戚何姓？"生不能答。媪笑曰："奇哉！姓名**尚自**尚且不知，何亲可探？我视郎君亦书痴耳。不如从我来，啖以粗粝，家有**短榻**低矮的卧榻。谦辞可卧。待明朝归，询知姓氏，再来探访不**晚**迟也。"生方腹馁思**啖**dàn吃东西，又从此渐近丽人，大喜。从媪入，见门内白石砌路，夹道红花，片片堕阶上；曲折而西，又启一关，豆棚花架满庭中。**肃**敬请客入舍，粉壁光明如镜；窗外海棠枝朵，探入室中；**裀藉**即"裀褥"，坐卧垫具几榻，罔无不**洁泽**洁白光润。甫坐，即有人自窗外隐约相窥。媪唤："小荣！可速作黍。"外有婢子**嘤声而应**高声急应。嘤，jiào。**坐次**落座后，具展**宗阀**宗族门第，即家世。媪曰："郎君外祖，**莫姓吴否**不是姓吴吧？"曰："然。"媪惊曰："是吾甥也！**尊堂**你母亲，我妹子。年来以家窭贫，又无三尺男，遂至音问梗塞。甥长成如许，

尚不相识。"生曰："此来即为姨也，匆遽遂忘姓氏。"媪
曰："老身秦姓，并无诞育；**弱息**专指女儿仅存，亦为**庶产**
庶出。**渠**他母**改醮**改嫁。醮jiào，遗我**鞠养**抚养。颇亦不钝，
但少**教训**教养，嬉不知愁。少顷，使来拜识。"

　　按《本草纲目》的说法："稷与黍，一类而二种也。黏者为黍，
不黏者为稷。稷可作饭，黍可酿酒。"黍比稷产量少，多为待客时
用，《论语·微子》记荷蓧丈人请子路到家作客，"杀鸡为黍而食
之"。黍去皮后即黄米，古谓之"黄粱"，唐沈既济《枕中记》中
"一枕梦黄粱"的故事，讲的就是卢生在梦中享受到黄粱美食的款
待。黄粱饭很黏，古人一般不用筷子而用勺子吃。作黍就是做黍米
饭，后用作备家常饭诚意待客的谦称。

　　古人的日常行为，一切都有相应的规矩。《礼记·曲礼上》：
"毋侧听，毋噭应。"唐孔颖达疏："噭谓声响高急，如叫之号呼也。
应答宜徐徐而和，不得高急也。"年轻的主仆隔着院墙，一"长呼"
一"噭声而应"，喊声大回声急，咋咋呼呼，毫无避忌，真是"生
小出野里，本自无教训"，人物形象极为鲜明。

　　"堂"是一个象形、形声兼会意字，本指用土筑成的方台屋基，
后来逐步有了多个引申义，其中之一是特指内堂，并用作母亲的代
称（含敬意），"堂上""萱堂""尊堂""令堂"等都是尊称他人母
亲的敬辞。

　　"醮"，古代冠礼和婚礼中的一种简单仪节，尊者为卑者酌酒，
受而饮尽，卑者无须回敬。"改醮"，即改嫁。

　　谎言难圆，吴生避而不见，王子服于是瞒着家人"负气自往"。
在一个"空翠爽肌"、遍植丝柳桃竹的修雅之所，得见意中人。重
逢即为故交，于是由闲叙进入正题、述身世、讲来历，一切都回到

七
婴
宁
————
069

了正轨，真乃"假作真时真亦假，无为有处有还无"。

　　未几，婢子具饭，**雉尾盈握**鸡鸭一类的佳肴。媪劝餐。已，婢来敛具，媪曰："唤宁姑来。"婢应去。良久，闻户外隐有笑声。媪又唤曰："婴宁，汝姨兄在此。"户外嗤嗤笑不已。婢推之以入，犹掩其口，笑不可遏。媪嗔目曰："有客在，**咤咤叱叱**大呼小叫，是何景象？"女忍笑而立，生揖之。媪曰："此王郎，汝姨子。一家尚不相识，**可实在笑人也**。"生问："妹子年几何矣？"媪未能解，生又言之，女复笑，**不可仰视**笑得抬不起头。媪谓生曰："我言少教诲，此可见矣。年已十六，呆痴**裁**通"才"，仅仅如婴儿。"生曰："小于甥一岁。"曰："阿甥已十七矣，**得非**莫非是庚午属马者耶？"生首点头应之。又问："甥妇**阿谁**谁，什么人？"答云："无之。"曰："如甥才貌，何十七岁犹未聘？婴宁亦无**姑家**婆家，极相匹敌。惜有内亲之嫌。"生无语，目注婴宁，不遑他瞬。婢向女小语云："目灼灼，**贼腔**轻狂模样未改！"女又大笑，顾婢曰："视碧桃开未？"遽起，以袖掩口，细碎连步而出。至门外，笑声始纵。媪亦起，唤婢**襆被**用包袱裹束衣被，此指铺床，为生安置。曰："阿甥来不易，宜留三五日，迟迟送汝归。如嫌幽闷，舍后有小园，可供消遣；有书可读。"次日，至舍后，果有园半亩，细草铺毡，**杨花柳絮糁**sǎn散落径。有草舍三**楹**房屋计量单位的量词，花木四合其所。穿花小步，闻树头**苏苏**拟声词有声，仰视，则婴宁在上，见生来，狂笑欲堕。生曰："勿尔，堕矣！"女且下且笑，不能自止。方将及地，失手而堕，笑乃止。生扶之，**阴**偷偷地**捘**zùn捏其腕。女笑又作，倚树不能行，良久乃罢。生俟其笑歇，乃出袖中花示之。女接之，曰："枯矣！何留之？"曰："此上元妹子所遗，故存之。"问："存之何意？"曰："以示相爱不忘也。自上元相遇，凝思成疾，**自分**自以为化为异物；不图得见颜色，幸垂怜悯。"女曰："此**大细事**极小的事，至戚何所**靳惜**吝惜。靳jìn？待郎行时，园中花，当唤老奴来，折一巨**绷**通"捆"负送之。"生曰："妹子痴耶？""何便是痴？"曰："我非爱花，爱撚花之人耳。"女曰："**葭莩**亲戚之情，爱何待言。"生曰："我所谓爱，非**瓜葛**亲戚之爱，乃夫妻之爱。"女曰："有以异乎？"曰："夜共枕席耳。"女俯思良久，曰："我不惯与生人睡。"语未已，婢潜至，生惶恐遁去。少时，**会**见面母所，母问："何往？"女答以园中共话。媪曰："饭熟已久，有何长言，**周遮**噜苏，唠叨乃尔。"女曰："大哥欲我共寝。"言未已，生大窘，急目瞤之。女微笑而止。幸媪不闻，犹絮絮**究诘**追究询问。生急以他词掩之，因小语责女。女曰："**适**刚才此语不应说耶？"生曰："此背人语。"女曰："背他人，岂得背老母？且**寝处**睡觉亦常事，何**讳**隐瞒之？"生恨其痴，无术可悟之。**食方竟**刚吃完饭，家人**捉双卫**牵着两头驴子来寻生。

"雏尾"，幼鸟或幼禽的尾巴。"盈握"，满握；"握"指一手所能握持的数量。"雏尾盈握"，是说家禽已经长大，可以宰杀用来招待客人。语本《礼记·内则》："雏尾不盈握，弗食。"唐孔颖达疏："雏，谓小鸟，尾盈一握，然后堪食；若其过小未盈握，不堪食也。"按中国传统礼节，宰杀刚成年的家禽（仔鸡仔鸭等），是款待贵客之道。"婢子具饭，雏尾盈握"，既写秦媪为人诚朴，又表明她将王子服看作贵客。

"咤叱"，有"怒斥，大声吼叫"的意思；"咤咤叱叱"为复音叠词，相当于"咋咋呼呼"。

古代以十天干和十二地支依次相配（如甲子、乙丑等），共六十对，周转轮回，称"六十花甲子"。古人又以十二地支与十二生肖相配，即子鼠、丑牛、寅虎、卯兔、辰龙、巳蛇、午马、未羊、申猴、酉鸡、戌狗、亥猪。在甲子纪年法中，庚午年即为马年。庚午属马，是说庚午年出生、属相为马。

据《汉武故事》，西王母种碧桃，三千年一结子，东方朔曾三次偷食，乃被谪降人间。又传说西王母曾将碧桃赐给汉武帝。碧桃，以颜色命名的一种桃子，古诗文中多特指仙桃。唐韩偓《荔枝三首》其一："汉武碧桃争比得，枉令方朔号偷儿。""贼腔未改""碧桃开未"是婴宁与小荣的对话，主仆二人心领神会，借东方朔偷桃的传说调侃王子服。

在现代汉语中，"亲戚"指跟自己家庭有婚姻关系或血统关系的家庭或它的成员，一般情况下指向婚姻关系的居多，而很少把亲属算作亲戚。而在文言文中，"亲"与"戚"的含义比较接近，与自己有血缘或婚姻关系的人都是"亲戚"，既指姑妈、舅舅、姨夫、表姐等，也包括父母等亲人。所谓"内戚"指母亲一方的亲属，"至戚"即最亲近的亲属。本文中，吴生是王子服的表兄弟——舅舅的儿子，婴宁是王子服姨妈的女儿（非亲生），都是不折不扣的亲戚关系。

"葭"，初生的芦苇，"莩"是其茎秆里白色的薄膜。"葭莩"，比喻亲戚关系疏远淡薄，这里用作亲戚的代称。"葭莩之情，爱何待言"的意思是：你我是亲戚，感情自然比别人深，那是用不着说的。瓜与葛（gé）都是蔓生植物，"瓜葛"比喻辗转相连的亲戚关系或社会关系，这里同样指亲戚。

"卫"是驴的别名，典出《尔雅翼·释兽五》："（驴）一名为卫。或曰，晋卫玠好乘之，故以为名。"仆人四处寻找王子服，因为怕他跑得太远，出门时就牵了两头驴子（"双卫"），预备找到后王子服可以骑另外一头。

媪言"少教训"在先，婴宁"咤咤叱叱""笑不可遏"的性格更为鲜明，她在人事方面几近懵懂，一片纯明。有其主必有其仆，在婴宁身边，时刻伴着一个聪明伶俐的小荣，为这个爱情故事增添了更多的喜庆色彩。

小说是一种虚构艺术，作家凭借想象创作故事，当然要追求精彩，安排巧合、制造意外因而成为情节设计、推进的常用手法。对吴生善意的谎言，王子服认假成真；阴阳两隔，人鬼得续前缘却又似乎合情合理。情节超越现实逻辑而基于现实需要，故事慢慢向有情人皆成眷属的结局演进。

先是，母待生久不归，始疑，村中搜觅几遍，竟无踪兆。因往询吴。吴忆曩言，因教于西南山村寻觅。凡历一连找了数村，始至于此。生出门，适相值，便入告媪，且请偕女同归。媪喜曰："我有志这个想法，匪伊朝夕不止一日。但残躯不能远涉，得甥携妹子去，识认阿姨，大好！"呼婴宁，宁笑至。媪曰："有何喜，笑辄总是不辍？若不笑，当为全人<u>完人</u>。"因怒之以目，乃曰："大哥欲同汝去，可便装束。"又饷<u>家人王家仆人</u>酒食，始送之出，曰："姨家田产丰裕，能养冗人。到彼且勿归，小学稍微学一点诗礼，亦好事<u>翁姑</u><u>公婆</u>。即烦阿姨，为汝择一<u>良匹</u><u>佳偶</u>，好女婿。"二人遂发。至山坳回顾，犹依稀见媪倚门北望也。

《战国策·齐策六》："王孙贾年十五，事闵王。王出走，失王之处。其母曰：'女（通"汝"）朝出而晚来，则吾倚门而望；女暮出而不还，则吾倚间而望。女今事王，王出走，女不知其处，女尚何归？'"以"倚门北望"表达母亲对子女的殷殷盼归之情，典出于此。媪以鬼母身份将婴宁抚养成人，如今姻缘既定，不负所托，使命完成之日正是谢幕之时。"至山坳回顾，犹依稀见媪倚门北望也"，见于细节处的深情令人动容。

插入一段追述，不但基于情节照应的需要，又有暂时放缓叙事节奏的考虑。家里派人找来，王子服"携妹子"同归也就水到渠成。

抵家，母睹姝丽，惊问为谁，生以姨女对。母曰："前吴郎与儿言者，诈也。我未有姊，何以得<u>甥</u><u>外甥女</u>？"问女，女曰："我非母出。父为秦氏，没时，儿在襁中，不能记忆。"母曰："我一姊<u>适秦氏</u><u>嫁到秦家</u>，<u>良确</u><u>完全正确</u>。然<u>殂谢</u><u>去世</u>已久，<u>那得复存</u><u>哪能还活着</u>？"因<u>审诘</u><u>详细追问</u>面庞、志<u>通"痣"</u><u>赘</u><u>疣</u>，肉瘤，一一符合。又疑曰："是矣。然亡已多年，何得复存？"疑虑间，吴生至，女避入室。吴询得故，悯然久之，忽曰："此女名婴宁耶？"生然之。吴亟称怪事。问所自从知，吴曰："秦家姑去后，姑丈**鳏居**独身无妻室，**祟于狐**被狐迷害，病瘵死。狐生女名婴宁，**绷**用布裹束卧床上，家人皆见之。姑丈殁，狐犹时来；后求天师符黏壁间，狐遂携女去。将勿此耶？"彼此**疑参**疑惑猜测，但闻室中吃吃，皆婴宁笑声。母曰："此女亦太**憨娇痴生**语助词，无实义。"吴请面之。母入室，女犹**浓笑**大笑不顾。母促令出，始极力忍笑，又面壁移时方出。才一展拜，翻然遽入，放声大笑。满室妇女为之**粲然**露齿而笑。吴请往**觇** chān 察看其异，就便**执柯**作媒。寻至村所，庐舍全无，山花零落而已。吴忆姑葬处，仿佛不远，然坟垅湮没，莫可辨识，诧叹而返。母疑其为鬼，入告吴言，女**略**全无骇意。又吊其无家，亦殊无悲意，**孜孜**不停歇憨笑而已。众莫之测，母令与**少女**小女儿同寝止。**昧爽**拂晓，黎明即来省问，**操女红**做针线活精巧绝伦。但善笑，禁之亦不可止。然笑**处**时嫣然，狂而不损其媚，人皆乐之。邻女少妇，争承迎之。母择吉将为**合卺**代指成婚。卺 jǐn，而终恐为鬼物，窃于**日中**正午窥之，形影殊无少异。

"痣"是人体皮肤所生的有色的斑点或小疙瘩；"赘"即疣，是附生于体外的肉瘤。二者都是人身体上独具的特征或标记。

"吴询得故，惘然久之，忽曰：'此女名婴宁耶？'生然之。""惘"，本义为恍惚、失意的样子。"惘然"，这里指因疑惑不解而陷入沉思。"惘然久之"，很长时间都在出神。"将勿……耶"表示将信将疑的揣测兼疑问语气——"当年……，不会就是你们说的这个女孩子吧？""当年……，你们说的不会就是这件事吧？""此"主要指人（婴宁），同时又关涉旧事。

相传中国道教创始人是东汉的张道陵（原名张陵，字辅汉），他创立了五斗米道，被后世尊奉为"张天师"（因五斗米道又称天师道）。张道陵弟子众多，第四代孙张盛由汉中迁居江西龙虎山，世代相传。"符箓"是道士巫师所画的一种图形或线条，相传可以役鬼神，辟病邪。"天师符"指的就是这一类东西。

《诗·豳（bīn）风·伐柯》："伐柯如何？匪斧不克。娶妻如何？匪媒不得。"意思是说，就像砍树制作斧柄，没有斧子不行一样，娶妻不能没有媒人。"柯"，指斧子的柄。四句诗中，前两句是比兴，后两句才是表达的重点。《礼记·中庸》也有"执柯以伐柯"的话。后来就把为人作媒称作"伐柯"或"执柯""作伐"，称媒人为"伐柯人"。

"瓠"是用短颈大腹的老熟葫芦制作的盛器，将一个瓠分为两瓢，叫做"卺"。古代早期的婚礼仪式，夫妻各执一瓢斟酒以饮，称为"合卺而酳（yìn）"，后来就以"合卺"代指成婚。

王子服夙愿得偿，故事到此结束也未为不可。然而一则好事多磨，仍有"看点"；二则读者关心的某些问题还悬而未决，继续铺展笔墨，行文又生波澜。婴宁进门之后，王母疑虑很多，百思不解，久不谋面的吴生适时到来，二人两番回忆恰好拼合成问题的"参考答案"，出乎意料，也在情理之中。于是，故事接着往下讲：婴宁为狐所生，"笑处嫣然，狂而不损其媚"；又在鬼母教养下长大，"昧爽即来省问，操女红精巧绝伦"。借吴生之口交代前情，不但丰富了婴宁这一形象，还给了"始作俑者"表现的机会。同时借王母之眼，补充呈现婴宁作为未来儿媳的"女德"，曲尽其妙。

至日，使华装行新妇礼，女笑极不能俯仰，遂罢。生以其憨痴，恐漏泄房中隐事，而女殊密秘，不肯道一语。每值母忧怒，女至，一笑即解。奴婢小过，恐遭鞭楚，辄求诣母共话，罪婢**投到**，临见，恒得免。而爱花成癖，物色遍**戚党**亲戚邻里；窃典金钗，购佳种，数月，**阶砌**台阶**藩溷**篱笆和厕所，无非花者。庭后有木香一架，故邻西家，女每攀登其上，摘供簪玩。母**时**经常遇见，辄诃之，女**卒**始终不改。一日，西人子见之，凝注倾倒。女不避而笑。西人子谓女意已属，心益荡。女指墙底，笑而下，西人子谓示约处，大悦。及昏而往，女果在焉，就而淫之，则阴如锥刺，痛彻于心，大号而**踣**bó向前仆倒。细视，非女，则一枯木卧墙边，所接乃**水淋窍**雨水长期浇淋枯木形成的窟窿也。邻父闻声，急奔研问，呻而不言；妻来，始以实告。爇火烛窍，见中有巨蝎，如小蟹然，翁碎木捉杀之。负子至家，半夜寻卒。邻人讼生，**讦发**控告揭发。讦jié婴宁妖异。**邑宰**莒州知州素仰生才，**稔知**素知其**笃行**为人淳厚士，谓邻翁讼诬，将杖责之，生为乞免，**逐释**无罪释放而出。母谓女曰："憨狂**尔尔**如此，早知**过**过分喜而**伏**隐藏忧也。邑令神明，幸不牵累；**设**假如**鹘突**糊涂官宰，必逮妇女质公堂，我儿何颜见**戚里**亲戚邻里？"女正色，**矢**发誓不复笑。母曰："人罔不笑，但须有时。"而女由是竟不复笑，虽故逗亦终不笑，然竟日未尝有**戚容**愁容。

七
婴
宁

"木香"，攀援小灌木，高可达6米，羽状复叶；花白色或黄色，单瓣或重瓣，芳香，可提取芳香油。木香是一种观赏植物，常栽培供攀援棚架之用，婴宁"每攀登其上，摘供簪玩"，攀登的是木香花架。

爱花成癖，加之巧手经营，婴宁精心打造自己的花园。因花生非，西邻子虽有错在先而罪不至死，婴宁施以恶惩，明显有些过了。

邑令仅凭"素仰生才，稔知其笃行士"，就主观臆断"邻翁讼诬"，明明也是个"鹘突官宰"。是什么让一向爱笑、难以自制的婴宁"矢不复笑"呢？王母表面上说了一番"过喜而伏忧"的大道理，实则是在告诫婴宁要从官司中吸取教训。婴宁"由是竟不复笑"，一旦被迫明事理、识大体，似乎也就不再是我们熟悉的那个婴宁了。

一夕，对生零涕，异之。女哽咽曰："曩以**相从**在一起**日浅**短，言之恐致骇怪。今日察姑及郎皆过爱，无有异心，直告或无妨乎？妾本狐产，母临去，以妾托鬼母，相依十余年，始有今日。妾又无兄弟，所恃者惟君。老母岑寂山阿，无人怜而**合厝**合葬。厝cuò之，九泉辄为**悼恨**哀伤遗憾。君倘不惜**烦费**麻烦，使地下人消此**怨恫**即"怨痛"，怨恨，哀痛，**庶**也许，表希望养女者不忍溺弃。"生诺之，然虑坟冢迷于荒草，女但言无虑。**刻日**即日，夫妻**舆椫**载棺以随。椫chèn，棺材而往。女于荒烟**错楚**即"错薪"，杂乱丛生的柴草中，指示墓处，果得姬尸，肤革犹存。女抚哭哀痛。异归，寻秦氏墓合葬焉。是夜，生梦姬来称谢，寤而述之。女曰：

"妾夜见之，嘱勿惊郎君耳。"生恨不遽留。女曰："彼鬼也。生人多，阳气胜（同"盛"），何能久居（停留）？"生问小荣，曰："是亦狐，最黠。狐母留以视（照顾），照料妾，每摄饵（拿食物）相哺，故德（感激）之常不去心（想念）；昨问母，云已嫁之。"由是岁值寒食，夫妇登秦墓，拜扫无缺。女逾年生一子，在怀抱中，不畏生人，见人辄笑，亦大有母风（风范）云。

寒食是古代重要的节日，具体日期有清明前二日、一日、三日等三种说法。因为寒食与清明相接，古人常常将二者联系起来。从寒食起禁火三天，只吃冷食（"寒食"得名于此），到清明节重新起火，叫"新火"。寒食这一天，折柳条插在门上、屋檐上，叫做"明眼"，男女成人举行冠礼、笄礼，也在这一天。我国有些地区也称清明为寒食，是扫墓祭奠先人的日子。寒食节相传起于春秋时，介之推辅佐重耳（晋文公）回国后，隐居山中，重耳烧山逼他出来，他抱树而死。重耳为了悼念他，下令禁止在他死的这一天烧火煮饭，以后相沿成俗，即寒食禁火。

婴宁虽已不再笑了，但也几乎不展愁容。唯一一次落泪，为的是不忘鬼母抚育之恩、小狐照料之情，心意已遂，自然就一帆风顺了。

异史氏曰："观其孜孜憨笑，似全无心肝（毫无心计者）；而墙下恶作剧，其黠孰甚焉。至凄恋鬼母，反笑为哭，我婴宁殆隐于笑者矣。窃闻山中有草，名'笑矣乎'，嗅之，则笑不可止。房中植此一种，则合欢、忘忧并无颜色矣。

若至于解语花，正嫌其作态耳。"

"笑矣乎"是文人拟撰的别名，并非作者所说的"草"，也不是用来嗅的，而是一种野生菌，误食后会使人发笑不止，俗称"笑菌"。"合欢"即"马缨花"，一种落叶乔木，羽状复叶，小叶对生，夏季开花，夜间成对相合，又称"夜合花"。古时拿它送人，认为能去嫌合好。萱草俗称金针菜、黄花菜，是多年生宿根草本，根肥大，花橘黄色或橘红色，无香气，可作蔬菜，或供观赏。古人认为种植此草可以使人忘忧，故称"忘忧草"。解语，指很会说话。五代王仁裕《开元天宝遗事》记载："明皇秋八月，太液池有千叶白莲数枝盛开，帝与贵戚宴赏焉。左右皆叹羡。久之，帝指贵妃示于左右曰：'争如我解语花？'"唐玄宗的意思是，太液池的千叶白莲固然漂亮养眼，但远不如杨玉环的美——国色天香而外，还善解人意。

这段结穴文字共六句，表达了两层意思。前三句是对主人公婴宁形象的概括，她单纯、聪慧、重情重义。后三句以花为喻，类比生发，她的快乐出于本真，她的美贵乎自然。者、其、焉、殆、矣、耳，更以虚词强化感情色彩，境界全出，堪称点睛。

推断作者本意，设计惩罚西邻之子这一情节，主要是为了丰富人物形象，天真"善笑"的婴宁，生性喜动、狡黠。同时，借"恶作剧"引出官司，也为婴宁"由是竟不复笑"的转变张本。只是，"不避而笑"诱人犯错并置于死地，机心太过，这对于婴宁形象的塑造无益反损，不能不说是憾事。

本文通篇叙事写人，婴宁的笑让人过目难忘，"痴"与"癖"最是引人入胜。

"人罔不笑，但须有时"，婴宁则"大笑""浓笑""狂而不损其媚"，不问时、地，不分场合；"善笑"且富于感染力，自己快乐别人也开心，"满室妇女为之粲然""人皆乐之"。

用世俗的眼光看，这是不通世故、悖于人情，媪、生、母同谓之痴（呆、憨），但字里行间取意有别。媪言其"少教诲""呆痴裁如婴儿""小学诗礼，亦好事翁姑"，面对生客，多少带些客套，似嗔实爱，呵护有加；婴宁天真无邪，对"房中隐事"浑然不晓，生求肌肤之欢而碰壁，以为"憨痴"；婴宁不仅时攀庭后木香架"摘供簪玩"，还捉弄色迷心窍的西人子以至断送对方性命，在婆婆看来，媳妇违背女范、大失体统，会给家庭制造麻烦，行事太过"憨狂"。事实上，婴宁开始是屡谏不听（"母时遇见，辄诃之，女卒不改"），在王母申明"设鹘突官宰，必逮妇女质公堂，我儿何颜见戚里？"之后，一劝即止，"由是竟不复笑，虽故逗亦终不笑"。

应该说，婴宁性格的转变是人事历练和社会教育的结果，世间多了一个知轻重、懂分寸的新妇，但再也看不到那沁人心脾的笑影了。幸也？非也？"憨狂尔尔，早知过喜而伏忧也"。与此密切相关，作者在叙事结构上颇具匠心，讼狱事件作为桥梁，将婴宁的"痴"与"癖"联系起来——爱花成癖的主人公爱憎分明，没有后果意识而率性施计惩恶，正见其痴与"黠"——作者称其为"恶作剧"，不无同情乃至赞赏的成分。这样的处理当然不足为训，好色有错，却罪不至死；惩恶有法，当禁绝私刑。

作者塑造婴宁形象，撇除尘世的烟火气，凸显一片纯情冰心。王子服主动表白示爱的一段情节，对话、转述等精彩纷呈：一方居心存私，男女房事秘不宣宣，被冠以"共枕席"的隐语；一方懵懂天真，"（共）寝（处）"是常事，无需避人，且自己"不惯与生人睡"，说的全是大白话。所谓文人雅士，实则俗不可耐；我婴宁口无遮拦，烂漫可爱。婴宁的形象以少女为主骨，于此足见一斑。

八 聂小倩

　　故事的发生地在浙江。"金华妖物"头戴的蓬沓,有典型的浙江临安服饰特征,前来"候试"、死于非命的书生也来自浙江兰溪,两处地点交代得非常详细。宁采臣是"浙人",聂小倩"葬寺侧",却都没有具体所指,语焉不详;不过,从宁采臣"赁舟而归"来看,他的家离金华尚有一段路程,小倩为躲避妖物随之漂沦至此,确也是"异域孤魂"。

　　小倩被雄鬼挟持,遇到刚直的宁采臣,最终逃脱了魔掌,其中,剑侠燕赤霞所起的作用不可忽视。这位"奇人"没来由地出现,又走得不了了之,是过于明显的巧合,情理上比较勉强。当邪恶势力与弱势群体的力量过于悬殊时,后者似乎注定失败,这在旧社会是无奈的事实。从这个意义上说,《聂小倩》的故事是有力的揭露,尽管主人公的反抗意识、斗争精神不及窦娥,更无法与荆轲刺秦王相比。读这篇小说,我们能得到一定的思想教育,更被它强烈的艺术力所感染,尤其是情节安排的匠心,以及精彩绝伦的人物描写。

宁采臣，浙人。性慷爽，廉隅自重。每对人言："生平无二色娶妾或有外遇。"适赴金华明清府名，治所在今浙江省金华市，至北郭城外北郊，解装兰若寺院。若rě。寺中殿塔壮丽；然蓬蒿没人比人高。没mò，掩盖，似绝行踪。东西僧舍，双扉虚掩；惟南一小舍，扃键门闩、门环之类如新。又顾殿东隅：修竹拱把径围大如两手合围，阶下有巨池，野藕已花。意甚乐其幽杳幽静清寂。会学使案临莅临考察，城舍价昂，思便留止留宿于此，遂散步以待僧归。日暮，有士人儒生，读书人来，启南扉。宁趋为礼，且告以意。士人曰："此间无房主，仆亦侨居寄居。能甘荒落，旦晚惠教，幸甚！"宁喜，藉藁jiè gǎo铺稻草代床，支板作几，为久客久居于外计。是夜，月明高洁，清光似水，二人促膝殿廊，各展申述，陈述姓字。士人自言："燕姓，字赤霞。"宁疑为赴试诸生，而听其音声，殊不类浙。诘之，自言："秦人陕西一带的人。"语甚朴诚朴实忠诚。既而相对词竭，遂拱别归寝。

"廉隅"本指棱角，比喻端方不苟的行为、品性。作者一上来就交代宁采臣的品性，有笼括全文的意思。他生性豪爽，为人慷慨，品行端正，因为活得坦荡、有个性，所以光明正大地对人说"平生无二色"。由此开始故事的讲述，的确让人期待。这是"没有悬念的悬念"。

梵语"阿兰若（rě）"意为寂净无苦恼烦乱之处，省称"兰若"，指寺院。寺院荒草丛生，不见人迹，聊斋故事看多了，让人不经意联想到狐妖鬼魅，远远地伏下小倩的出现。"惟南一小舍，扃键如新"，马上就引出寄居在这里的"士人"。此等写法，远远近近，属于"不露之露"。

清代派提学（学使）往各省，按期至所属各府、厅考试童生与生员；均由侍郎、京堂、翰林、科道及部属等官由进士出身者选派，三年一任。不问本人官阶大小，在任学政期间，可与督抚平行。案临，莅临查考。"案"，通"按"，意为查考、考核。明清经本省各级考试取入府、州、县学的生员（俗称秀才），古文中大多称作"诸生"。因为恰逢学使到此地考查读书人（包括主持考试），宁采臣起初猜测燕赤霞是进城考试的秀才，听口音又不像本地人。"秦人"大老远跑来浙江干嘛，连读者都想催宁采臣打听，可对方言语不多，"既而相对词竭"，无奈睡觉了事。几番波折，故事于是有了更多的看头。

宁以新居，久不成寐。闻舍北喁喁 yú 形容人语声，如有家口 家属。起，伏北壁石窗下微窥之，见短墙外一小院落，有妇可四十馀；又一媪衣黯 yè 褪色绯，插蓬沓 首饰名，鲐背 形容老态龙钟 行动不便，偶语 窃窃私语月下。妇曰："小倩何怎么久不来？"媪曰："殆好 淄博方言（也作"待好"），快要至矣。"妇曰："将无 莫非向姥姥有怨言否？"曰："不闻，但意似蹙蹙 忧惧不安。"妇曰："婢子不宜好相识 客气相待！"言未已，有一十七八女子来，仿佛 隐约艳绝。媪笑曰："背地不言人，我两个正谈道，小妖婢悄来无迹响，幸不訾 指责着短处。"又曰："小娘子端的确好是真是画中人，遮莫 假如老身是男子，也被摄魂去。"女曰："姥姥不相誉，更阿谁 疑问代词。相当于"谁，何人"道好？"妇人、女子又不知何言。宁意其邻人眷口家属，寝不复听。又许时多时，过了较长时间，始寂无声。方将睡去，觉有人至寝所，急起审顾，则北院女子也。惊问之，女笑曰："月夜不寐，愿修燕好男女欢合。"宁正容仪态端庄严肃曰："卿防物议众人的批评，我畏人言。略稍一失足，廉耻道丧丧失廉洁羞耻的道德心。"女云："夜无知者。"宁又咄呵叱之。女逡巡迟疑若复有词。宁叱："速去！不然，当呼南舍生知。"女惧，乃退。至户外复返，以黄金一铤dìng量词。常用以计块状物置褥上。宁掷掷庭墀chí台阶，曰："非义之物，污吾囊橐盛物的袋子。大者为囊，小者为橐。橐tuó！"女惭，出，拾金自言曰："此汉当是铁石。"

宋苏轼《於潜令刁同年野翁亭》诗"溪女笑时银栉低"自注："於潜（浙江省临安市中部）妇女皆插大银栉，长尺许，谓之蓬沓。"蓬沓即银栉的一种，大概是当时浙江地区妇女的典型服饰。古人认为老人背上生斑如鲐（tái）鱼之纹，是高寿的表现。与四十上下年纪的妇相比，媪显得老态龙钟。

铺垫是设计关键人物出场的常用手法，大同之中又有小异。《青凤》一文，男女主人公得以见面，是因为青凤聪明强记，狐叟叫她出来听耿生叙狐族谱系。此处妇、媪对谈，全都围绕着小倩，看似言词可亲，实则埋着隐衷。"摄魂"为媪戏谑之语，却暗示小倩被胁迫着害人性命，情非所愿。

"正容"，指仪态端庄严肃，呼应上文的宁采臣"廉隅自重"。"逡巡"，这里表示迟疑。尽管碰了大钉子，宁采臣的正直也让小倩

八 聂小倩

印象深刻，但她没有后路，如果完不成任务后果会很严重；"若复有词"，说明她犹豫，内心在斗争。"当呼南舍生知"，宁采臣顺口一说，对小倩却很起作用：暴露见不得人的勾当尚在其次，燕赤霞的身份更令她忌惮——"彼奇人也，不敢近"，后文的伏笔原来在这里。直到宁采臣果断地将金子丢出去，聂小倩终于明白，这个心如铁石的汉子是她不可能完成的任务。是好事还是坏事，只能留待下文分解了。

诘旦，有兰溪**明清时县名，治所在今浙江省兰溪市**生携一仆来候试，寓于东厢，至夜暴**突然**亡。足心有小孔，如锥刺者，细细有血出。俱莫知故。经宿**过了一晚**，仆一死，症亦如之。向晚**傍晚**，燕生归，宁质之，燕以为魅**鬼怪**。宁素抗直**刚强正直**，颇不在意。宵分**夜半**，女子复至，谓宁曰："妾阅人多矣，未有刚肠**刚直的气质**如君者。君诚圣贤，妾不敢欺。小倩，姓聂氏，十八夭殂**早死，短命死**。殂cú，葬寺侧，辄被妖物威胁，历尽**，遍役贱务；觍颜向人**厚着脸皮，不知羞耻地对人**。觍tiǎn，实非所乐。今寺中无可杀者，恐当以派夜叉来。"宁骇求计。女曰："与燕生同室可免。"问："何不惑燕生？"曰："彼奇人也，不敢近。"问："迷人若何**你是怎么迷惑人的？**"曰："狎昵**男女淫猥苟合**我者，隐以锥刺其足，彼即茫若迷，因摄**吸取**血以供妖饮；又或**通"惑"**以金，非金也，乃罗刹鬼骨，留之能截取人心肝：二者，凡**都**，皆以投时好**世俗的爱好**耳。"宁感谢。问戒备之期，答以明宵。临别泣曰："妾堕玄海**深渊，苦海。佛家语**，求岸不得。郎君

义气干云高入云霄，冲天，必能**拔**拯救，解救生救苦。倘肯囊
妾朽骨，归葬**安宅**安定的居处，**不啻**无异于再造。"宁毅然诺
之。因问葬处，曰："但记取白杨之上，有鸟巢者是也。"
言已出门，纷然而**灭**消失。

　　故事的重心是人物，人物表现的变化则推进情节的发展。这一
段文字中，男女主角的"变化"是全方位的。一个晚上接连两人离
奇死亡，原本应该害怕才对，但宁采臣自恃身正，"颇不在意"；小
倩道出原委，且说妖怪可能会派夜叉来，此时"宁骇求计"，小倩
建议他和燕生同住。宁采臣对待小倩，前一天还"正容""又咄
之"，此时"求计""感谢"，谦谦君子一转而变为寻求保护的弱者，
夜叉之厉害可见一斑。夜叉是佛经中一种形象丑恶的鬼，勇健暴
恶，能食人（后受佛之教化而成为护法之神，列为天龙八部众之
一）；"夜叉"为梵语的译音。与之相近的还有"罗刹"。罗刹，梵
语的略译，恶鬼的总名，男的叫罗刹婆，女的叫罗刹私，食人血
肉，或飞空或地行，动作迅捷。

　　既遭严词拒绝，小倩仍夜半再访，一是感动于宁采臣的正直，
"妾不敢欺"直言相告，因"今寺中无可杀者"，宁采臣有性命之
忧，所以好心提醒。二是救人即自救，她请求宁采臣救自己脱离苦
海。一媪一妇两妖物不但收有罗刹鬼骨，还能让夜叉为己所用，作
恶本领甚是高强，控制小倩这样的孤魂野鬼不在话下。虽然燕赤霞
是"奇人"，但小倩不够了解，于是，向刚直且目前有难的宁采臣
求救，成为小倩必然的选择。

　　姓氏是现代汉语的一个同义合成词，而在先秦时代，姓与氏有
所不同，姓是族号，氏是姓的一个分支。姓表示祖先所出自的氏
族，是不变的；氏表示同姓分化出的不同家族，是可变的。先秦时

代，贵族男子称氏，或以封邑，或以居住之地，或以官职，甚至以先人之氏或先人的谥号为氏，表示家族的地位、身份；相比而言，庶民无氏。女子称姓是为了"别婚姻"，也就是避免同一家族通婚。战国以后逐渐出现了以氏为姓的现象，到了汉代已基本上姓氏没有区别。顾炎武《日知录》："姓氏之称，自太史公始混而为一，《本纪》于秦始皇曰'姓赵氏'，于汉高祖则曰'姓刘氏'。"钱大昕《十驾斋养心录》："盖三代以前，姓与氏分；汉魏以后，姓与氏合。"（参见凡朴先生著作）

小倩自称"姓聂氏"，主动介绍姓甚名谁，此时，她已经很信任宁采臣了。"归葬安宅"说明目前身不由己，那个宁采臣为她选择的、妖物不知道或找不到的地方才是她的归宿，渴望"归葬"以脱离苦海的复杂心情，是"迁葬"表达不了的。

明日，恐燕他出，早诣邀**致**招。**辰**辰时，相当于现在早上7至9时后具酒馔，留意察燕。既约同宿，辞以性**癖**嗜好**耽**爱好寂。宁不听，强携卧具来。燕不得已，移榻从之，嘱曰："仆知足下**丈夫**大丈夫，**倾风**钦慕你的风采，相当于说"久仰"良切。**要**关键有**微衷**隐衷，难以遽白。幸勿翻窥箧襆，违之，两俱不利。"宁谨受教。既而各寝。燕以箱箧置窗上，就枕**移时**过了一会儿，鼾如雷吼。宁不能寐。近一更许，窗外隐隐有人影。俄而近窗来窥，目光**睒**闪也作"睒熌"，光闪烁的样子，多形容鬼怪。睒shǎn。宁惧，方欲呼燕，忽有物裂箧而出，耀若**匹练**白绢，触折窗上石**棂**窗户上雕有花纹的格子，**飙然**骤然一射，即遽敛入，宛如电灭。燕觉而起，宁伪睡以觇之。燕捧箧**检征**查验，取一物，对月嗅视，白光晶莹，长可二寸，径韭叶许。已而数重包固，仍置破箧中。自语曰："何物老魅，**直**竟然尔如此大胆，致坏箧子。"遂复卧。宁大奇之，因起问之，且以所见告。燕曰："既相**知爱**赏识喜爱，何敢深隐。我，**剑客**精于剑术的侠士也。若非石棱，妖当立毙；虽然，亦伤。"问："所**缄**闭藏何物？"曰："剑也。适嗅之，有妖气。"宁欲观之。慨出相示，荧荧然一小剑也。于是益**厚重**厚待看重燕。明日，视窗外，有血迹。遂出寺北，见荒坟累累，果有白杨，乌巢其颠。**迨**等到**营谋既就**已经料理好了，**趣装**速整行装。趣，cù 欲归。燕生设**祖帐**送行的酒筵，情义**殷渥**恳挚深厚。以破革囊赠宁，曰："此剑袋也。**宝藏**珍藏可远魑魅。"宁欲从授其术。曰："如君信义刚直，可以为此；然君犹富贵中人，非此道中人也。"宁乃托有妹葬此，发掘女骨，敛以衣衾，赁舟而归。

燕生倒头就睡，没一会儿就"齁如雷吼"，但"宁不能寐"，因为他有心思——小倩告诉他，"与燕生同室可免"。读者同样好奇，而为读者解惑是故事讲述者的工作，让宁采臣醒着，目睹即将发生的事，等于使读者亲见，这是作者取巧的法子。前文也说"宁以新居，久不成寐"，睡眠环境的突然改变一般人很难适应，此乃常情，俗话称作"择床"。昼夜交替，日入而息，如果不是睡着了，我们通常都是清醒的，耳闻目见，感官正常工作。基于此等生活的逻辑，作家正可以大显身手，把故事讲得精彩。

在现代汉语中，"虽然"一般用来表示转折，而文言的表达包含两种情况。有时带有假设的让步意味，相当于"即使如此"，如《左传·僖公十年》："夏四月，周公忌父、王子党会齐隰朋立晋侯。晋侯杀里克以说。将杀里克，公使谓之曰：'微子，则不及此。虽然，子杀二君与一大夫，为子君者，不亦难乎？'对曰：'不有废也，君何以兴？欲加之罪，其无辞乎？臣闻命矣。'伏剑而死。"有时就事实本身而言，与现在的转折用法相同。"若非石楬，妖当立毙"，揣摩燕生的口气，妖物没被当场杀死是个遗憾，"虽然，亦伤"，尽管如此，他肯定也受了剑伤。"视窗外，有血迹"却找不到妖物，印证了妖物没死在当场是既成事实，"虽"不能理解为"即使"。

"乌巢其颠"是"树顶上有个乌巢"的省略兼倒装形式，二者意思上没什么不同，但前一种表达更耐人寻味。句式倒装，客观上往往会有强调的效果。宁采臣毅然承诺解救小倩，小倩告知"白杨之上，有乌巢者"的"葬处"，他应该记得很清楚。现在妖物受伤，肯定会逃回老巢，那里也正是小倩被挟持的地方，到寺北荒坟间寻找，果然有一棵白杨树，"乌巢其颠"更能突出其明显的特征，间接表现宁采臣有心救困、诚心回报。

"祖帐"，古代送人远行，在郊外路旁为饯别而设的帷帐。"祖"，出行时祭祀路神。《战国策》记荆轲刺秦王，临行前"既祖，取道"，易水送别的场景令人动容。燕生"设祖帐"，即专门安排酒筵为宁采臣送行，"情义殷渥"。数日相处，二人其实都暗自留意对方，增进了了解，宁采臣"信义刚直"，燕赤霞因而有赠剑之举。另外，燕生从此退场，剑袋易主为宁采臣，小倩的归宿才可保障，这也是情节发展的需要。

宁斋临野，因营坟葬诸斋外。祭而祝祝祷曰："怜卿孤魂，葬近蜗居，歌哭相闻，庶不见陵于**雄鬼**强有力的鬼。一瓯浆水饮，殊不**清旨**清洁味美，幸不为嫌。"祝毕而返。后有人呼曰："缓待同行！"回顾，则小倩也。欢喜谢曰："君信义，十死不足以报。请从归，拜识姑嫜，**媵御**做姬妾无悔。"审谛之，肌映**流霞**浮动的彩云，足翘细笋，白昼**端相**正视，细看，娇艳尤绝。遂与俱至斋中。嘱坐少待，先入白母。母愕然。时宁妻久病，母戒勿言，恐所骇惊。**言次**言谈之间，女已翩然入，拜伏地下。宁曰："此小倩也。"母惊顾**不遑**无暇，来不及。女谓母曰："儿飘然一身，远父母兄弟。蒙公子**露覆**庇覆，庇护，泽被**发肤**全身，愿执箕帚，以报**高义**行为高尚合于正义。"母见其绰约可爱，始敢与言，曰："小娘子惠顾吾儿，老身喜不可已。但生平止此儿，用承桃绪，不敢令有鬼**偶**配偶。"女曰："儿实无二心。泉下人，既不见信于老母，请**以兄事**拿他当兄长看待，依**高堂**父母，奉晨昏，如何？"母怜其诚，允之。即欲拜嫂。母辞以疾，乃止。女即入厨下，代母**尸饔**料理饮食。尸，主持，执掌。饔，制作菜肴，煮。入房**穿**绕过榻，似熟居者。日暮，母畏惧之，辞使归寝，不为设床褥。女窥知母意，**即竟去**马上径直离开了。过斋欲入，却退，徘徊户外，似有所惧。生呼之。女曰："室有剑气畏人。**向道途之不奉见**刚才从门外经过却没进来拜见者，**良**实在以此故。"宁悟为革囊，取悬他室。女乃入，就烛下坐。移时，**殊**甚不一语。久之，问："夜读否？妾少诵《楞严经》，今**强半**大半遗忘。**浼** měi 央求，请求求一卷，夜暇，**就**向，从兄正之。"宁诺。又坐，默然，二更向将尽，不言去。宁促之。**愀然**忧愁的样子。愀 qiǎo 曰："异域孤魂，殊怯荒墓。"宁曰："斋中别无床寝，且兄妹亦宜**远嫌**远避嫌疑。"女起，容**颦蹙** pín cù 皱眉，形容愁苦而欲啼，足**恇儴** kuāng ráng 通"劻勷"，惶遽不安而懒步，**从容**盘桓，逗留出门，**涉**至，到阶而没。宁窃怜之。欲留宿别榻，又惧母嗔。女**朝**旦早晚朝母，捧**匜** yí 古代盥洗时用来盛水的器具**沃盥**浇水洗手，下堂操作，无不**曲承**曲意顺承母志。黄昏告退，辄过到斋头，就烛诵经。觉宁将寝，始惨然去。

好事多磨，颇有曲折。"姑嫜"，指丈夫的母亲与父亲。小倩甘心做宁采臣的姬妾，侍奉他一辈子，她认为只有这样才能最大程度地报答救命之恩。"祧（tiāo）绪"，世代相承的统绪，意为传宗接代，使对祖先的祭祀绵延不绝。宁采臣是家中独子，承担着传宗接代的重任，但小倩是鬼身，宁母不敢冒险。"高堂"指父母，"晨昏"是"晨昏定省"的简略说法，意思是朝夕慰问奉侍。小倩只好退而求其次，请求宁母认自己为义女。

小倩私心耿耿，毕竟还在于能与宁采臣两厢厮守，一时难以如愿，是非常难过的。这里，作者以语言、行为、神态等的描写表现人物微妙的心理，写得极为细腻。"容颦蹙而欲啼，足恇儴而懒步，从容出门，涉阶而没"，这是以齐整的句式铺陈。小倩明白，兄妹有嫌不比夫妇，她没有理由留宿，但实在不舍，因而挪不动步子，一旦出门就得咬牙跑开，免得反复纠结，所以"涉阶而没"，刚到台阶那儿就消失了。"默然""愀然""惨然"，这是以散句点拨，可怜之态惟妙惟肖。

楞严经，佛经名，全称《楞伽（qié）阿跋多罗宝经》，或译《大乘人楞伽经》，主旨在于提出"五法""三性""八识"等，述说宇宙一切事物皆自心所见，虚假不定，否认客观世界的真实性，归结为建立一个虚幻的不生不灭的涅槃境界。小倩求借经书诵读，为的是能和宁采臣多待一会儿。作者似乎想告诉我们，小倩试图努力去另一个虚幻的世界消磨，或许能暂时屏蔽现实的真实，因而选的是《楞严经》。

先是此前，宁妻病废病不能起，母劬qú劳苦不可堪；自得女这里指小倩，逸闲适，安乐甚。心德之。日渐稔rěn熟悉，亲爱亲近喜爱如己出，竟忘其为鬼；不忍晚令去，留与同卧起。女初来未尝食饮，半年渐啜稀饐yì同"酏"，稀粥汤。母子皆溺爱之，讳言其鬼，人亦不之辨也外人也不知道她是鬼。无何，宁妻亡。母隐有纳娶女意，然恐于子不利。女微窥之，乘间找了个机会告母曰："居年馀，当知儿肝鬲也作"肝膈"，肺腑。比喻内心。为不欲祸行人，故从郎君来。区区自称的谦辞无他意，止以公子光明磊落，为天人天和人所钦瞩敬重期望，实欲依赞辅佐，帮三数年，借博得到封诰，以光泉壤墓穴。"母亦知无恶，但惧不能延宗嗣延续后代，这里指生儿子。女曰："子女惟天所授。郎君注载入福籍，有亢宗子三，不以鬼妻而遂夺失去也。"母信之，与子议。宁喜，因列筵张设酒席告戚党。或请觌dí见新妇，女慨然华妆美妆出，一堂尽眙chì惊视，瞪着眼看，反不疑其鬼，疑为仙。由是五党诸内眷，咸都执贽初次见人时所拿的礼物以贺，争拜识之。女善画兰梅，辄以尺幅小幅画卷酬答，得者藏什袭重重包裹，郑重珍藏。什，十，以为荣。

明清帝王对五品以上的官员及其先代和妻室授予封典的诰命，叫"封诰"。男子仕途发达，自然妻荣子贵。"欲依赞三数年，借博封诰，以光泉壤"，小倩的意思是自己努力扮演贤内助的角色，使宁家光耀门楣。

"无恶"，既可以理解为没有恶意，也可以解释为无害，"母亦知无恶"应该是后者。被宁家收留后，小倩的表现大大超过宁母的预期；宁妻一去世，宁母就有让儿子续弦的意思，但小倩毕竟是鬼，会不会对儿子有害，宁母对此举棋不定。小倩坦陈"为不欲祸行人，故从郎君来"，宁母想到这位义女的日常所为，眼见为实，"亦知无恶"实际上是自我说服。在具体语境中，"无恶"顺承"恐于子不利""为不欲祸行人"，意思是无害、没有什么不利。

值得一提的是小倩的聪慧。她敏锐地察知宁母的心思，"微窥之，乘间告母"，主动沟通，取得了很好的效果；对于宁母"但惧不能延宗嗣"的进一层担忧，她接着以"子女惟天所授。郎君注福籍，有亢宗子三，不以鬼妻而遂夺也"进言，说服了宁母，也遂了自己的心愿。人生在世有几个子女、有没有儿子，都是天意，现在看来当然是迷信，但在当时，宁母是深信不疑的：小倩对她说，宁采臣命中注定会有三个光宗耀祖的儿子。旧时把能扩展宗族地位的儿子称为亢宗之子；亢宗，庇护宗族，光宗耀祖。

有专家认为，这里的"五党"可能是"三党"之误。三党，指父族、母族、妻族，可以涵盖所有亲戚关系。此时此刻，小倩或许是那个最幸福的人，只要有人想来一窥新媳妇面目，她无不答应，而且盛装打扮一番，艳惊四座，于是宁家所有的内眷都来拜贺，一人识而天下知，皆大欢喜。

一日，俯颈窗前，**怊怅若失**感伤失意。怊chāo，惆怅，失意。忽问："革囊何在？"曰："以卿畏之，**故缄**收起来置他所。"曰："妾受生气活人的气息、精气已久，当不复畏，宜取挂床头。"宁诘其意，曰："三日来，心**怔忡**zhēngchōng心悸，恐惧不安无停息，意金华妖物，恨妾远遁，恐旦晚寻及也。"宁果携革囊来。女反复审视，曰："此剑仙**将**用来盛人头者也。**敝败**破旧至此，不知杀人几何**许**表示感叹的助词！妾今日视之，肌犹**粟慄**颤抖的样子。"乃悬之。次日，又命移悬户上。夜对烛坐，约宁勿寝。**欻**xū忽然有一物，如飞鸟堕。女惊匿**夹幕**古代厅堂廊庑中悬挂的帷幕间。宁视之，物如夜叉状，电目血舌，睒闪**攫拿**形容张牙舞爪而前。至门，却步，逡巡久之，渐近革囊，以爪摘取，似将抓裂。囊忽**格然**象声形容词。格gē一响，**大可合簏**约有两个竹筐合起来那么大，恍惚有鬼物，突出半身，揪夜叉入，声遂寂然，囊亦顿缩如故。宁骇诧，女亦出，大喜曰："无恙矣！"共视囊中，清水数斗而已。

后数年，宁果登进士。女举生育一男。纳妾后，又各生一男，皆仕进**有声**知名。

隐患不除，暂时的幸福难以持久，生活不可能彻底平静。直到此时，金华鬼物的危险仍然存在；"共视囊中，清水数斗而已"，夜

八
聂
小
倩

又被灭，宁生带回来的剑真正派上了用场，完成其最终使命，故事也就讲得差不多了。

"登进士"，指科举时代通过殿试的人。明清时，举人经会试及格后即可称为进士。这里取前一种意思。仕进即入仕，做官。三个儿子后来都在仕途中进取，廉政而有美名。小倩"博封诰"、宁生"光泉壤"，荣华满堂。

善恶有报，有情人得偿所愿，故事留下一个喜剧的尾声。

《聂小倩》讲述的是一个命运转捩的故事。惩恶奖善，书生救美。雄鬼之恶，自不待言；善在宁生"诚于中，形于外"的"慎独"修为，善在聂小倩"不欲祸行人"，识得可以托付终身的好男子。人鬼异路，但殊途同归。男女主人公知恩而相互回报，儒生本色成就一段魅力四射的人鬼情缘。小倩"死"境凄惨，然而貌美心热，解人意贴人心，聪明伶俐，带来命运改变的是她固有的本性，性格之于命运的影响，足以发人深思。

鬼界一如人间，作者行文，有着掩饰不住的悲凉。安排喜剧的结局，出于作者浪漫的愿景；丰富大胆的想象，鬼妖行人事说人话，举止、声口毕现，历历可见可闻。

一方面，生活日常会催生创作的灵感；另一方面，蒲松龄借得前人的肩膀，善于取法经典，一挥笔则精彩纷呈。本文开头部分，宁采臣夜窥妇媪月下偶语，起初写得周详真切，一问一答都与小倩有关，内容清楚明白，后来"妇人女子又不知何言"，"宁意其邻人眷口，寝不复听"，故意略而不提，写得虎头蛇尾，体现出高超的剪裁艺术。写什么不写什么，既要考虑情理，又需作通盘安排，不禁让人想到《水浒传》"林教头风雪山神庙"一回文字。金圣叹评曰，"（李小二浑家）阁子背后听四个人说话，听得不仔细，正妙于听得不仔细；山神庙里（林冲）听三个人说话，听得极仔细，又正妙于听得极仔细。虽然，以阁子中间，山神庙前，两番说话，偏都两番听得"（《金圣叹批评水浒传》）。钱锺书先生也说："雅中搀俗，笔致尖新，然惟记妇女谈吐为尔。《聊斋志异》屡仿此法，如卷二《聂小倩》媪笑曰：'背地不言人，我两个正谈道'云云……盖唐人遗意也。"《管锥编》珍视传承，往往多有厚积薄发之效。

九　地震

　　若从能判定地震参数的周幽王二年（公元前780年）强震记载算起，我国的地震历史资料可追溯至二千七百多年前。西汉开始，地震已作为"灾异"被记入历代正史，同时各种志书、笔记、日记、诗赋等，对于地震的破坏程度、波及范围等，也都有或详或略的反映。据统计，见诸史册的破坏性地震就有八百余次。

　　汉代张衡于阳嘉元年（132年）创制了世界上第一架能指示地震方向的候风地动仪，开创了人类用仪器观测地震的历史。

　　康熙七年六月的山东大地震，震中在莒州、郯城一带，震中烈度Ⅻ，震级达里氏8.5级（经推定），波及鲁、苏、皖、浙、闽、赣、鄂、豫、冀、晋、陕、辽诸省及朝鲜半岛等，有感半径达800多公里，余震六年未息。包括州志、县志、方志、诗文、碑刻等在内的500多种史料记载了这次地震，本文即为其中之一。

　　清王士禛《池北偶谈》、李澄中《艮斋笔记》、安致远《青社遗闻》等笔记资料记录了地震发生的景象及其造成的破坏。关于地震发生后朝廷应对迟缓，以致山东百姓在天灾以后又罹人祸的实况，《康熙实录》亦有记述，均可资参阅。

康熙七年六月十七日戌刻，地大震。余适恰巧客旅居，居住在他乡稷下，方正与表兄李笃之对烛饮。忽闻有声如雷，自东南来，向西北去。众骇异，不解其故。俄而几案摆簸，酒杯倾覆，屋梁椽柱错折毁坏，折断。错，通"挫"有声。相顾失色。久之，方知地震，各疾趋出。见楼阁房舍，仆而复起，墙倾屋塌之声，与儿啼女号，喧如鼎沸。人眩晕不能立，坐地上，随地转侧。河水倾泼丈馀，鸭鸣犬吠满城中。逾一时许，始稍定。视街上，则男女裸聚，竞相告语，并全都忘其未衣也。后闻某处井倾仄同"倾侧"，倾斜，不可汲；某家楼台南北易向；栖霞山裂；沂水陷穴广数亩。此真非常不同寻常之奇变也。

用以调整音节或表示提顿时，"之"是助词，没有实在意义。"久之""顷之"分别表示时间较长或很短。"久之，方知地震，各疾趋出"真切地表现了当时的情景：面对突如其来的灾难，人们来不及反应，等到终于明白过来则惊恐万状，慌乱不已。

顺便提一下，这种"之"，古代也常用于姓名之间，如"宫之奇"（谏假道）、"烛之武"（退秦师）、"介之推"（不言禄）等。

就中国古代的日常习惯而言，标示时间不像今天这么精确。古人将一日分为十二时辰，用十二地支（子、丑、寅、卯、辰、巳、午、未、申、酉、戌、亥）表示。夜间十一时至次晨一时为子时。康熙七年六月十七日戌刻，即公元1668年7月25日晚7时至9时左右。宋沈括《梦溪笔谈·象数一》"一时谓之一辰"，"一时"即一个时辰，约合现在两小时。"逾一时许，始稍定"，是说强震持续了两个多小时。

稷下、栖霞、沂水是山东境内的三处地方。稷下，原指战国时齐国都城临淄西稷门附近地区，是当时各学派活动的中心，故址在今淄博市临淄区。据赵蔚芝、蒲先和两位先生的意见，蒲松龄笔下的"稷下"或"稷门"即指济南。栖霞，明清县名，属登州府，治所在今栖霞市，位于山东省东部。沂水，明清县名，明至清初属青州府，治所在今临沂市沂水县。

地震之后，作者的记述既有亲眼所见，也有外间传闻。他"适客稷下"，街上，人们惊魂甫定，为其目睹；"某处""某家""栖霞""沂水"等处的情况，本地兼及周边区域，都是"后闻"而来。

有**邑人**蒲松龄家乡淄川的人妇，夜起**溲溺** sōu niào 解小便，回则狼衔其子。妇急与狼争。狼一**缓颊**松嘴，妇夺儿出，携抱中。狼蹲不去。妇大号。邻人奔集，狼乃去。妇惊定作喜，指天画地，述狼衔儿状，己夺儿状。良久，忽悟一身未着寸缕，乃奔。此当与地震时男妇两忘者，同一情状也。人之惶急无谋，一何可笑！

"缓颊"，多指婉言劝解或代人讲情，这里的"狼缓颊"取其字面意思，指狼松开嘴。"作喜"，变作笑脸，露出喜色。妇人由惊转喜，犹在梦中，开始精神还略带恍惚，口齿不灵，因而只能"指天画地"，以手势代替，渐渐地才诉诸言语，向人们描述刚刚发生在自己身上的惊险的一幕。按照常理，妇人急着想说，这一过程不会太短，所以说"良久"。也许还在絮絮叨叨，忽然意识到自己一丝不挂，惊吓转为羞耻，故"乃奔"。与狼争子，出于母亲的本能，无论武装整齐还是赤身露体；孟子说，"人皆有羞恶之心"，说的是正常境况和日常社交，当遭遇"奇变"时，不顾"羞恶"，大概也是另一种本能吧。在巨大的天灾（地震）面前"男女裸聚""男妇两忘"，在"蹲不去"的恶狼面前妇人不知自己"未着寸缕"，都是"惶急无谋"的表现，但我们恐怕都笑不出来。

《地震》是一篇追述文字，既有史料价值（"自东南来，向西北去"的记述，与当时地震横波的传递方向完全相符），也是上佳的文学作品。

地震发生时，作者所处的稷下并非震中位置，但震感强烈。从悠闲地"对烛饮"到"忽闻有声如雷"，事发突然，平静被瞬间扯破，人们的反应也由发懵转为"相顾失色"的巨大恐惧。作者记述亲身经历，写所闻所见所感，穿插着进行，不仅传达切身感受，而且推己及人，突出这一"旷古奇灾"降临时的群体表现；另外，介绍从传闻得来的信息并作描述，形象地摹写出震灾过后人们如惊弓之鸟的心理状态。行文以短句为主，配合惊险异常的节奏，将地震的破坏性及其造成的惨烈景象直陈在读者面前。

文章第二段写妇人狼口夺子，与上文相比，事有异而情状"同一"，表现的都是"人之惶急无谋"。由此可以看出，蒲松龄似乎并非一味记述地震的破坏性，而对人们在危急时刻的异常表现，予以特别的关注。妇人"一身未着寸缕"与狼争子的真实情景，侧面印证了地震时刻"男女裸聚"的合理性，杰出作家所具有的丰富自然的联想，一直与其对生活的细致、敏锐观察密不可分。《地震》有很强的纪实性和鲜明的新闻特色，与虚构的小说有所不同，但它展现了作者卓越的文学才能，这是毫无疑问的。

一〇 张诚

这是一篇描写家庭伦理的作品，内容复杂，情节曲折，时间和空间跨度都很大。

行文由继母题材发端，结合战乱背景展开叙事，以夫妻、父（母）子、兄弟等人物关系为纽带，表现悲欢离合，着重讲述张讷、张诚兄弟手足情深的故事，歌颂孝友精神。

讷，忍而少言。所谓"刚、毅、木、讷，近仁"（《论语·子路》），张讷性讷，寡言耐苦。诚，真心实意。所谓"著诚去伪，礼之经也"（《礼记·乐记》），张诚为人朴诚，心地善良。

作者刻画兄弟二人的形象，不仅有合有分，而且各有侧重。张讷被虐待，正面写继母的狠毒，以张父的懦弱为陪衬；张诚心疼哥哥，又不敢违拗母意，只能私下里贡献一己之力。张诚年幼，逃学助兄采樵，故又得以从塾师一面观照，侧面表现。张诚为虎所伤，下落不明，于是张讷千里寻弟；意外重逢，却先从张诚相认写出，一面喜从天降，一面也悲从中来。别驾母子之于张氏兄弟，没有任何血缘上的联系，别驾先救了弟弟，老夫人后认得了哥哥。小说开头，张讷很早就没了母亲，故事结尾，张诚得知生母离世而哭晕过去，围绕着两兄弟，首尾巧妙呼应。一篇"孝友传"，煞是好看。

豫人张氏者，其先齐人。明末齐大乱，妻为北兵**清兵**掠去。张常客豫，遂家焉。娶于豫，生子讷。无何，妻卒，又娶继室，生子诚。继室牛氏悍，每**嫉憎恶**，不喜欢讷，奴**畜**养之，啖以恶**草具粗劣的食物**。使樵，日**责要求**柴一肩；无则挞楚诟诅，不可堪。隐**畜怀藏甘脆美味饵给……吃**诚，使从塾师读。诚渐长，性**孝友事父母孝顺，对兄弟友爱**，不忍兄劬，阴劝母。母弗听。一日，讷入山樵，未终，值大风雨，避身岩下，雨止而日已暮。腹中大馁，遂负薪归。母验之少，怒不与食；饥火烧心，入室**僵卧躺卧**不起。诚自塾中来，见兄**嗒然沮丧的样子。嗒tà**，问："病乎？"曰："饿耳。"问其故，以情告。诚愀然便去。移时，怀饼来饵兄。兄问其所自来。曰："余窃面**倩qìng请**邻妇为之，但食勿言也。"讷食之。嘱弟曰："后勿复然，事泄累弟。且日一啖，饥当不死。"诚曰："兄**故本来**弱，乌**怎么**能多樵！"次日，食后，窃赴山，至兄樵处。兄见之，惊问："将何作？"答："将助**樵采也作"樵採"。打柴**。"问："谁之遣？"曰："我自来耳。"兄曰："**无论不要说**弟不能樵，纵或能之，且犹不可。"于是**速催促**之归。诚不听，以手足断柴助兄。且云："明日当以斧来。"兄近止之。见其指已破，履已穿，悲曰："汝不速归，我即以斧自到死！"诚乃归。兄送之半途，方复回。樵既归，诣塾，嘱其师曰："吾弟年幼，宜**闲防，限制之**。山中虎狼多。"师言："午前不知何往，**业已经夏楚责罚。夏jiǎ**之。"归谓诚曰："不听吾言，遭笞责矣。"诚笑曰："无之。"明日，怀斧又去。兄骇曰："我**固谓子**本来和你说了**勿来**，**何复尔？**"诚不应，刘薪且急，**汗交颐**满腮不少休不停地流。**约足**估计砍够一束，不辞而返。师又责之，乃实告之。师叹其贤，遂不之禁。兄屡止之，终不听。

河南省古为豫州地，故有"豫"的简称。豫州最初为汉武帝设置，辖境约当今淮河以北、伏牛山以东豫东、皖北地；东汉治所在谯（今安徽省亳州市）；三国魏以后屡有移徙。豫州地处中原冲要，为东晋、南北朝时战争重地。齐，也是古地名，相当于今山东省泰山以北黄河流域和胶东半岛地区，本为战国时齐地，汉以后仍沿称为齐。

"明末齐大乱，妻为北兵掠去"是作者的叙述，与后文中小说人物的语言（张讷"明季清兵入境，掠前母去"），表达的意思相同。"北兵"即清兵，"明季"就是明末。

文章安排了一个兵荒马乱的背景，故事围绕亲人失散、团聚展开，既符合事理逻辑，又凸显出世异时移的沧桑感。

古代贵族住宅的主要部分是堂和室，堂在前，室在堂后。室是起居吃住的生活场所，所以古人称妻子为室。继室，指续娶之妻。

《史记·陈丞相世家》记载，刘邦为了除去项羽的得力谋臣范增（亚父），在接待使者的饮食标准上做文章："汉王为太牢具，举进。见楚使，即详（通"佯"）惊曰：'吾以为亚父使，乃项王使！'复持去，更以恶草具进楚使。楚使归，具以报项王。项王果大疑亚父。"这是成功的离间案例。恶、草都有"粗劣"之意，如"恶衣恶食""粗茶淡饭"等。具，指供设（的食物）。恶草具，也就是粗劣的食物。牛氏给丈夫前妻的儿子吃"恶草具"，是典型的坏继母。

文言虚词的使用，常常能带来丰富传神的韵味。"问：'病乎？'曰：'饿耳。'"弟弟问："（你）病了吗？"哥哥答道："没事，有点饿而已。"问得急迫真切，答得蜻蜓点水，一"乎"一"耳"充分表现出善解人意、全为对方着想的手足之情。

现代汉语的表述，"所"字结构中，跟在"所"后面的一般是动词，跟介词的情况很少见。"兄问其所自来"，张讷问弟弟哪来的饼。"所"后面同时跟着介词"自（从）"和动词"来"。"其"代指饼，"所"兼有"地方"的意思，"其所自来"强调饼"从什么地方来"，张讷生怕连累弟弟，因而如此追问。看似特殊的句式，实际上是当事人内心感情的流露。

"夏楚"，同"榎楚"，榎、楚分别为落叶乔木（山楸）和落叶灌木（荆），枝干坚劲，木质细密，古代学校一般用以制成体罚学生的用具，多写作"夏楚"。

上面一段文字写了好几个人，张诚是表现的重点。他逐渐懂事，知道母亲对哥哥不公，但又不能置论，这是所谓的"孝"；私下里以一己之力帮助哥哥，这是"友"；因旷课而甘心被老师责罚，这是"贤"。老师理解他的所作所为且深为感动，也就不再禁止他；兄长既心疼又为难，怎么劝阻都没有效果。优秀的小说家总是把人物放到复杂的关系中，通过典型细节去塑造形象，有着很强的感染力。耐人寻味的是，让人物"立"起来的同时，故事发展的线索若隐若现，张讷请求老师禁止弟弟外出的只言片语为后面的情节设置了极为自然的铺垫——"山中虎狼多"，年幼的张诚果然遭遇了虎祸。

一日，与数人樵山中，欻有虎至。众惧而伏。虎竟衔诚去。虎负人行缓，为讷追及。讷力斧之，中胯。虎痛

一〇 张诚

105

狂奔，莫可寻逐，痛哭而返。众慰解之，哭益悲。曰："吾弟，非犹夫人众人，一般人。夫fú之弟；况为我死，我何生焉！"遂以斧自刭其项。众急救之，入肉者已寸许，血溢如涌，眩瞀殒绝昏死过去。眩瞀mào，眼花。众骇，裂之衣而约缠束包扎之，群扶以归。母哭骂曰："汝杀吾儿，欲劙lí割颈以塞责耶！"讷呻云："母勿烦恼。弟死，我定不生！"置榻上，疮伤口痛不能眠，惟昼夜依壁坐哭。父恐其亦死，时就榻少哺之，牛辄诟责。讷遂不食，三日而毙。村中有巫走无常者，讷途遇之，缅诉备述。缅，尽囊前段时间苦。因询弟所打听弟弟在哪儿，巫言不闻。遂反身导讷去。至一都会大城市，见一皂黑色衫人，自城中出。巫要遮拦截，拦阻。要yāo代问之。皂衫人于佩囊中捡清理，察看牒表册审顾，男妇百馀，并无犯而张者原本应死的姓张的犯人。巫疑在他牒，皂衫人曰："此路地区属我，何得差逮怎么会逮错人。"讷不信，强巫入内城。城中新鬼、故鬼往来憧憧chōng往来不绝，亦有故识老朋友，熟人，就问，迄无知者。忽共哗言："菩萨至！"仰见云中有伟人，毫光如毫毛一样四射的光线彻明，照亮上下，顿觉世界通明。巫贺曰："大郎有福哉！菩萨几十年一入冥司，拔脱离，解救诸苦恼痛苦烦恼，今适值遇到，碰上之。"便捽zuó抓，揪讷跪。众鬼囚纷纷人多纷乱籍籍众口喧腾，合掌齐诵"慈悲""救苦"之声，哄腾喧闹震地。菩萨以杨柳枝遍洒甘露，其细小如尘。俄而雾收光敛，遂失所在。讷觉颈上沾露，斧处不复作痛。巫仍导与俱归。望见

里门 同里的门。古代同里的人家聚居一处，设有里门，始别而去。讷死二日，豁然竟苏，悉述所遇，谓诚**不死** 还活着。母以为撰造之诬，反诟骂之。讷负屈无以自伸，而摸创痕**良** 确实，果然**瘥**chài 病愈，自力起，拜父曰："**行将** 将要穿云入海往寻弟，如不可见，终此身勿望返也。愿父**犹以儿为死** 当我死了。"翁**引空处** 把他拉到没人的地方与泣，无敢留之。

"非犹夫人之弟"，意为我弟弟不像别人家的弟弟，他是天底下最好的弟弟。宝贝弟弟因自己而被老虎抓走，救之不及，张讷的必死之心可以想见。斧子"入肉者寸许"，显然并非"塞责"之举；一心想念弟弟，加上创痛而且"不食"，也就"三日而毙"。

"巫"，古代从事祈祷、卜筮、星占，并兼用药物为人求福、却灾、治病的人，"巫医古得通称，盖医之先亦巫也"，春秋以后，医道渐从巫术中分出。旧时迷信，把到阴间当差，事情办完就放还的人叫做"走无常者"。明祝允明《语怪·重书走无常》："酆都走无常事……盖彼中以此为常，或人行道路间，或负担任物，忽掷跳数四，便仆于地，冥然如死。途人家属，但聚观以伺之，或六时，或竟日，甚或越宿，必自甦（苏），不复惊异救治也。比其甦（苏），扣之，则多以勾摄。盖冥府追逮繁冗时，鬼吏不足，则取诸人间，令摄鬼卒，承牒行事，事讫即还。或有搬运负载之役亦然，皆名走无常，无时无之。"

"皂衫"，黑色短袖单衣。旧时衙门的差役称皂隶，皂衫即其典型穿着，类似于现在的制服。如明洪武四年规定皂隶公使人服制，穿皂盘领衫，戴平顶巾，结白搭膊，带牌。这里用以指冥府中干杂役的公差。

一〇 张诚

梵文 Bodhisattva 音译为"菩提萨埵",略称"菩萨"。这里指民间慈悲救苦之神观世音,中国佛教四大菩萨之一。苦恼即痛苦烦恼,"贪恚痴愚,苦恼之患"(《无量寿经》),佛教认为苦恼根源在于三毒贪、嗔、痴(或淫洪、嗔怒、愚痴)。据《妙法莲华经·观世音菩萨普门品》,遇难众生只要诵念其名号,"菩萨即时观其音声",前往拯救解脱,故名"观世音"。唐代讳太宗李世民名,故去"世"字,略称"观音"。在中国,观音有各种不同的名称和形象,杨柳观音(又称药王观音)为三十三化身之一,左手结施无畏印,右手持净瓶,瓶中盛甘露、插杨柳枝。佛教初传中国,观音塑像为男相,南北朝时开始作女相,唐代以后定型并盛行。

按照现实的逻辑,这本是一个彻头彻尾的惨痛悲剧,绝处逢生需要假托人力之外的因素。作者从巫通鬼神的民间传闻借得灵感,引入走无常者这一人物,安排张讷魂走阴曹。这一情节的设置有多方面的效果。一是故事的衔接过渡,如果没有这部分内容,张讷"穿云入海往寻弟"的行为会显得突兀无根。二是视接千里直通冥界,阴间与人世,景象、规则皆如出一辙,巫"要遮代问"、皂衫人"检牒审顾"、菩萨降临救苦等场景,丰富了作品的表现力。同时,承接上文进一步描写牛氏的既悍且妒,张父的懦弱无为,全为张讷寻弟张本。张讷得入冥府,事情出现转机,悲与喜的转化无外乎人情,大大淡化了迷信色彩。

讷乃去。每于**冲衢**交通大道访弟**耗**消息,途中**资斧**也作"资铁"。盘缠断绝,丐而行。逾年,达金陵,**悬鹑百结**衣衫褴褛。悬鹑,鹌鹑毛斑尾秃,如同破烂的衣服,**伛偻**yǔ lǚ俯身,这里指行进艰难道上。偶见十馀骑过,走避道侧。内一人如**官长**官吏的泛称,年四十已来多,表示约数,**健卒怒马**体健气壮的马，**腾踔**腾跃。踔chuō前后。一少年乘**小驷**小马，屡顾讷。讷以其贵公子，未敢仰视。少年停鞭少驻，忽下马，呼曰："非吾兄耶？"讷举首审视，诚也。握手大痛，失声。诚亦哭，曰："兄何漂落以至于此？"讷言其情，诚益悲。骑者**并下**一齐下马问故，以白官长。官命脱骑载讷，**连辔**骑马并行**归诸其家**将他带回家里，始详诘之。初，虎衔诚去，不知何时置路侧，卧途中**竟宿**一整夜。适张**别驾**明清时各府通判的别称自**都中**京城来，过之，见其**貌文**表情。貌，面部神情。文，外表，怜而抚之，渐苏。言其**里居**住址，则相去已远，因载与俱归。又药敷伤处，数日始痊。别驾无**长君**成年的公子，这里指儿子，子之。盖**适**刚才从**游瞩**游览也。诚具为兄告。言次，别驾入，讷拜谢不已。诚入内，捧帛衣出，进兄，乃置酒燕叙。别驾问："**贵族**对他人宗族的敬称在豫，几何丁壮家里有几口人？"讷曰："无有。父少齐人，**流寓**流落他乡居住于豫。"别驾曰："仆亦齐人。贵里何属？"答曰："曾闻父言，属东昌辖。"惊曰："我同乡也！何故迁豫？"讷曰："明**季**末清兵入境，掠前母去。父遭**兵燹**因战乱而造成的焚烧破坏等灾害。燹xiǎn，**荡荡然**，空无家室。先贾于**西道**西部，往来颇稔，故**止**安家焉。"又惊问："君**家尊**敬称别人的父亲何名？"讷告之。别驾瞠而视，俯首若疑，疾趋入内。无何，**太夫人**老夫人出。共**罗拜**环绕下拜，已，问讷曰："汝是张炳之之孙耶？"曰："然。"太夫人大哭，谓别驾曰："此汝弟也。"讷兄弟莫能解。太夫人曰："我**适**嫁汝父三年，流离北去，身属黑固山。半年，生汝兄；又半年，固山死，汝兄**补秩**补缺。秩，官职**旗**下旗籍迁此官。今**解任**卸任，离职矣。**每刻**刻每时每刻念乡井，遂**出籍**放弃爵位，脱离旗籍，**复故谱**复归原来的宗族，即认祖归宗，恢复汉姓。屡遣人至齐，殊无所觅耗，**何**哪里知汝父西徙哉！"乃谓别驾曰："汝以弟为子，折福死矣！"别驾曰："曩问诚，诚未尝言齐人，想幼稚不忆耳。"乃**以齿序**按年龄大小分别长幼次序：别驾四十有一，为长；诚十六，最少；讷二十二，则伯而仲矣。别驾得两弟，甚欢，与同**卧处**睡卧起居，尽悉离散**端由**原委，缘由，将作归计。太夫人恐不见容，别驾曰："能容，则共之；否则**析**分开住，分家之。天下岂有无父之国？"于是鬻宅办装，**刻日**同"克日"，限定日期西发。

"固山"，满语音译，清代八旗组织的最大编制单位，汉语译为"旗"，长官为"固山额真"，汉语译为"旗主"，顺治十七年定汉名为"都统"。清代八旗以每三百壮丁为一牛录（佐领），五牛录为一甲喇（参领），五甲喇为一固山。一固山即为一旗。黑固山，就是姓黑的旗人（满人）。别驾在父亲死后补缺任职并升官，由此推知黑固山可能是八旗中旗主之一。需要注意的是，文言的称名习惯，有与现代汉语不同的地方，例如"庖丁"即名为丁的厨师，"师旷"是名叫旷的乐师。

"别驾"，官名，即别驾从事、别驾从事史，本为汉朝州部佐吏，因随刺史出行时别乘传（zhuàn）车，故称"别驾"。明、清为各府通判的别称，是知府的副手，位在同知之下，正六品。

古代，兄弟行辈中长幼排序称"伯仲叔季"，伯指老大，仲为第二，叔是第三，季则最小。古人命名、称字很多与此有关，如三国时孙策、孙权兄弟分别字伯符和仲谋。"孟"也可以指老大，如曹操字孟德。至于伯和孟的区别，从传世文献看，或以为前者指嫡子，后者为庶出，或以为前者称男性，后者用于女性，等等，具体情况比较复杂。这里说张讷"伯而仲"，意思是他原本在家里是老大，现在又认了个没有血缘关系的哥哥（别驾），自然就成了老二。不按年龄大小依次讲，而用"……为长……最少……伯而仲"的方式叙述，同时加上"则……矣"的语气，表现了当事者既欢喜又感慨的复杂心理。

"天下岂有无父之国"是《礼记·檀弓》里的典故（晋献公因骊姬进谗而欲杀世子申生，重耳建议申生出走），本意是天下没有一个地方会欢迎杀害君父的人，这里则化用其意。老夫人担心牛氏不会接纳自己，别驾劝慰母亲，认为不能没有一家之主，有了张父才算真正全家团圆。这话从与张诚既不同母也不同父的哥哥口中说出，尤其意味深长。

一番周折之后，骨肉得以团聚，个中情由真是一言难尽。作者别出心裁，通过兄弟、母子等的对话补足必要的情节。兄弟相见，问答语都很简捷；母子相认，主要以老夫人的回忆表现，因为往事纷纭，所以作了较为详细的展开。几段相对集中的语言描写之间，以人物的神态、动作连缀，叙述节奏配合情节的推进，非常自然。

　　既抵里，讷及诚先驰报父。父自讷去，妻亦寻卒；**块然**孤独的样子一老鳏，形影自吊。忽见讷入，暴喜，恍恍以惊；又睹诚，喜极，不复作言，潸潸以涕。又告以别驾母子至，翁辍泣愕然，不能喜，亦不能悲，**蚩蚩**痴呆的样子以立。未几，别驾入，拜已，太夫人**把**握，执翁相向哭。既见婢媪厮卒，内外盈塞，坐立不知所为。诚不见母，问之，方知已死，号嘶气绝，食顷始苏。别驾出资建楼阁，延师教两弟。马腾于槽，人喧于室，**居然**俨然，仿佛大家矣。

　　这段文字仅一百四十九个字，却写得沉郁顿挫，有条不紊。进村（里）之后，浩浩荡荡一行人，张家兄弟心情最急切，环境最熟悉，为贵人前导也是仪节所需，所以由他俩先去报告。下面荡开一笔，交代张父孤寂惨然的近况。接着写父子相见：先看见张讷，又喜又惊，喜是"暴喜"，惊是"恍恍"；进而看见张诚，喜极而泣，说不出话；又听说别驾母子快到了，赶忙止住了哭声，愣在当场，喜也不是，悲也不是，整个人都呆了。不久，后续一干人就到了，行礼已毕，老夫人拉着前夫的手，恍如隔世，相顾无言唯有泪千行。所有的重头戏都"走"过，才有闲笔交代"婢媪厮卒，内外盈塞"，这又是从张父的眼中见出，老人家平生哪里见过如此阵势，自然"坐立不知所为"了。那个让张讷曾经受尽虐待、此前令老夫人担心不已的牛氏，以张诚的询问提及，出于情理的必然。应该说，整个"归来"场面的主旋律是欢喜，那些不堪回首的经历因为团聚成为过往；牛氏去世，是这欢喜底色上一层薄薄的伤痛，它属于张诚一个人。行文大部分内容是叙写张诚的"友"，这里是突出表现他的"孝"，"号嘶气绝，食顷始苏"，令人动容。以此作为"归来"场面的收束，堪称妙笔。至于"别驾出资……居然大家矣"，只需看作大团圆结局的套语，不在话下。

　　异史氏曰："余听此事至终，涕凡数**堕**落泪。十馀岁童子，斧薪助兄，慨然曰：'王览固邑，难道再见出现乎！'于是一堕。至虎衔诚去，不禁狂呼曰：'天道愦愦糊涂，昏聩如此！'于是一堕。及兄弟猝遇，则喜而亦堕。转增一兄，又益一悲，则为别驾堕。一门团圞团聚。圞luán，惊出不意，喜出不意，无从没来由之涕，则为翁堕也。不知后世亦有善涕如某者乎？"

《晋书》载魏晋时王祥的故事，王览是他同父异母的弟弟："祥至孝，后母朱氏，遇之无道。祥愈恭谨。朱氏子览，年数岁，每见祥被箠，辄涕泣抱其母。母以非理使祥，览辄与俱。及长，娶妻，母虐使祥妻，览妻亦趋之。母密使鸩祥，览径起取酒，母夺而反之。母赐祥馔，览必先尝。母惧，遂止。"历史上竟有这般恶毒的后妈。

"某"，作者自称之词。"善涕如某"，意思是像我一样喜欢掉眼泪。

作者说自己先后五次落泪。张诚年纪那么小，却处处护着哥哥，客观上为生母补过，所作所为令人感动、钦佩；老虎哪分什么是非曲直，衔着张诚就跑了，可叹天道不公；张讷千里寻弟，历经千辛万苦，哥俩终于意外重逢，何其欢喜；转眼间张讷、张诚就多了一个哥哥，对照别驾母子的遭遇则又添了一重悲哀，不得不让人感伤；历波渡劫，全家最终还能团聚，对老景凄凉的张父来说，惊出意表，喜出望外。人世的悲喜哪里是一两句话说得清楚的呢！

"异史氏曰"自然是作者的感慨，间接透露了行文的主题及其创作意图，客观上也梳理了作品的内容要点。欣赏《张诚》这篇小说，假如先从末尾一段读起，再倒过来看故事的始末，可能会有另一番意趣。

继母作恶的故事，史上并不鲜见，这篇"奇"文独能引人入胜，个中奥妙值得揣摩。由前人的评论看，王士禛和但明伦的意见最见眼力。王评："一本绝妙传奇，叙次文笔亦工。"但评："一篇孝友传，事奇文奇。三复之，可以感人性情；揣摩之，可以化人文笔。"《张诚》属于带有传奇（小说）性质的人物传，主题指向"孝友"，其"事奇"，有强烈的感人力量，其"文奇"，是后世可资借鉴的写作范本，特别是作者的取材、构思以及对局部细节描写的处理。

成就奇文，首先是作者转益多师、向古人取经的结果。《聊斋志异》中有多篇歌颂义气的作品，无疑与作者的阅读视野、思考见识有关，略近本事而灵活点化，主题、形象、艺术手法等各各不同，异彩纷呈。模仿是创造的基础，无数前人的优秀作品是巨大的资源宝库，杰出的后学有心借鉴，因此贡献出新的精品。

奇文共欣赏，当然需要精心构思。所谓无巧不成书，借助巧合与意外的力量，有时候也能柳暗花明。老虎、走无常者、黑固山等几个关键形象的设计出人意料，又在情理之中，情节的推进因而一波三折，人物的悲喜命运随之多次转换，故事特别好看。结构安排吸引着读者，正能量的主旨又引人共鸣，艺术效果不言而喻。

故事扣人心弦，让人阅读时不肯稍作中断固然好，要想更进一步，令读者掩卷后欲罢不能又一次次翻开，就得在细节的处理上费心打磨。文中状写人物内心情感的几段文字，像兄弟重逢、父子再见、夫妻相向而泣等细节刻画，达到了出神入化的地步。"讷举首审视，诚也""此汝弟也""则伯而仲矣""不能喜，亦不能悲，蚩蚩以立""坐立不知所为"等，有片段，有场面，写表情，写动作，含蓄地表现悲喜无言的复杂而微妙的心理，用语简劲而时时有不胜感慨之情，不仅"复活"了生活的真实，更呈现出艺术的化境。

一一 黑兽

话说楚宣王时，魏人江乙在楚国做官，他对时任令尹的昭奚恤很不感冒，一逮着机会就在宣王面前挑拨几句，没成想无心插柳，留下一个"狐假虎威"的成语，故事就收在《战国策》里。不幸的是，故事里的老虎愚不可及，被蒙在鼓里还自以为是；相反，作为本来要被老虎吃掉的弱者，狐狸以巧自保，算是不得已的急中生智，谈不上"狡诈"。按江乙的意思，昭奚恤仗着宣王的威严而颐指气使，打击对手的同时还恰到好处地拍了君主的马屁。故事之外的启发很多，比如有些人实力很强却不自知，因而被人利用，既冤又傻。

这篇《黑兽》也从老虎说起，山中之王甘心受制，顷刻之间一命呜呼，不禁让人好奇：那只模糊其形、大小与老虎相仿的"黑兽"，究竟是何方神圣？

猕（mí）即猕猴，狨（róng）就是金丝猴，同属哺乳纲、灵长目，分别为猴科和疣猴科，二者身形差别并不大，前者体长55—60厘米，尾长25—32厘米；后者约体长70厘米，尾长约与体长相等。据《辞海》介绍，猕猴采食野果野菜，也吃昆虫、小鸟，金丝猴则是纯粹的素食者。考之于科学，"异史氏"所谓"猕最畏狨"，显然只能是一种传说。

　　闻李太公敬一言："某公在沈阳，**宴集**宴饮相聚山**巅**同
"巅"，俯瞰山下，有虎衔物来，以爪穴地，瘗之而去。使
人探所瘗，得死鹿，乃取鹿而虚掩其穴。少间，虎导一黑
兽至，毛长数寸，虎前驱，若邀尊客。既至穴，兽**眈眈**威视
的样子蹲伺。虎探穴失鹿，**战伏**趴在地上发抖，不敢少稍微
动。兽怒其诳，以爪击虎额，虎立毙，兽亦径去。"

　　"太公"，古代称父或尊称他人。"李太公敬一"，即李思豫（生
卒年不详），字敬一，为蒲松龄挚友李尧臣（字希梅）的祖父，与
人恕而有恩。乾隆四十一年（1776）《淄川县志·人物志·续义厚》
有传。

　　"前驱"，就是前导，意为在前面带路。老虎将"黑兽"当做贵
客，特意请来享用自己捕获的猎物，态度极为恭敬。等到扒开洞穴
发现猎物不翼而飞，极度恐惧，大气都不敢出。"战伏"，战是发
抖，身体的应激反应；伏是动作，主动认错，做好受罚的准备。
"不敢少动"更是努力保持静止来强化自己臣服的态度。如此笔墨
写老虎的表现，读者不由自主地跟着紧张，可谓入木三分。

　　写黑兽，用字则非常经济，除了"毛长数寸"的外形，其余只
用了十五个字。"眈眈"，不怒自威；"蹲伺"的心理，大概类似于
"老子且等着"，就四足动物而言，"蹲"算是很放松的姿势了。当
面欺骗，一刻都不能忍，这是"怒其诳"。脾气一上来，马上动手，
现教做人（准确地说，是如何乖乖做老虎），即"以爪击虎额"。老
虎即刻死在当场，令人胆战的黑兽是凭绝对实力说话的。本以为能

享用点什么，结果好不扫兴，很干脆地直接走人，"亦径去"。这很像一组遥感镜头，由"宴集山颠"的某公等人看来，老虎紧张忙碌，慎重而又谦恭，却悲惨丧命；黑兽则晃晃悠悠地来，不动声色地等，然后顷刻暴怒，最终径直扬长而去。

异史氏曰："兽不知何名。然问追究其形，殊不大于虎，而何延伸长颈受死，惧之如此其甚哉？凡物各有所制，理不可解。如猕最畏狨，遥见之，则百十成群，罗分散而跪，无敢遁者。凝睛定息，听听从，接受狨至，以爪遍揣衡量其肥瘠肥瘦，肥者则以片石志做记号颠顶。猕戴石而伏，悚若木鸡，惟恐堕落。狨揣志已，乃次第依次按石取食，馀始哄散吵嚷着跑开。哄hòng。余尝谓贪吏似狨，亦且揣民之肥瘠而志之，而裂食之；而民之戢耳耳朵藏在脑后，形容恭顺听食，莫敢喘息，蚩蚩无知的样子之情，亦犹是也。可哀也夫！"

"以爪遍揣其肥瘠"，狨拿爪子挨个捏猕猴的身子，以此来衡量它们是肥是瘦。"揣志已"，衡量所有猕猴的肥瘦，且给较肥的猕猴做过了记号。"馀始哄散"，其余的猕猴才吵嚷着跑开了。"哄散"，与"哄聚"相对，其中的"哄"有"吵闹"的意思，如元张昱《辇下曲》："宝扇合鞘催放仗，马蹄哄散万花中。"

"可哀也夫"表示强烈的感叹。"也""夫"都是句末助词，"可哀也夫"就是"可哀也"，多用一个"夫"字，语气上略显婉转，而感慨的意味更浓。

从来听说狐假虎威，狐狸暂时的风光靠的是老虎的面子，尽管老虎当时被蒙在鼓里，但实力显而易见。如今，小小"黑兽"竟让威震山林的老虎甘心受制、顷刻毙命，到底是何方神圣？读完全文，只觉其形模糊，来去匆匆，终于不甚了然。作者没有亲见，故事得自传闻，此物神秘，交代得也笼统。"异史氏"介绍狱"取食"猕，似乎又言之凿凿，两相对照，主旨所在，绝对不像在简单讲说一物降一物的道理。

有的学者认为"艺术创作本身就是艺术家在向看的、听的人讲话。此外，再多说一些什么，似乎不如留给读者听者看者自己揣摩思考"，故在编选聊斋读本时将"异史氏曰"后面的文字一律删去。这种做法自然也有一定的好处，但总的看来得不偿失。这篇《黑兽》就是很好的例子。"异史氏曰"底下的文字，确有显见的说理（如"凡物各有所制，理不可解""余尝谓贪吏似狱"）及直接抒情（如"可哀也夫"）的成分，但"猕最畏狱……馀始哄散"一段，恰与正文的材料相映成趣。"黑兽"的故事由熟人当面说起，"猕"的遭遇则可能得自传闻，情形相近，性质更无二致。前者以正笔书写，后者作为补记衬附，彼此呼应、阐发，令人击节叫好。

一二 促织

促织是蟋蟀的别名。据宋罗愿《尔雅翼·释虫二·蟋蟀》："蟋蟀似蝗而小，正黑有光泽，一名蛬（同"蛩"），一名蜻蛚，一名促织。以夏生，秋始鸣""好吟于土石砖甓之下，尤好斗，胜辄矜鸣。其声如急织，故幽州谓之促织"。蟋蟀大规模鸣叫之际，正是古代赶制冬衣的时节，文人墨客常借此托感秋之意，"明月皎夜光，促织鸣东壁"（《古诗十九首》）、"促织甚微细，哀音何动人"（杜甫《促织》）等都是有名的诗句。

朱瞻基是明仁宗朱高炽的长子，明朝第五代皇帝，1398年生于燕王府，宣德十年（1435）去世。《明史·陈祚传》记陈祚上疏，希望皇帝多读圣贤之书，并例举真德秀《大学衍义》，"宣宗因《大学衍义》之书名，疑为薅其未读《大学》"，竟将陈祚的家人逮捕，以至陈父死于狱中，这当然是极暴之君的恶行。（孟森《明史讲义》）尽管如此，宣宗个人既有一定的文化造诣，也经过良好的武备训练，能文能武，他即位以后的10年，人才济济，"吏称其职，政得其平，纲纪修明，仓庾充羡，闾阎乐业"（《明史·宣宗纪》），整体上国泰民安，经济得到空前发展，是明朝政权最稳定的时期，史称仁宗、宣宗两朝为"仁宣之治"。

《促织》旨在批判吏治腐败，作者极尽鞭挞之能事，将故事发生的时间设定为朱瞻基在位期间，既有回避本朝现实的考虑，也与野史逸闻激发其创作灵感不无关系。明吕毖《明朝小史·宣德纪》"骏马易虫"条："帝酷好促织之戏，遣取之江南，其价腾贵，至十数金。时枫桥一粮长，以郡督遣，觅得其最良者，用所乘骏马易之。妻妾以为骏马易虫，必异，窃视之，乃跃去。妻惧，自经死，夫归，伤其妻，且畏法，亦经焉。"明沈德符《万历野获编》"斗物"条："我朝宣宗最娴此戏，曾密诏苏州知府况钟进千个，一时语云：'促织瞿瞿叫，宣德皇帝要。'此语至今犹传。苏州卫中武弁，闻尚有以捕蟋蟀比首虏功，得世职者。"

宣德间，宫中**尚**盛行促织之戏，岁征民间。此物**故**原本非西产；有华阴令欲**媚**取悦**上官**上司，以一头进，试使斗而**才**，因**责**责令常供。令以责之里正。市中游侠儿得佳者**笼**用笼子养之，**昂**抬高其直，**居**囤积为奇货。里胥**猾黠**奸狡，诡诈，假此**科敛丁口**按人头摊派，每责一头，**辄**往往倾数家之产。

"宣德"，明宣宗朱瞻基的年号（1426—1435）。

"里甲"，是明代州县统治的基层单位，后转为三大徭役（里甲、均徭、杂泛）名称之一。"以一百十户为一里，推丁粮多者十户为长，馀百户为十甲，甲凡十人。岁役里长一人，甲首一人，董一里一甲之事"（《明史·食货志一》）。起初里长、甲首负责传达公事、催征税粮；以后官府聚敛繁苛，凡祭祀、宴飨、营造、馈送等费，都要里甲供应。里正，即里长，一里之长。

"游侠儿",古代称轻生重义、勇于救人急难的人。这里指游荡横行、不务正业的年轻人。

"丁口"即人口,与户籍相对应,成年男子称"丁",女子及未成年男子称"口",合称"丁口"。"凡民,男曰丁,女曰口。男年十六为成丁,未成丁亦曰口。丁口系于户。"(《清史稿·志一百二·食货一》)

短短85字的开头,展现"宫中—民间"的纵向全景,拉开故事的序幕。蟋蟀"故非西产",只因地方官想取悦上司而变成"常供"之役,加之闲散无赖囤积居奇,具体督办的小吏更借此牟利,直使底层百姓倾家荡产,伏笔整个故事以悲剧,犹四两拨千斤。

邑有成名者,**操**从事**童子业**,久不**售**考取秀才。为人**迂讷**迂拙而不善言辞,遂为猾胥报充里正**役**职任,百计**营谋**想方设法不能**脱**推脱。不终岁,薄产**累**逐渐尽。会征促织,成不敢**敛**户口,而又无所赔偿,忧闷欲死。妻曰:"死何**裨**益?不如**自行**亲自前往搜觅,冀有万一之得。"成然之。早出暮归,提竹筒丝笼,于败**堵**墙丛草处,探石发穴,靡计不**施**用,迄无济。即捕得三两头,又劣弱不中**符合**于款。宰严限**追比**追逼,旬馀,杖至百,两股间脓血流离,并虫亦不能行捉矣。转侧床头,惟思自尽。

"童子"即童生,"操童子业"交代了成名读书人(举子)的身份。明清科举制度规定,凡应考生员(俗称秀才)之试者,不论年龄大小,皆称童儒,习惯上称为童生,别称文童。元无名氏杂剧《庞涓夜走马陵道·楔子》有一句我们熟知的台词:"学成文武艺,货与帝王家。"古代读书人通过层层选拔，有朝一日为国所用，建功立业，也就相当于将自己卖给"帝王家"了。"久不售"，是说成名很长时间都没有通过科举考试而取得生员资格。

"无济"，多指"无所补益"，即没什么补充、帮助，但结合上句"靡计不施"和下句"即捕得三两头，又劣弱不中于款"看，理解起来较为勉强。"济"还可以解释为"成"，"无济"相当于"无成"。"靡计不施，迄无济"，意思是什么办法都用了但结果都没什么收获。"款"，字面义为"款式"，这里包括规格和外观两个维度。"又劣弱不中于款"，指成名对捕到的两三只蟋蟀一点都不满意，它们无论规格还是外观都不符合标准，很不理想。

"追比"，旧时地方官严逼期限交税、交差或交代问题，过期以杖责、监禁等方式继续追逼。成名因无法交差而屡受杖责以至行动困难，现在连蟋蟀也捉不了了。"并虫亦不能行捉矣"，"捉"前特增一"行"字，其伤情之重、追比之毒跃然纸上。

当"迂讷"的书生遭遇"猾黠"的县中小吏，事情的走向是可想而知的。主人公成名使出了浑身解数也难逃悲惨的命运，由"忧闷欲死"到"惟思自尽"，陷入穷途末路。除了死，他还能怎么办！

时村中来一驼背巫，能以借神卜。成妻**具**资备好钱**诣问**前去问卜。见**红女白婆**少女和老妇，填塞门户。入其舍，则密室垂帘，帘外设香几案。问者爇香于鼎，**再拜**拜两拜。巫从旁望空代祝，唇吻**翕辟**一开一合，不知何词。各各竦立以而听。少间，帘内掷一纸出，即道人**意**心中事，无毫发**爽**差错。成妻**纳**缴纳钱案上，焚拜如**前人**前面那些人。**食顷**时间不长，帘动，片纸抛落。拾视之，非字而画：中绘殿阁，类兰若；后小山下，怪石乱卧，针针丛棘，青麻头伏**焉**在那儿；旁一蟆，若将跳舞。展玩不可**晓**明白。然睹促织，隐中胸怀。折藏之，归以示**成**拿给成名看。

"祝"，祝祷，即祝告神明以祈福消灾，这里指请求神明教示消灾之法。巫"唇吻翕辟，不知何词"而问卜者"各各竦立以听"，仪式之怪异、问者之虔敬、现场之肃穆，均以白描手法点染，而神灵之威慑透于纸背。

"食顷"，吃一顿饭的时间。揆之情理与事实，当指时间不长而非"时间很短"。

汉语的深厚与丰富，既源自悠久的代际传承，也与弹性吸纳外来语的包容性有关。"如外来语，既破国语之纯粹，亦害理解；有时势所逼迫，非他语可以佣代，则用之可也。"（《文学说例》）章太炎的这一看法有悖于历史事实。外来语就是从别种语言吸收来的词语，也叫借词或外来词。在汉语演进、发展过程中，梵语是吸纳来源之一。梵语"阿兰若"省称"兰若"，本意为寂净无苦恼烦乱之处，借指寺院。类似的词语很多，比如我们习见的"涅槃""南无（nā mó）"，下文出现的"业根"，等等。

"展玩"，一般的意思是"赏玩"，与此处语境不符，应当作两个词理解。"展"，展开；"玩"，琢磨、体会。"展玩不可晓"即将那张纸拿在手里反复看、仔细琢磨，可就是想不明白。

事情似乎有了转机，作者运用虚构与巧合手法，设计"时村中来一驼背巫"的情节，给予主人公一家出脱苦境以希望，故事有了第一次反转。唯有人力之上的神明才能救百姓于水火，是特定历史条件下的真实观念，与其苛求蒲松龄超越所谓的"认识局限"，毋宁从艺术角度观照作品。诉告无门，"百计营谋不能脱"，"具资"

问卜或许还有一线生机，押宝式心理直见现实的残酷无情。正因为如此，作者写成妻，多就其如何看画、如何揣摩方面着墨，可无论她怎么努力也无法明白，自然只能"归以示成"了；下文继续写"成反复自念"，衔接极为自然。

成反复自念，**得无**莫非教我猎虫所耶？细瞻景状，与村东大佛阁真**逼**极似。乃强起，扶杖执图诣寺后，有古陵蔚起。循陵而走，见蹲石鳞鳞，**俨然**真切类画。遂于**蒿莱**杂草中侧听徐行，似寻针芥。而心目耳力俱穷，绝无**踪响**踪迹声响。冥搜未已，一癞头蟆猝然跃去。成益愕，急逐**趁**追赶之，蟆入草间。蹑迹**披**扒开求，见有虫伏棘根。遽扑之，入石穴中。**挑** tiàn 撩拨以尖草，不出；以筒水灌之，始出，状极俊健。逐而得之。审视，巨身修尾，青项金翅。大喜，**笼**用笼子装着归，**举全家庆贺**，虽**连城拱璧**价值连城的大璧不**啻**不及也。土于**盆**在盆里装上土而养之，蟹白栗黄，**备极**十二分地护爱，留待限期，以**塞**抵偿官责。

成有子九岁，窥父不在，窃**发**打开盆。虫跃掷径出，迅不可捉。及扑入手，已股落腹裂，**斯须**片刻就毙。儿惧，啼告母。母闻之，面色灰死，大惊曰："**业根**孽种，死期至矣！**而翁**你父亲归，自与汝**覆算**算账耳！"儿涕而去。

未几，成归，闻妻言，如**被**遭冰雪。怒索儿，儿渺然不知所往。既得其尸于井，因而化怒为悲，**抢呼**以头撞地，悲呼苍天欲绝。夫妻向**隅**角落，茅舍无烟，相对默然，不复聊赖。日将暮，取儿**藁葬**草草埋葬。近抚之，气息**惙然**虚弱。惙chuò。喜置榻上，半夜复苏。夫妻心稍慰，但蟋蟀笼虚，顾之则气断声吞，亦不敢复究儿。自昏达曙，**目不交睫**没有合眼。**东曦**初升的太阳既驾，僵卧长愁。忽闻门外虫鸣，惊起觇视，虫宛然尚在。喜而捕之，一鸣**辄**就跃去，行且速。覆之以掌，虚若无物；手**裁**通"才"举，则又**超忽**迅速而跃。急趋之，折过墙隅，迷其所往。徘徊四顾，见虫伏壁上。**审谛**仔细看之，短小，黑赤色，**顿非**绝不是前物。成以因为其小，劣之。惟彷徨**瞻顾**察看，寻所逐者。壁上小虫忽跃落衿袖间，视之，形若土狗，梅花翅，方首，长胫，**意似良**样子似乎不错。喜而收之。将献公堂，惴惴恐不当**意**趁意，思试之斗以觇之。

"心目耳力俱穷"，意为思虑尽、眼望穿、耳听断、劳力竭。"覆算"，复核帐目，用以比喻清算并做出相应的处理。

"抢呼"，"抢地呼天"的省称，即以头撞地，悲呼苍天，形容极其伤痛。

"夫妻向隅，茅舍无烟""不复聊赖"，是说夫妻俩各自对着屋子的一个角，既要承受丧子之痛，又要面对失去蟋蟀无法交差的困窘，茶饭不思，屋子里冷冰冰的，再也找不到寄托，极写其孤独、悲伤、失意等复杂情状，纯以白描手法出之。

"藁"，稻、麦等的秆。"藁葬"，意即用草席一类的东西包裹尸体草草埋葬。所谓"苛政猛于虎"，想到交不出蟋蟀的严重后果，谁也没有心思顾及死去的孩子。即使万幸之中，儿子"半夜复苏"，可一见蟋蟀笼子还空着，二人都出不来气、说不出话，唯有愁叹而已。

"宛然"，真切的样子。"虫宛然尚在"，意为先前那只蟋蟀分明还在，真真切切就在眼前。

由"审谛之，短小"看，"成以其小，劣之"，"以"宜理解为介词"因为"而非动词"认为"，后者是主观行为，而前者偏客观，前文明说"审谛之，短小"，"小"是眼见的事实。"劣"指蟋蟀的品种，"劣之"即成名认为它并非上品。

"衿"，衣领，准确的说法是"古代衣服的交领"。现代服饰以对襟式样为主，多区别于早先的交领。成名的儿子在好奇心驱使下偷偷打开精心畜养蟋蟀的盆，终致其亡失，无奈魂化以自代，可阴阳两隔，其父不明就里，眼看就要错过，故"壁上小虫忽跃落衿袖间"。常识表明，昆虫类小东西多是怕人的，现在主动亲近人，一方面暗示其为成子魂化，另一方面也与顽劣调皮的小孩子性格相称。

　　村中少年好事者驯养一虫，自名"蟹壳青"，日与子弟角，无不胜。欲居之以为利，而高其直，亦无**售**买者。径**造庐**到家访成，视成所蓄，掩口胡卢而笑。因出己虫，纳比笼斗盆中。成视之，庞然修伟，自增惭怍，不敢与较。少年**固**坚决强之。**顾念**想到蓄劣物终无所用，不如拼**博**获取，得到一笑，因合纳斗盆。小虫伏不动，蠢若木鸡。少年又大笑。试以猪鬣撩拨虫须，仍不动。少年又笑。屡撩之，虫暴怒，直奔，遂相**腾击**腾空攻击，振奋作声。俄见小虫跃起，张尾伸须，直**龁**hé咬敌领。少年大骇，**解**分开令休止。虫翘然矜骄傲鸣，似报主知。成大喜。方共**瞻玩**观赏，一鸡**瞥**突然来，径进以啄。成骇立愕呼，幸啄不中，虫跃去尺**有咫**一尺多。鸡**健**勇猛进，逐逼之，虫已在爪下矣。成仓猝莫知所救，顿足失色。**旋**不久见鸡伸颈摆扑，**临**靠近视，则虫**集**落在冠上，力叮不释。成益惊喜，掇置笼中。

"胡卢"，喉间的笑声。"掩口胡卢而笑"是说少年看到成名备以交差的蟋蟀，掩饰不住鄙夷之态，捂着嘴笑得格格有声。

"比笼"，用于盛放准备打斗的蟋蟀的笼子，亦即下文的"斗盆"。《古今图书集成》引明刘侗《促织志》："初斗虫，主者各内（纳）虫乎比笼，身等、色等，合而内（纳）乎斗盆。"

《说文·尺部》："咫，中妇人手长八寸谓之咫，周尺也。"称八寸为咫，沿用的是古制（周制），相当于今天六寸二分二厘。"有"，通"又"。"尺有咫"相当于一尺多。

这篇小说题为《促织》，当然少不了要写斗蟋蟀。本段集中描写"斗"的名场面，兼用对比、铺叙、抑扬等手法，可谓颇具匠心。战绩方面，"蟹壳青"是常胜将军，小虫则未尝一斗；形貌方面，前者"庞然修伟"，后者唯增主人"惭怍"。戏斗过程则专写小虫，先是"伏不动，蠢若木鸡"，继而"仍不动"，终于"暴怒，直奔""跃起"，末了"直龁敌领"，取得完胜。与此相对应的，一是少年的三"笑"，即起先"掩口胡卢而笑"，接着"又大笑"，次后"又笑"，与"大骇，急解令休止"的结果形成强烈反差；二是成名的不同反应，即由"不敢与较"的自卑到"拼博一笑"的无奈，进而得意外之"大喜"。

为增强曲尽波澜的艺术效果，作者以神来之笔设置情节的陡转。众所周知，鸡是一切昆虫的天敌，它的出现是斗物的余波，更将故事推向高潮。随着成名"骇立愕呼""仓猝莫知所救,顿足失色"的情绪表现,观众被带入紧张、惊险的境地,直到跟着故事中人物一齐"临视",只见"虫集冠上,力叮不释",方才如释重负。会讲故事的高手洞悉读者的心理,懂得如何抓住他们的注意力,充分展现艺术的魅力。

翼通"翌"日进宰,宰见其小,怒呵成。成述其异,宰不信。试与他虫斗,虫尽靡败退。又试之鸡,果如成言。乃赏成,献诸抚军巡抚。抚军大悦,以金笼进上,细疏分条陈述其能。既入宫中,举天下所贡蝴蝶、螳螂、油利挞、青丝额一切异状遍试之,莫出其右超过者。每闻琴瑟之声,则应节应合节拍而舞。益奇之。上大嘉悦高兴并赞许,诏赐抚臣名马衣缎。抚军不忘所自,无何,宰以卓异政绩突出、才能优异闻。宰悦,免成役。又嘱学使俾使入邑庠。由此以善养虫名,屡得抚军殊宠。不数岁,田百顷,楼阁万椽间,牛羊蹄躈 qiào 各千计;一出门,裘马轻裘肥马过世家世禄之家焉。

"抚军",明清时巡抚的别称。巡抚本作动词,巡察安抚之意。作为专门官职,始设于明洪熙元年。《明史·宣宗纪》:"大理卿胡概、参政叶春巡抚南畿浙江,设巡抚自此始。"清代成为省级地方政府长官,总揽全省军事、吏治、刑狱、民政等,职权甚重。

"疏",是臣子向君主进言的奏章之一种,分条记录或分条陈述是其特点。抚军"细疏其能",在如此严肃的公文中分条陈述足以丧志的小小玩物蟋蟀的本领，真是莫大的讽刺。至于"以金笼进上"，对进献之物可谓护重有加。五代王仁裕《开元天宝遗事》"金笼蟋蟀"条云："每至秋时，宫中妃妾辈，皆以小金笼捉蟋蟀闭于笼中，置之枕函畔，夜听其声。庶民之家皆效之也。"

清制，吏部定期考核官吏，文官三年，武官五年，政绩突出、才能优异者称为"卓异"。"宰以卓异闻"，是说县令因献蟋蟀有功，在考核时被定为卓异等次，名噪一时。

"蹄躈"，古时用以计算牲畜的头数。"蹄"，脚；"躈"，口或肛门；"蹄躈五"，即算一头牲畜。（另说："噭"，口；"躈"，肛门。）"蹄躈"，也作"蹏噭"。"牛羊蹄躈各千数"，是说牛羊有好几百头（只）。

"裘马"，"轻裘肥马"的省称，形容生活豪华。蒲松龄化用这一出自《论语》的典故看似不经意，实则颇有讲究。《雍也》篇原文如下："子华使于齐，冉子为其母请粟。子曰：'与之釜。'请益。曰：'与之庾。'冉子与之粟五秉。子曰：'赤之适齐也，乘肥马，衣轻裘。吾闻之也：君子周急不济富。'"孔子派弟子赤（公西华）到齐国出差，冉有请求给公西华的母亲补助一点粮食，孔子答应给一釜（六斗四升），冉有嫌少，孔子再加一庾（二斗四升），冉有仍嫌不够，最后自掏腰包，一共补助了五秉（八百斗）。事后孔子说：公西华去齐国的时候，骑的是肥壮的骏马，穿的是着轻软的皮袍。我听说，君子要救人于急难而不是增加有钱人的财富。在物质匮乏的古代社会，"乘肥马，衣轻裘"显然是奢华之举。将本文主人公前后处境稍加对比，从"薄产累尽""惟思自尽"到"田百顷，楼阁万椽，牛羊蹄躈各千计；一出门，裘马过世家焉"，贫富穷通何以解释？百姓蝼蚁，命运孰能自专？

童子出身的成名苦去甘来，各级长官皆大欢愉，华丽的喜剧外衣罩住的，是不言自明的悲剧内核。

异史氏曰:"天子偶用一物,未必不过此已忘;而奉行者即为**定例**成例。加之官贪吏虐,民日贴典押妇卖儿,更无休止。故天子一**跬**步半步,跨一脚,皆关民命,不可**忽**不经心也。独是成氏子以**蠹**弊政贫,以促织富,裘马**扬扬**得意的样子。当其为里正、受扑责时,岂**意**意料其至此哉!天将以**酬**报答**长厚**恭谨亲厚者,遂最终使抚臣、**令尹**县令,并受促织**恩荫**恩惠荫蔽。闻之:一人飞升,仙及鸡犬。**信夫**确实如此啊。夫fú!"

《南齐书·良政传》:"愿在侧曰:陛下起此寺,皆是百姓卖儿贴妇钱,佛若有知,当悲哭哀愍,罪高佛图(佛寺),有何功德?""民日贴妇卖儿",是说百姓因生活所迫,将妻子儿女卖给别人。贴,以物为质,即典押。

"蠹",本义为蛀虫,比喻祸国害民的人或事,这里指使百姓饱受摧残的"里正制"供役弊政。"独是成氏子以蠹贫,以促织富",有意强调成名先贫后富的遭遇只是个案、特例,上位者时刻谨言慎行才是避免悲剧发生的根本。

《太平广记·神仙八》引《神仙传》,谓汉代淮南王刘安得道成仙后:"时人传八公安临去时,余药器置在中庭,鸡犬舐啄之,尽得升天,故鸡鸣天上,犬吠云中也。""闻之:一人飞升,仙及鸡犬"一句举重若轻,在慨叹成名命运的同时,讽刺了依附有权势者或通过不正当途径而得势以至获取巨大利益的人。所谓"恩荫",本指子孙凭借祖先的功勋循例做官或得到某种优待,将抚军及其下官因促织而发迹硬套"恩荫"之名,充满揶揄意味。

《促织》全文，反映、表现的是一个严肃而沉重的民瘼主题，即官贪吏虐给底层百姓带来的深重灾难。1962年，郭沫若为山东省淄博市淄川区蒲家庄蒲松龄故居题联："写鬼写妖，高人一等；刺贪刺虐，入骨三分。"下联所指"刺贪刺虐"，本文堪称杰出的典型。"入骨三分"，当然更多是对作者书写艺术的提炼与概括。蒲松龄一生博闻广见，在将这些见闻诉诸笔端的时候，往往能熔经铸史，展现出惊人的创造力与艺术表现力。

蒲氏腹笥丰厚，眼界之宽非常人能及。可以说，《促织》故事的原型和胚胎并不是唯一的，明沈德符《万历野获编》"斗物"，明吕毖《明朝小史·宣德纪》"骏马易虫"、明冯梦龙《三教偶拈济公火化促织》，明拟话本小说《济颠语录》中促织化青衣童子故事，清褚人获《坚瓠集·余集》"蟋蟀"，均可视作其本事来源。不过，从现有的文献依据看，与创作这篇小说关系最为密切的，似为明代刘侗、于奕正的《帝京景物略》。

实事上，蒲松龄并非蟋蟀方面的行家里手（甚至不算玩蟋蟀的"票友"）。例如，捕捉蟋蟀时，常用的工具是铜丝罩，即细铜丝编成、上尖下圆、旁边有用于手持的小柄的锥形小罩；捕到蟋蟀后，要放进临时的装具，即以粗细适中的竹管或芦苇管制成的竹筒；如需将蟋蟀从一个罐移至另一个罐，则要用到过渡性工具——过笼。"秋七八月，游闲人提竹筒、过笼、铜丝罩，诣丛草处、缺墙颓屋处、砖甓土石堆垒处，侧听徐行，若有遗亡，迹声所缕发而穴斯得"，这在《帝京景物略》上有明文记载。本文中，成名"提竹筒丝笼"前往捕虫，工具不太对。再如，"促织感秋而生，其音商，其性胜，秋尽则尽。今都人能种之，留其鸣深冬。其法：土于盆，养之，虫生子土中。入冬，以其土置暖炕，日水酒绵覆之。伏五六日，土蠕蠕动。又伏七八日，子出，白如蛆然。置子蔬叶，仍酒覆之。足翅成，渐以黑。""土于盆养之"，指在盆内铺上松软的土，以利蟋蟀产卵管插入，说的是雌蟋蟀的人工繁殖。畜养雄性蟋蟀，方法则迥然有别。本文中，成名最初捉到的那只蟋蟀，当然是善斗的雄性，不太可能"土于盆养之"。

尽管如此，文中大量关乎蟋蟀的专业性文字，与《帝京景物略》一书关联甚密。如"试使斗而才""于败堵丛草处，探石发穴""于蒿莱中侧听徐行""掭以尖草，不出；以筒水灌之，始出""形若土狗，梅花翅，方首，长胫""纳比笼中""合纳斗盆""试以猪鬣撩拨虫须"等等，或原文引述或随文化用。蟋蟀相斗的场面描写、"一鸡瞥来"的妙手安排，尤见经营创造之功，令故事摇曳多姿。加上严正的悲剧为里，外饰以荒诞、嘲讽、喜剧等色彩，庄谐相生，1700字的容量承托着极为丰富的内涵，可谓尺幅千里。

值得一提的是，关于"成名之子魂化蟋蟀"的内容，手稿本与青柯亭本略有差异。与前者"但蟋蟀笼虚，顾之则气断声吞，亦不敢复究儿""由此以善养虫名，屡得抚军殊宠"相对应的，后者分别写作"但儿神气痴木，奄奄思睡。成顾蟋蟀笼虚，则气断声吞，亦不复以儿为念""后岁馀，成子精神复旧，自言身化促织，轻捷善斗，今始苏耳。抚军亦厚赉成"。就艺术性而言，手稿本属于暗写，青柯亭本则变成明示，孰优孰劣，姑待仁智之见。

一三 武技

中国古代的侠，以其"游闲""不事家人生产作业"（《史记·高祖本纪》）的特点，多称"游侠"；最初偏尚用武的士人多投身为门客，以后历代游侠也多依人为客，"侠客"逐渐成为比较通行的说法。尽管后世的侠客未必出于武士，也有以德义感化服人的"文侠"，但如果孔武有力、身手出众，会有更多行侠仗义的资本，因此在世人心中，武侠的形象更为普遍，明陈允纮《行路难》诗说"游侠何须仗剑行"，所谓"何须"，恰从反面证实了这一点。

根据《说文解字》段玉裁注，"侠"的本义是挟持大人物并供其使役之人。韩非批评"侠以武犯禁"，司马迁则指出，游侠"其行虽不轨于正义"，但"其言必信，其行必果，已诺必诚，不爱其躯，赴士之厄困"，赞颂其"取予然诺，千里诵义，为死不顾世"的精神。可以说，成为任义尚气的侠，树节操、显声名，是古代士人的一种理想。在历代文人的想象、创造中，有一类为人熟知的侠客，就是那些身怀绝技而不轻易示人的得道高僧。

"武技"即武艺，指骑、射、击、刺等武术方面的技能。

李超，字魁吾，淄之**西鄙**西面边境人，豪爽好施。偶一僧来**托钵**化缘，李饱啖之。僧甚**感荷**感激，乃曰："吾少林**出**出身也，有薄技，请以相授。"李喜，**馆**安置之客舍，丰其**给**供给，旦夕从学。三月，艺颇精，**意得甚**很得意。僧问："汝**益**长进，有收获乎？"曰："益矣。师所能者，我已尽**能**完全学会之。"僧笑，命李试其技。李乃解衣唾手，如猿飞，如鸟落，腾跃移时，诩诩然骄人而立。僧又笑曰："可矣。子既尽吾能，请**一角低昂**一较高低。"李忻然，即各交臂作势。既而**支撑格拒**抵抗格斗，李时时**蹈僧瑕**攻击和尚的漏洞。僧忽一脚飞掷，李已仰跌丈馀。僧抚掌曰："子尚未尽吾能也。"李以掌**致**通"至"地，惭沮请教。又数日，僧辞去。

"抚掌"即拍手，多为高兴、得意的表示。"以掌致地"，是指以恭敬的态度认输。"师所能者，我已尽能之""子尚未尽吾能也""惭沮请教"，在试技的动作之外辅以对话和人物神态，场景真实如画。

扣题先写李超初通武技的背景，表现其学艺未精，隐伏下文出丑的情节。

李由此以**武名**凭武艺出了名，**遨游**游历南北，罔有其对。偶适**往历下**今济南市，见一少年**尼僧**尼姑，弄艺于场，观者**填溢**很拥挤。尼告众客曰："**颠倒一身**翻来覆去只一个人表演，殊大冷落，有好事者，不妨下场一扑为戏。"如是三言，众相顾，迄无应者。李在侧，不觉技痒，意气而**进**入场。尼便笑与合掌。才一交手，尼便呵止，曰："此少林宗派也。"即问："尊师何人？"李初不言，尼固诘之，乃以僧告。尼拱手曰："憨和尚汝师耶？若尔，不必较手足，愿拜下风。"李请之再四，尼不可。众怂**臾**通"恿"之，尼乃曰："既是憨师弟子，同是个中人同一行当的人，无妨一戏，但两相会**意可耳**就行了。"李诺之。然以其文弱故，**易**轻视之。又少年喜胜，思欲败之，以**要** yāo **求**取一日之名。方**颉颃** xié háng 不相上下间，尼即**遽**止。李问其故，但笑不言。李以为怯，固请再角，尼乃起。少间，李腾一踔去，尼**骈**并拢五指下削其股，李觉膝下如中刀斧，蹶仆不能起。尼笑谢曰："孟浪**迕**冒犯客，幸勿罪。"李**舁** yú 抬归，月馀始愈。

"历下"，战国时齐地邑名，因在历山之下，故称"历下"，相当于现在的济南市。秦代设历城县，明清属济南府。文章开头提到的"淄之西鄙"指淄川县（今为淄川区）西部边境一带。今天，开车从淄川区到济南市中心，车程最近有八十多公里；在交通不便的清代，这段距离不算近。由此推知，李超"遨游南北"只是相对而言，空间跨度并不大。李超"偶适历下"近乎乡巴佬进城，是作者为表现山外有山而预设的情节。

"意气"，既可指志向与气概，也可指精神、神色。"意气而进"，是说李超进场时怀着必胜之心，那份自信充分表现在脸上、身形步态上，旁人一看便知。

"以僧告"是常见的文言表述形式，换用现在的口语，相当于

"告诉她某僧是自己的老师"。两相比较，文言说法相对简练，同时借"以"带出"僧"这一信息重点，有突出强调的效果。

"较手足"，意思是较量拳脚。对方已经"愿拜下风"还"请之再四"，真是"技痒"难耐。双方约定"两相会意可耳"，"方颔颔间，尼即遽止"，铺就见好就收的台阶，本可以皆大欢喜，李超却执意"思欲败之以要一日之名"。"舁归，月馀始愈"算是小小的惩罚，动机不纯，自大而又愚蠢之徒，沦为笑柄而已。

行文至此，若刹住收笔，将李超可怜可笑的形象、人外有人的道理留给读者去慢慢体会，则有戛然而止、余味悠长的效果。

后年馀，僧复来，为述往事。僧惊曰："汝大表示程度深卤莽！惹他何为？幸先以我名告之，不然，股已断矣。"

"为"的读音不同，含义有别。"何为（wéi）"，意为"干什么""做什么"；"何为（wèi）"，相当于"何故""为什么"。"惹他何为"即"何故惹他"，言下之意，依李超三脚猫的功夫与尼比试，简直不自量力，要不是她手下留情，李超的腿早就废掉了。

这段文字属于补笔，借僧口表明尼之武艺精深，是画龙点睛的写法。"惹他何为？幸先以我名告之"呼应上文"憨师""憨和尚"，说明尼、僧二人不但相熟，而且同为武林高手，彼此敬服；李超不知天高地厚，自然是自讨苦吃。补写这段文字，尼、僧、李超等人物形象就更为饱满，立意也更加醒豁。——不同的写法能否带来不同的艺术效果，这既取决于作者的艺术技巧，也关乎读者的欣赏品味。

传统意义上的武侠作品，多写痴男怨女的爱恨情仇，跌宕起

一三　武技

伏的情节加上紧张激烈的打斗场面，让人看了大呼过瘾。不过，文学家凭借想象虚构的武林毕竟远离市井，读者虽有阅读的满足，但类似于凌空高蹈，少了那么一点烟火气。《武技》则选取众生相中的一副面孔，直接表现现实，尽管讲的是稀松平常的道理，但自然而巧妙地嫁接武侠素材，焕发出夺目的艺术光彩，让人印象深刻。

标题"武技"引而不发。当你以为作者要讲一个盖世武功的传奇故事时，行文却介绍某某姓甚名谁，习见的传记式写法完全出乎读者的期待。

可以说，关于武艺的描写，作者处理得简略甚至"敷衍"。作品先后记叙李超与僧、尼比试，涉及武术招式的文字并不多，大部分内容是人物对话。换句话说，叙事其实是为了写人，名为"武艺"，实则表现武德。你看，"解衣唾手，如猿飞，如鸟落，腾跃移时，诩诩然交叉而立""各交臂作势""支撑格拒"，"与合掌""腾一踝去"，架势摆得挺美，仪式感十足，煞是好看。可是"僧忽一脚飞掷，李已仰跌丈馀"，"尼骈五指下削其股，李觉膝下如中刀斧，蹶仆不能起"，两轮交手无一例外地尴尬得够呛，令人捧腹。从"可观"开始，以"可笑"收尾，无非是说学艺不精却托大自负不过丑角一个。因为有了个性鲜明的人物对话作充分铺垫，这些画面感极强的动作描写仿佛颊上添毫，极大地消泯了作品的说教意味，堪称妙笔。金庸、古龙、梁羽生等长篇武侠小说大家各有擅场，虽然也都精于以"藏"的手法表现武技（写比武场景常常避实就虚），但像本文这样在尺幅之间塑造如此鲜明的人物形象，实不多见。

一四　骂鸭

　　嘴里不说、心中讥笑，文言称之为"腹诽"或"腹非"，专制时代要受到惩处。《史记·平准书》："汤奏当异九卿见令不便，不入言而腹诽，论死。自是之后，有腹诽之法比，而公卿大夫多谄谀取容矣。"用恶语侮辱人，所谓"以恶言加人"，通常叫做"骂"。在文明社会里，不骂人是公民基本的素质。《中华人民共和国治安管理处罚法》第四十二条第二款规定，"公然侮辱他人或者捏造事实诽谤他人的""处五日以下拘留或者五百元以下罚款；情节较重的，处五日以上十日以下拘留，可以并处五百元以下罚款"。专就词义来说，骂又可引申指"斥责"，"挨骂"相当于被斥责。

　　有声语言是个外显的东西，很多时候我们能从语言中读出说话者的情绪，比如鸿门宴之后，范增那句骂人的话"竖子不足与谋"，表现了他愤怒、不满、失望、无奈等非常复杂的心理。至于像下面这篇故事，鸭子已被煮熟吃掉，当然没什么可骂的；题目所谓"骂鸭"，指的是骂那个偷鸭子的邻居。邻翁"谁有闲气骂恶人"，平生雅量，至可钦佩。

　　邑西白家庄居民某，盗邻鸭烹之。至夜，觉肤痒。天明视之，**茸生鸭毛**身上长出鸭绒毛，触之则痛。大惧，无术可医。夜梦一人告之曰："汝病乃天罚。须得**失者**失主骂，毛乃可落。"而邻翁素雅量，生平失物，未尝**征**表露于声色。某诡告翁曰："鸭乃某甲所盗。彼甚畏骂焉，骂之亦可警将来。"翁笑曰："谁有闲气骂恶人。"**卒**始终不骂。某益窘，因实告邻翁。翁乃骂，其病**良**果然已。

　　调用文字，用简笔还是繁笔，细微之处也值得揣摩。"烹"就是煮，按照情理，说"烹而食之"才对。"盗邻鸭烹之。至夜，觉肤痒。天明视之，茸生鸭毛，触之则痛"，句子前后连贯，语境完整，读者很快就明白：为解馋而将邻居的鸭子偷来煮了吃，结果全身长满鸭绒毛，疼痛难忍，这是"苍天有眼"。在不长的篇幅中自然省去二字，文言之简洁，蒲氏追求用语之洗练，于此可见一斑。

　　表示"迹象，征兆"意思的"徵"，现在简写为"征"。迹象、征兆尽管细微不易觉察，毕竟还是会表现出来，"徵（征）"进而有"表现，表示""证明""象征"等引申义。"未尝征于声色"，是说从来不表现出来。平生丢东西从不放在心上，无论语言还是表情都看不出他有所计较，这的确是宽宏大量，"雅量"。

　　当我们称呼一个人时，或出于避讳的需要，或失记其姓名，或本来只是一段假设的话，多以"某甲"指代。"鸭乃某甲所盗"，是说小偷不想向邻翁坦承自己的偷窃行为，于是嫁祸于人，或者干脆杜撰一个名字。文言文中用"某"来称代人有多种情形，且看古文名篇中的几个例句。宋王安石《答司马谏议书》开头有"某启"，《游褒禅山记》末尾以"临川王某（记）"具名。"某"本是写信人或作者的名，就像西晋李密《陈情表》"臣密言"的"密"，原是写在草稿上的（现代碰到这种情况，常以○或△代替），不能简单理解为写信人或作者的自称。明归有光《项脊轩志》："室西连于中闺，先妣尝一至。妪每谓余曰：'某所，而母立于兹。'""某所"（不定指）与"兹"（确指），字面上是矛盾的：前者表明仅是大概位置，后者（"这儿"）则是近距离实指。事过多年，母具体立于何处已无法精确，但大致在什么地方却又很有把握，这与"近乡情更怯""（孔乙己）大约的确死了"等有异曲同工之妙，矛盾之处有深意，道是无情最有情。

"彼甚畏骂焉，骂之亦可警将来"，骂人既能解气，又可起到警示作用，何乐而不为？然而始终不骂。这就见出邻翁的修养与定力。

异史氏曰："甚矣，**攘**窃取者之可惧也：一攘而鸭毛生！甚矣，骂者之宜戒也：一骂而盗罪减！然为善有术，彼邻翁者，是以骂行其慈者也。"

"攘"，意思是盗窃，《论语》记有叶公"吾党有直躬者，其父攘羊，而子证之"的话，《孟子》"今有人日攘邻之鸡者"是很有意思的寓言。"甚矣，攘者之可惧也：一攘而鸭毛生"犹如当头棒喝，比"莫伸手，伸手必被捉"的警世通言更具震慑性。

最终让邻翁做出改变的是当事人迫不得已地承认自己是小偷，"一骂而盗罪减"。一方面，老人家口出恶言，违背了平生坚持的原则，是逾矩；另一方面，骂人是为了行善，向来雅量，终归还是从心。从心而逾矩，"彼邻翁者，是以骂行其慈者也"，可谓言简而义丰。

本文主题了不足奇，弹的是劝善的老调，但故事有嚼劲。

游手好闲之辈偷鸡摸狗，给别人的生活造成困扰，违法成本低而法办代价大，可气可恨。好在法外有天，当"法网恢恢，疏而不漏"也解决不了问题时，设想"恶有恶报"以求得心理安慰，似乎顺理成章。凭借想象的力量，作者让小偷"茸生鸭毛，触之则痛""无术可医"，天意发威，大快人心。"一攘而鸭毛生"，是对作恶者的警示；"一骂而盗罪减"，是对劝善者的鼓励。骂人本亦当在劝止之列，现在却被邻翁用作行善的手段，很难不让人感慨系之。"为善有术"，以德报怨，是为"骂鸭"。世间善恶，实在费人思量。

一五 镜听

　　占卜是旧时的一种迷信活动。古代社会生产力低下，科学远不如现在发达，古人对占卜非常重视。最初，用火灼烧龟甲，根据裂纹来预测吉凶，称"卜"；用蓍（shī）草预测吉凶或问疑难不决之事，称"筮"。占卜的方法很多，镜听是其中的一种。

　　镜听也叫"响卜""耳卜""街卜"等，在不同时期和不同地区，操作略有差异。大体情况是，占卜的人在除夕或岁首，胸前挂一面镜子出门，暗自静听往来之人偶然间、无意中说的话，附会人事，预测来年命运祸福。《琅嬛记》（旧题元伊世珍撰）记载的镜听方法还有咒语：先找来一面古镜，小心地放在锦囊里，独自对着灶神，双手捧镜不让人看见；接着默诵咒语"并光类俪，终逢协吉"七遍之后，出门听人说话；"又闭目信足走七步，开眼照镜，随其所照，以合人言，无不验也"，"此法惟宜于妇女"。广义的镜听还包括用怀里揣着杓（早期用作礼器）代替胸前挂镜，或者什么都不用，径直耳听人言，多称"响卜""耳卜"。

　　前程未知，祸福不定，只好听天由命，求之于虚幻的神仙鬼怪，是镜听等占卜行为的较为普遍的心理动因。人世何其复杂，很难保证时时处处都绝对公平，但始终葆有追求，每天多努力一点，自会越来越好。

益都**明清县名**郑氏兄弟，皆**文学士**读书有文采且以之应科举者。大郑早**知名**出名，父母尝**过爱**溺爱之，又因子并及其妇。二郑**落拓**贫困失意，无依无靠，不甚为父母所欢，遂**恶次妇**二媳妇，至不**齿礼**以礼相待。冷暖**相形**互相衬托显现，颇存**芥蒂**不快。次妇每谓二郑："**等**同样是男子耳，**何遂**怎么就不能为**妻子**老婆孩子争气？"遂摈弗与同宿。于是二郑感愤，**勤心**用心苦思**锐思**用心专一，亦遂知名。父母**稍稍**渐渐优顾之，然终杀有区别于兄。次妇望夫**綦切**很迫切。綦qí，很，是岁**大比**乡试，窃于**除夜**除夕以镜听卜。有二人初**起**起床，相推为戏，云："汝也**凉凉**纳凉，凉快凉快去！"妇归，凶吉不可解，亦置之。

"芥蒂"，细小的梗塞物，比喻积在心中的怨恨、不满或不快。同样是儿子、媳妇，待遇迥然不同，爱屋、厌屋而及于乌，当事人所感受到的冷暖可想而知。在媳妇的刺激下，二郑"亦遂知名"，看来，作为"文学士"，他本不存在资质问题，只是早先不够专心。换句话说，父因子贵，是否出名以及出名早晚关系到家族的荣耀，他对此认识不够，还是太年轻。

"大比"，这里特指乡试，又称"秋试""秋闱"，明清两代每三年一次在各省省城（包括京城）举行，一般在农历子、午、卯、酉年的八月举行，考中者称举人。"闱"，最早指古代宫室、宗庙的旁侧小门，晋、南北朝直至唐代均指尚书省之门，唐以后指礼部的门。因科举考试由礼部管理和主持，"闱"因而又借指科举考试。与"秋闱"相对的是"春闱"（春试）即会试，明清按例在春季举行。按照规定，乡试落榜，三年后才有机会。"大比"对于以科举考试为主业的读书人来说，其重要性不言而喻。

"除夜"即"除夕"，指农历一年最后一天的夜晚。因为旧年到这天晚上就"除"去，次日新年到来，所以称"除夕""除夜"。二郑夫妇在家庭中的境遇只是稍有改善而已，假如老大考取而老二落第，简直不堪设想。在这种情况下，老二媳妇"以镜听卜"自然顺理成章。

将"是岁大比"与下文"闱后""暑气犹盛"联系起来看，"次妇"镜听之举应当发生在前一年的除夕，作者采用的是补叙的方式。这是细节，容易被忽视。

闱后，兄弟皆归。时**暑气**俗称"秋老虎"犹盛，两妇在厨下炊饭**饷耕**为在庄稼地干活的人准备送至田头的午饭，其热正苦。忽有**报骑**报马登门，报大郑**捷**及第（考中）的消息。母入厨唤大妇曰："大男**中式**科举考试合格矣！汝可凉凉去。"次妇怨恻，泣且炊。俄又有报二郑捷者，次妇力掷**饼杖**擀面杖而起，曰："**侬**我也凉凉去！"此时**中情**内心积郁的情感所激，不觉出之于口；既而思之，始知镜听之验也。

"益都"属青州府，治所在今山东省青州市，当地饮食以面食为主，"饼"是面食的统称。饼食有各种做法，现在熟知的烧饼过去也叫"胡饼"，据说是东汉时从西域胡地传入中原的。面条、馄饨一类的古代称"汤饼"，馒头、包子一类的叫"蒸饼"。所谓"炊饭饷耕", 炊饭是泛指做饭。

"报骑" 即报马, 骑马报告消息的人, 这里指报告乡试中式的消息。"侬也凉凉去" 是二郑媳妇脱口而出的话, 与婆婆告大媳妇 "汝可凉凉去" 的语气、口吻完全不同。综合人物的神态、动作赏析, "可" "也" 二字不但精于巧思, 而且力道十足, 令人拍案叫绝。耐人寻味的是, 假如报马传信的顺序改变一下, 大男和二郑告捷的消息倒过来, 又会怎么样呢?

异史氏曰: "贫穷则父母不子不把儿子当儿子对待, 有以原因也哉! 庭帏妇女居住的内室之中, 固非愤激之地; 然二郑妇激发刺激引发男儿, 亦与怨望怨恨, 心怀不满无赖者殊不同科同类, 性质相同。投杖而起, 真千古之快事也!"

"贫穷则父母不子" 是一句沉痛的慨叹。在讲究纲常、秩序的古代社会, 所谓 "父父, 子子", 意思是父亲要有父亲的样子, 儿子要有儿子的表现, 各安其位; 富贵的对头当然是贫穷, 如果铁不成钢, 父母轻则滋生恨意, 重则 "不子", 势所难免。作者的评述用了转折句, 一 "固" 一 "然", 臧否鲜明, 其主要的意见还在于肯定二郑媳妇的表现。"投杖而起", 刻画可谓惟妙惟肖, 不能不说是点睛之笔。

《镜听》值得反复品咂, 滋味无穷。海明威在接受《巴黎评论》采访时曾说, "说教是个被误用的词, 被用滥了", 好的作品要有 "教益"。那么, 蒲松龄作这篇短文, 想留给读者什么样的教益呢?

"既而思之，始知镜听之验也"，点题的同时前后呼应，这是作者明面上的说法，出于故事结构安排的需要。暗地里，由"知名""中式""大比"等组成的科举考试才是叙写的重点。对旧时读书人而言，为做"人上人"吃得"苦中苦"，讽刺的是，十年乃至几十年寒窗孤灯换来的很可能是终身落拓的凄惨结局，悲辛无限的过程也就饱尝世态的炎凉。二郑媳妇之所以能"投杖而起"、吐气扬眉，是因为丈夫最终为老婆孩子争了气；金榜题名的少数个案所掩盖的，是久困场屋荣升无路的千军万马。作者将切身的感受熔铸于笔端，借助精心塑造的形象表达一己隐衷，"真千古之快事也"，击节叫好的背后却是浇不完的块垒，是万古也难销的怨愁。

换个角度看，《镜听》本身未尝不是一面镜子，映现着封建士子的普遍命运，世情人情，"冷暖相形"。

一六 于去恶

　　蒲氏几乎将毕生的心血倾注于《聊斋志异》的著述，他博闻强记且富慧眼灵心，每每妙手偶得，流诸笔端。本篇仅人名物事一项，即可见端倪。汉有（霍）去病，乃一代名将；宋有（辛）弃疾，允文允武；文中则以"（于）去恶"赐名一介文鬼，一叹穷士命蹇，一愤世间极恶。三国张飞死后被赠谥"桓侯"，据闻生前"敬礼士大夫而轻卒伍"（《太平广记》）；文中安排张桓侯在舞弊案后巡视试场，以消士子不平，故杜撰"大巡环"之官名，神思妙想，讥刺时弊，令人好不痛快。"《汉书》曰：自合浦南有都卢国。《太康地志》曰：都卢国其人善缘高"（《文选·张衡〈西京赋〉》唐李善注）；文中即巧借同音，虚拟所谓"都罗国"，暗讽世间夤缘攀附之风，触类联想，随机指斥。柳泉先生所写科举，这一篇尤有看头。

　　北平陶圣俞，**名下士**享有盛名之士。顺治间赴乡试，寓居**郊郭**城外。偶出户，见一人负笈徙儴，似卜居未就者。**略**大致诘之，遂释负于道，相与**倾语**尽情交谈，言论有名士风。

陶大说之，请与同居。客喜，携囊入，遂同栖止。客自言："顺天人，姓于，字去恶。"以陶差略微长，兄之。

于性不喜游瞩，常独坐一室，而案头无书卷。陶不与谈，则默卧而已。陶疑之，搜其囊箧，则笔研之外，更无**长物**多余的东西。长zhàng。怪而问之，笑曰："吾辈读书，岂临渴**始**才掘井耶？"一日，**就**趁着陶借书去，闭户抄甚疾，终日五十馀纸，亦不见其折叠成卷。窃窥之，则每一稿**脱**离手，**则**立即烧灰吞之。愈益怪焉。诘其故，曰："我以此代读耳。"便诵所抄书，顷刻数篇，一字无讹。陶悦，欲传其术；于以为不可。陶疑其吝，词涉**诮让**责备。于曰："兄**诚**实在不谅我之**深**苦衷矣。欲不言，则此心无以自剖；**骤**猛然言之，又恐惊为异怪。奈何？"陶固谓："不妨。"于曰："我非人，实鬼耳。今冥中**以**按科目授官，七月十四日奉诏考**帘官**乡试考官，十五日士子入闱进入考场，**月尽**旧历每月最后一天榜放矣。"陶问："考帘官为何？"曰："此上帝慎重之意，无论乌吏鳖官，皆考之。能文者以内帘用，不通者不得与焉。盖阴之有诸神，犹阳之有**守**太守、**令**县令也。**得志**实现志愿诸公，目不睹**坟**三坟、**典**五典，不过少年持敲门砖，猎取功名，门既开，则弃去，再**司**掌管**簿书**官府文书簿册十数年，**即**就（成了）**文学士**能文饱学之士，胸中尚有字耶！阳世所以陋劣**倖进**希图侥幸升官，而英雄失志者，惟少此一考耳。"陶深然之，由是益加敬畏。

唐代以来按科目考试授予官职，所谓"以科目授官"，明经、进士为其主要科目。明清科举制度乡试和会试时，为防舞弊，试官在帘内阅卷，阅毕才允许撤帘回家，故称试官为"帘官"，分外帘官（"在外提调、监试等"）和内帘官（"在内主考、同考"）（参见《明史·选举二》《清史稿·选举三》）。清咸丰八年的科场舞弊事件曾轰动一时，结果内外帘官通通被处理，"咸丰八年，关节案发，首辅弃市，少宰戍边，内外帘官，及京兆闱新中举子，军流降革，至数十人之多"（清陈康祺《郎潜纪闻》）。

"鸟吏鳖官"语带双关，既运用典故，又借字面粗话骂人。传说古代帝王少皞氏即位，凤鸟来临，遂以鸟名其百官（参见《左传·昭公十七年》）；周朝所设天官冢宰的属官有鳖人，掌管捕取龟鳖蚌蛤等甲壳类动物（参见《周礼·天官·鳖人》）。

"坟、典"，"三坟、五典"的简称，是传说中我国最古的书籍，后来成为古代典籍的通称。

宋曾敏行《独醒杂志》："一日，冲元（许将的字）自窗外往来，东坡问：'何为（意为怎么样）？'冲元曰：'绥来（意为还不错呢。来，助词无实义）。'东坡曰：'可谓奉大福以来绥。'盖冲元登科时赋句也。冲元曰：'敲门瓦砾，公尚记忆耶！'"后以"敲门砖"比喻士人借以猎取功名的工具，一达目的，即可抛弃。

北平人陶圣俞在准备乡试的过程中偶遇顺天人于去恶，并成为同居文友、结义兄弟，人物出场，故事开始。

于去恶喜静少言，专心备考，平日以抄书代读，"终日五十馀纸"，抄完随即"烧灰吞之"，且诵记"一字无讹"。其行为之怪异，多从陶圣俞的"疑""窥"中见出；其非人实鬼的身份揭晓后，二人对话接着就围绕应试的时弊展开。"阴之有诸神，犹阳之有守、令也"，阴间帘官要经由严格遴选，机制科学公平，整体质量有保障；而阳世阅卷者眼昏心黑，因而多是不学无术的小人得志。"陋劣倖进，而英雄失志者，惟少此一考耳"，直指症结所在。

一日，自外来，有忧色，叹曰："仆生而贫贱，自谓死后可免；不谓迍邅 zhūn zhān 困顿先生相从地下。"陶请其故，曰："文昌梓潼帝君奉命都罗国 虚拟国名封王，帘官之考遂罢。数十年游游荡无归神耗昏乱不明鬼，杂入混进来衡文审阅考卷，吾辈宁有望耶？"陶问："此辈皆谁何人？"曰："即言之，君亦不识。略举一二人，大概可知：乐正周时乐官之长师旷、司库主管钱库之官和峤是也。仆自念命不可凭，文不可恃，不如休耳。"言已怏怏，遂将治任整理行装。陶挽而慰之，乃止。

至中元之夕，谓陶曰："我将入闱。烦于昧爽黎明时，持香炷点燃着的香于东野郊野，三呼'去恶'，我便至。"乃出门去。陶沽酒烹鲜煮鱼以待之。东方既白，敬如所嘱。无何，于偕一少年来。问其姓字，于曰："此方子晋，是我良友，适于场中相邂逅。闻兄盛名，深非常欲拜识。"同至寓，秉烛为礼行礼。少年亭亭似玉，意度意态风度谦婉谦和。陶甚爱之，便问："子晋佳作，当大快意。"于曰："言之可笑！闱中七题，作过半矣，细审主司主考官姓名，裹具收拾笔砚等文具径出。奇人也！"陶扇炉进酒斟酒劝饮，因问："闱中何题？去恶魁解夺魁。解 jiè 否？"于曰："书艺、经论各一，夫 fú 语气助词人而能之。策问：'自古邪僻品行不端的人固多，而世风至今日，奸情丑态，愈不可名形容，不惟十八狱所不得尽，**抑**又非十八狱所能容。是**果**究竟何术而**可**适宜？或谓宜量加一二狱，然殊失上帝**好生**爱惜生灵之心。其宜增与、否与？或别有道以清其源，尔**多士**众位贤士其悉言勿隐。'弟策虽不佳，颇为痛快。表：《拟起草天魔**殄灭**灭绝，赐群臣龙马**骏马** **天衣**御衣**有差**不一。差 cī，分别等级》，次则《瑶台应制诗》《**西池**瑶池桃花赋》。此三种，自谓场中**无两**独一无二矣！"**言已**说完鼓掌。方笑曰："此时快心，**放**显露兄**独步**独一无二矣；**数辰后**几天放榜后，不痛哭始为男子也。"天明，方欲辞去。陶留与同寓，方不可，但**期**约定暮至。三日，竟不复来。陶使于往寻之。于曰："无须。子晋**拳拳**诚挚，非**无意**不愿来者。"日既西，方果来。出一卷授陶，曰："三日失约，敬录**旧艺**先前写的八股文章百馀作，求一品**题**玩赏。"陶捧读大喜，一句一赞，略尽一二首，遂藏**诸**之于**笥**书箱。谈至更深，方遂留，与于共榻寝。自此为常。方无夕不至，陶亦无方不欢也。

"迍邅"，本指迟缓难行，比喻处境不佳、困顿。文昌，即梓潼帝君，是掌管文昌府及人间功名禄位之事的神。"不谓迍邅先生，相从地下"，相当于说"没想到阴间也有倒霉鬼跟着我"。"文昌奉命都罗国封王，帘官之考遂罢"，是说文昌帝君接到赴都罗国封王的任务，帘官考试被取消了。

"乐正师旷、司库和峤是也"，意为就是师旷（周时任乐官之长的晋国盲人乐师）、和峤（春秋时主管钱库、性情悭吝的晋国富商）等人。这里取眼盲、性吝暗讽考官既无评文眼力又多贪财受贿。

"治任"即"治装"，整理行装的意思。《孟子·滕文公上》："门人治任将归。"东汉赵岐注："任，担也。"旧题宋孙奭疏："担于肩者，载于车者，通谓之任。"

明清乡试须考三场，每场三天，"乡试共分三场，考期于八月举行，以初九日为第一场正场，十二日为第二场正场，十五日为第三场正场。先一日（初八、十一、十四）点名发给试卷入场，后一日（初十、十三、十六）交卷出场，是为正例"（商衍鎏《清代科举考试述录》第二章第三节《乡试之考法》）。《清史稿·选举三》："（顺治）二年，颁科场条例。礼部议覆，给事中龚鼎孳疏言：'故明旧制，首场试时文七篇，二场论、表各一篇，判五条，三场策五道。应如各科臣请，减时文二篇，于论、表、判外增诗，去策改奏疏。帝不允，命仍旧例。首场四书三题，五经各四题，士子各占一经……二场论一道，判五道，诏、诰、表内科一道，三场经史时务策五道。乡、会试同。"

八股文考试科目，从"四书"里出题叫"书艺"，从"五经"中出题叫"经论"（或"经义"）。

以经义或政事等设问要求解答叫"策（问）"。《聊斋志异》冯镇峦评本附有代（于去恶）拟的策对，可以帮助我们了解这一文体："有人戏为之对曰：'十八狱之说尚矣，从古善人少而恶人多，善不尽赏，赏一善而凡为善者知劝；恶不尽罚，罚一恶而凡为恶者知惩。则十八狱已无忧其不能尽、不能容矣。惟界乎不善不恶之间，而将人于去善即恶之途。量加之说不为无见，是宜更设二狱：一以位天下大言不惭者于冥冥之中，庶人也知有羞耻之萌；一以位天下之花面逢人者于寂寂之地，庶他生更无夏畦之苦。去其骄而刚恶不形，去其谄而柔恶不著，斯无伤于上帝好生之心，而并有以清其源欤？陬生一得之见，惟执事采择焉。"

"表"则是用于陈请谢贺的奏章，"下言上曰表，思之于内，表施于外也"(《释名·释书契》), "凡群臣上书于天子者有四名,一曰章,二曰奏,三曰表,四曰驳议……表者不需头,上言'臣某言',下言'臣某诚惶诚恐,顿首顿首,死罪死罪',左方下附曰'某官臣某甲上'。文多,用编,两行;文少,以五行"(汉蔡邕《独断》)。所谓"闱中七题",指的是首场考试的七道题。

古人不喝冷酒,饮酒须加热(参见《红楼梦》第八回),陶圣俞故有"扇炉进酒"之举。

明清乡试、会试,除考《四书》外,还从《五经》中出题,应试者一般只选习一经,每科前五名即于《五经》中各取其第一名,称"经魁(经元)"。明清科举,乡试称解试,乡试第一名称"解元"(参见《明史》《清史稿》)、"魁解",魁、元,都有第一的意思。刚考完第一场不可能判完试卷并分出甲乙,"去恶魁解否"乃是探问作文情况,含预祝高中的意味。

"夫人而能之",意为考场中人人都会,不足为奇。用的是《周礼》的语典:"粤无镈(bó 锄),燕无函,秦无庐,胡无弓、车。粤之无镈也,非无镈也,夫人而能为镈也;燕之无函也,非无函也,夫人而能为函也;秦之无庐也,非无庐也,夫人而能为庐也;胡之无弓、车也,非无弓车也,夫人而能为弓、车也。"(《冬官·考工记》)

于去恶在阳世颇不得志,死后原有机会通过更公平的考试实现生前抱负,如今帘官之考因故取消,"数十年游神耗鬼,杂入衡文",仕进希望再次落空。本来打算放弃,经陶圣俞劝慰作罢。

"中元",农历七月十五日,民俗有祭祀亡故亲人等活动。"我将入闱。烦于昧爽时,持香炷于东野,三呼'去恶',我便至",将于去恶的这番叮嘱安排在中元之夕,切合人物身份,同时自然引出下文关于考试情形的描写。"夫人而能之""颇为痛快""自谓场中无两矣",言谈之际掩饰不住自信自得,与随即落第的结局形成反跌，令人简直要拍案而起了。

一夕，仓皇而入，向陶曰："地榜已揭，于五兄落第矣！"于方卧，闻言惊起，泫然流涕。二人极意慰藉，涕始止。然相对默默，殊不可堪。方曰："适闻**大巡环**虚拟官名**张桓侯**张飞将至，恐失志者之**造言**制造谣言也；不然，**文场**科举的考场尚有**翻覆**反转。"于闻之色喜。陶询其故，曰："桓侯翼德，三十年一巡阴曹，三十五年一巡阳世，两间之不平，待此老而一消也。"乃起，拉方俱去。两夜始返，方喜谓陶曰："君不贺五兄耶？桓侯前夕至，裂碎地榜，榜上名字，止存三之一。遍阅**遗卷**没被录取的试卷，得五兄，甚喜，荐作**交南**交州南部**巡海使**杜撰的官名，旦晚舆马可到。"陶大喜，置酒称贺。酒数行量词。表示斟酒的遍数，于问陶曰："君家有闲舍否？"问："将何为？"曰："子晋孤无乡土，又不忍**恝然**冷淡。恝jiá于兄。弟意欲**假**借馆相依。"陶喜曰："如此，为幸多矣。即无多屋宇，同榻何碍。但有**严君**父亲，须先关**白**禀告。"于曰："**审知**确知**尊大人**令尊慈厚可依。兄场闱**有日**多日，子晋如不能待，先归何如？"陶留伴逆旅，以待同归。

次日，方暮，有车马至门，接于莅任。于起，握手曰："从此别矣。一言欲告，又恐阻锐进之志。"问："何言？"曰："君命**淹蹇**坎坷不顺，生非其时。此科之**分**缘分十之一；后科桓侯临世，公道初**彰**显，十之三；三科始可望也。"陶闻，欲中止。于曰："不然，此皆天数。即明知不可，而注定之艰苦，亦要历尽耳。"又顾方曰："**勿淹滞**久留，今朝年、月、日、时皆良，即以**舆盖**车送君归。仆驰马自去。"方**忻然**愉快拜别。陶中心迷乱，不知所嘱，但挥涕送之。见舆马分途，顷刻都散。始悔子晋**北旋**回北方，未致一字，而已**无及**来不及，追不上矣。

张飞（？—221），字益德（又作翼德），东汉末涿郡人。威猛雄壮，与关羽共事刘备，任蜀汉车骑将军，随刘备伐吴，临行为部下所杀，谥"桓侯"。张飞"爱敬君子而不恤小人"（不同于"善待卒武而骄于士大夫"的关羽）（《三国志·蜀志·张飞传》），作者特取"巡视环察"之义，杜撰阴司"大巡环"一职，让他为读书人主持公道。交南即交州（今广东、广西一带）南部，"巡海使"同为虚拟官衔。

"假馆"，借用馆舍。《孟子·告子下》："交（曹交）得见于邹君，可以假馆，愿留而受业于门。"东汉赵岐注："假馆舍，备门徒也。"

"家人有严君焉，父母之谓也"（《周易·家人》），这里的"严君"指陶圣俞的父亲。舆盖，本指车舆与车盖，后来成为车的代称。

"未致一字"，是说没有写封家信让方子晋带去。陶圣俞的家在北平，位处顺天之北，故说子晋"北旋"。

作为改变于去恶命运的关键人物，张飞并未正面出场，这样的情节安排凸显戏剧张力。于去恶被翻案补录的喜讯，首先由方子晋告知（"君不贺五兄耶？"），既而三人席间庆贺，随即引入"假馆相依"之私意，为后文子晋转世傍陶、陶"灰志前途，隐居教弟"的天伦之景预设伏笔，灿然成章。

三场毕，不甚满志，奔波而归。入门问子晋，家中并无知者。因为父述之，父喜曰："若然，则客至久矣。"先是，陶翁昼卧，梦舆盖止于其门，一美少年自车中出，登堂展拜。讶问所来，答云："大哥许假一舍，以入闱不得偕来。我先至矣。"言已，请入拜母。翁方谦却辞谢推让，适家媪入白："夫人产公子矣。"恍然而醒，大奇之。是日陶言，适与梦符，乃知儿即子晋后身转世之身也。父子各喜，名之小晋。儿初生，善夜啼，母苦之。陶曰："倘是子晋，我见之，啼当止。"俗忌客忤生人冲犯，故不令陶见。母患啼不可耐忍受，乃呼陶入。陶鸣之曰："子晋勿尔，我来矣！"儿啼正急，闻声辍止，停睇tī视不瞬眨眼，如审顾状。陶摩顶而去。自是竟不复啼。数月后，陶不敢见之：一见，则折腰索抱；走去，则啼不可止。陶亦狃爱宠爱之。四岁离母，辄就兄眠；兄他出，则假寐以俟其归。兄于枕上教《毛诗》，诵声呢喃，夜尽四十馀行。以子晋遗文授之，欣然乐读，过口成诵；试之他文，不能也。八九岁，眉目朗彻清秀，宛然一子晋矣。

陶两入闱，皆不第。丁酉清顺治十四年，文场事发，帘官多遭诛遣，贡举科举考试之途一肃整顿，乃张巡环力功劳也。陶下科中副车副榜取中，寻贡被举为贡生。遂灰志灰心前

途，隐居教弟。尝语人曰："吾有此乐，**翰苑**翰林院官员不**易**换也。"

按旧俗，称婴儿见生客而患病为"客忤"（禁忌生人进入产妇卧室，以免冲犯），"忤"，意为违逆、触犯。摩顶，即抚摩头顶，以示喜爱。明张岱《夜航船·九流部》"摩顶止啼"条："宋安东人娄通者，生有异相，掌中一目，中指七节。长为承天寺僧。尝召入大内，适仁宗生，啼哭不止，摩其顶曰：'莫叫，莫叫，何似当初莫笑。'啼遂止。"折腰索抱，形容小儿双手直伸前扑欲投人怀的状态。

丁酉文场事，指发生于顺治十四年（1657）十月与十一月的顺天乡试科场案、江南乡试科场案，举国震惊，牵累颇广。"顺治十四年十月甲午，先是给事中任克溥参奏：'北闱榜发后，闻中式举人陆其贤用银三千两，同科臣陆贻吉送考试官李振邺、张我朴，贿买得中。北闱之弊，不止一事，乞皇上集群臣会讯。'事下吏部都察院严讯，得实奏闻。得旨：'贪赃坏法，屡有严谕禁饬，科场为取士大典，关系最重，况辇毂重地，系各省观瞻，岂可恣意贪墨行私！所审受贿用贿过付种种情实，目无三尺，若不重加惩处，何以警戒来兹？李振邺、张我朴、蔡元禧、陆贻吉、项绍芳、举人田耜、邬作霖，俱著立斩，家产籍没，父母兄弟妻子俱流徙尚阳堡，主考官曹本荣、宋之绳，著议处具奏。'""顺治十四年十一月壬戌，给事中阴应节参奏：'江南主考方犹等弊窦多端，物议沸腾，其彰著者，如取中之方章钺，系少詹事方拱乾第五子，悬成、亨咸、膏茂之弟，与犹联宗有素，乘机滋弊，冒滥贤书，请皇上立赐提究严讯。'得旨：'据奏南闱情弊多端，物议沸腾，方犹等经朕面谕，尚敢如此，殊属可恶。方犹、钱开宗并同考试官，俱著革职，并中式举人方章钺，刑部差员役速拿来京，严行详审。本内所参事情，及闱中一切弊窦，著郎廷佐速行严查明白，将人犯拿解刑部，方拱乾著明白回奏。"（孟森《明清史论著集刊》）

汉代以公家车马递送应征的人，后因以"公车"代称举人应试或借称应试举子。清代乡试正榜取中称举人，又称"公车"；除正榜外另取若干名，列为副榜，副榜取中则犹如备取生，叫"副车"。明嘉靖中有乡试副榜，名在副榜者准作贡生，即"副贡"。清代只限乡试有副榜，入国子监肄业者，也称副贡。陶圣俞一如于去恶此前披露的命运，连续三次应试，第三科得入副榜；"寻贡"即不久后再入国子监为副贡生。

方子晋托陶父之梦，转世入门，既帅且慧，天伦之美不在话下。

异史氏曰："余每至张夫子张飞庙堂，瞻其须眉，凛凛有生气。又其生平喑哑 yìn yǎ 喑噁（wù），发怒喝叫如霹雳声，矛马所至，无不大快，出人意表。世以将军好武，遂置与绛周勃、灌灌婴伍；宁岂不知文昌事繁，须依靠侯固多哉！呜呼！三十五年，来何暮迟也！"

周勃、灌婴皆为汉初名将，前者凭布衣身份跟从高祖刘邦安定天下，赐爵列侯，称"绛侯"（绛八千一百八十户为其食邑）；后者早年在睢阳以贩卖丝织品为生，后参加刘邦军队，被封"昌文侯"。二人卓有战功，但均勇武而无文。"置与绛、灌伍"，是指将敬爱文才的张飞与周勃、灌婴放在同等地位。"宁知文昌事繁，须侯固多哉！呜呼！三十五年，来何暮也！"把秉持公平、维护下层士子尊严的希望唯一寄托在三十五年"一至"的张桓侯身上，足见当事者申诉无门的悲哀，更不要说所谓"张巡环"纯属小说家之笔，注定是不可能实有的虚构。

　　艺术真实源于生活，无数投身举业的士人，正是于去恶这一形象的艺术原型。寒窗苦读只为一展襟抱，念兹在兹，唯进身是图；可千军万马挤一座极为狭窄的独木桥，谈何容易。八股文章虽体例严苛，形式、结构等客观标准易于遵循，但融合写作者情感态度、展现其表达风格的部分则有鲜明的主观性，是否符合阅卷人的欣赏趣味必然又是偶然因素起作用。本来就僧多粥少，名落孙山的居多；加之古代官场恶劣的生态，勾结营私在所难免，有才者无故黜落屡见不鲜，这是底层读书人深恶痛绝而又无可奈何的事实。蒲松龄一生为科举所羁绊，十九岁就知名地方，但此后数十年蹭蹬试场，屡战屡败，七十岁之前尚未能改变童生身份。

　　作者借于去恶之口，痛批衡文诸官或有眼无珠，或贪墨取利，甚者兼而有之，无疑是以此浇一己块垒，感受之切身，自可模拟得之。当然，一旦化身入闱者，恰逢适宜的考题，试才现场而率骋文笔，自是快意非常。说起闱内作答一节，平日"不喜游瞩，常独坐一室"的于去恶滔滔不绝，恃才自负之情溢于言表，这未尝不是作者的夫子自道。

　　八股取士制度延续至有清一朝，积弊尤深，串通舞弊之风禁而不止，本应积极持守的公平原则无法保障，安排"桓侯翼德，三十年一巡阴曹，三十五年一巡阳世，两间之不平，待此老而一消"的情节，设计张飞"遍阅遗卷"、重新发现于去恶的真才实学，当然只是美好又无奈的玄想。"数科来关节公行，非喽名即垄断，脱有桓侯，亦无如何矣"，深谙实情的王士禛在阅毕《于去恶》篇后有此慨叹，个中污浊当是一言难尽。

好的故事总是渗透着创作者的妙想奇思，淡薄科场名利的方子晋凭空而来，又幽然转世，投胎为陶圣俞小弟，四岁后依兄受教，"以子晋遗文授之，欣然乐读，过口成诵；试之他文，不能也"，前世文朋相契，今生友于亲睦，诗书至乐，差可安慰。只是，"眉目朗彻，宛然一子晋"的陶弟似乎又必然跻身科举一途，设若弊政不改，轮回的无非下一个悲剧性循环。如此看来，假作真时真亦假，得偿所愿的外衣之下，骨子里是愤激不平。遥闻蒲氏那沉重的一声叹息。

一七　席方平

传说汉桓帝时有神仙王远（字方平），《太平广记·女仙五》述其降临人间访麻姑之事。本文主人公席方平则是一介文弱书生，其父生前与富室羊氏不睦，临终诉苦，呼号而没，死状甚惨。席方平魂赴冥司，代父申冤未果，反受严刑拷打，既而遁至天界，得二郎神秉公剖断，父冤昭雪。席氏父子，一名廉一名方平，辗转于人世、阴司与天庭三界，经历玄幻，遭遇离奇，与传闻轶说藕断丝连。

在作者笔下，罕见地呈现了阎罗殿的酷刑，冥府官吏沆瀣一气贪赃枉法，令人触目惊心。"鬼乃以二板夹席，缚木上"，随后施以锯刑，这一情节脱化于史载文献，"（孙）揆大骂不诎，（李）克用怒，使以锯解之，锯齿不行，揆谓曰：'死狗奴，解人当束之以板，汝辈安知？'行刑者如其所言，詈声不辍至死"（《新唐书·孙揆传》），真作假时假亦真；席方平被小鬼"推入门中"，"惊定自视，身已生为婴儿"，有为无处无还有——这正是造化无穷的艺术想象带来的惊喜。

席方平，东安人。其父名廉，性戆拙迁直诚实。戆zhuàng，因与里中富室羊姓有郤通"隙"。羊先死。数年，廉病垂危，谓人曰："羊某今赂嘱贿赂嘱托冥使搒péng拷打我矣。"俄而身赤肿，号呼遂死。席惨怛dá悲伤不食，曰："我父朴讷质朴而不善言词，今见凌于强鬼，我将赴地下，代伸冤气耳。"自此不复言，时坐时立，状类痴，盖魂已离舍躯体矣。

"东安"，旧郡（或县）名，据赵伯陶先生考证，故址有多处（今江苏东海等）。蒲松龄一生，除短暂南游外，几乎都待在家乡附近，"聊斋"故事的发生地以蒲氏居处一带为主，这里的东安当属山东辖内。东汉末置东安郡（治所在今山东沂水东北），旋废；西晋复置，移治盖县（今山东新源东南）；北齐复移治东莞（今山东沂水）；隋开皇初废。

"郤"通"隙"，意为仇怨。席廉生性"戆拙"，为人又迂又实诚，与富室结怨，平日估计没少吃亏受气。既有"羊某今赂嘱冥使搒我矣"的遗言，又有"身赤肿，号呼遂死"的实证，其惨可感，可谓死不瞑目。

迷信认为肉身是灵魂的宅舍，"魂已离舍"是说席方平魂魄离身，往赴冥府。（李零在《人往低处走：〈老子〉天下第一》中说，"古人认为，人的灵魂，有阴阳之分，阳的叫魂，阴的叫魄""魂，死后归天。魄，死后归地。魂可以不附于体，死后就离开身体，俗话说'魂不附体'，魄却始终附于身体，所以有'体魄'一词。月之光明也叫魄"。）

席觉初出门，莫知所往，但见路有行人，便问城邑。**少选**不多久，入城。其父已**收**被拘捕狱中。至狱门，遥见父卧檐下，似甚狼狈。举目见子，潸然流涕，便谓："狱吏悉受**赇嘱**贿赂请托，日夜搒掠，胫股摧残甚矣！"席怒，大骂狱吏："父如有罪，自有**王章**王法，岂汝等死**魅**鬼所能操耶！"遂出，抽笔为词。值城隍**早衙**上午坐堂问事，喊冤以投。羊惧，内外**贿通**买通，始出**质理**质对评理。城隍以所告无据，颇不**直**认为有理席。席怨气无所复伸，冥行百馀里，至郡，以官役**私状**营私舞弊的情况告之郡**司**长官。迟之半月，始得质理。郡司**扑**打席，仍批城隍**覆案**审察。席至邑，备受械梏，惨冤不能自舒。城隍恐其再讼，遣役押送归家，役至门辞去。

"抽"和"援"的本义都是"引"，此处"抽笔"与下文"援笔"意义相近，即提笔、执笔。"抽笔为词"，就是提笔撰写讼状。关于席方平，开头仅极简单地交待了籍贯，"抽笔为词"则让我们进一步了解到他是一介书生。高明的作家每每先自筹划，信息渐次透露，人物形象跟着一点点清晰、丰富起来，点染之妙，存乎一心。

因羊氏上下打点，买通了城隍、狱吏等一众冥使，席廉饱受摧残，如今"举目见子，潸然流涕"，其孑然无依、身不由己的苦况，历历如画。

旧时官府的主官，每天上下午坐堂两次，处理政务或案件，叫作"坐衙"。其中，早上卯时（相当于现在5点到7点）的一次称

"早衙"。"值城隍早衙，喊冤投之"，正赶上城隍早上点过卯开始上班，席方平第一时间递上诉状。

行贿受贿的龌龊勾当，无论如何周密筹划，总会留有蛛丝马迹，天下哪有不透风的墙！然而让受害者搜集证据，谈何容易。"城隍以所告无据，颇不直席"，空口无凭、无理取闹这一冠冕堂皇的借口背后，是有钱能使鬼推磨的交易逻辑，以及普通百姓投诉无门的黑暗现实。

"冥行"，夜间行路。"官役"，官吏和差役，这里指城隍及其属下。"席愤气无所复伸，冥行百馀里，至郡，以官役私状告之郡司"，是说席方平在城隍处伸冤碰壁，愤怒无处排解，不顾路途遥远，连夜走了一百多里地，赶到郡署，状告城隍、狱吏贪赃枉法的恶行。尽管从下文情节看，整个冥府"天下乌鸦一般黑"，席方平的这一行为未免盲目、幼稚，但就其本心而言，执意为父亲讨回公道，目的是极为明确的；结合"冥行百馀里"的表达形式，不宜将"冥行"理解为"盲目行事"或"漫无目的地走"。

"覆"，审察；"案"，通"按"，查考，考核；"覆案（覆按）"，意为审察、查究。"郡司扑席，仍批城隍覆案"，郡司罔顾曲直，将案件发回，行径与城隍毫无二致。

"城隍恐其再讼，遣役押送归家，役至门辞去"，有上司护着自己，城隍其实没什么可担心的，之所以安排差役将席方平遣送回家，惮烦而已。差役也无非上头有令，无奈要完成任务，送到门口也就了事。

席不肯入，遁赴**冥府**阎王殿，诉郡邑之酷贪。冥王立拘质对。二官密遣腹心与席**关说**从中说好话，许以千金。席不听接受。过数日，**逆旅**旅店主人告曰："君负气不肯屈从已甚，官府求和而执不从，今闻于王前各有函进，恐事殆矣。"席以道路之口传闻，犹未深信。俄有皂衣人唤入。升堂，见冥王有怒色，不容置词申辩，命笞二十。席厉声问："小人何罪？"冥王漠冷淡若不闻。席受笞，喊曰："受笞允当公平适当，谁教我无钱也！"冥王益怒，命置火床。两鬼捽席下，见东墀chí台阶上方空地有铁床，炽火其下，床面通赤。鬼脱席衣，掬抓置其上，反复揉捺揉搓挤压之。痛极，骨肉焦黑，苦不得死。约一时一个时辰许，鬼曰："可矣。"遂扶起，促使下床着衣，犹幸跛而能行。复至堂上，冥王问："敢再讼乎？"席曰："大冤未伸，寸心心愿不死，若言不讼，是欺王也。必讼！"王曰："讼何词？"席曰："身所受者，皆言之耳。"冥王又怒，命以锯解其体。二鬼拉去，见立木高八九尺许，有木板二，仰置其上，上下凝血模糊。方将就缚，忽堂上大呼"席某"，二鬼即复押回。冥王又问："尚敢讼否？"答曰："必讼！"冥王命捉去速解。既下，鬼乃以二板夹席，缚木上。锯方下，觉顶脑渐辟，痛不可禁，顾但亦忍而不号。闻鬼曰："壮哉此汉！"锯隆隆然寻随即至胸下。又闻一鬼云："此人大孝无辜，锯令稍偏，勿损其心。"遂觉锯锋曲折而下，其痛倍苦。俄顷，半身辟矣。板解，两身俱仆。鬼上堂大声以报，堂上传呼，令合身来见。二鬼即推令复合，曳使行。席觉锯缝一道，痛欲复裂，半步而踣。一鬼于腰间出丝带一条授之，曰："赠此以报回报汝孝。"受而束之，一身整个身子顿健，殊无少苦。

遂升堂而伏。冥王复问如前；席恐再罹酷毒，便答："不讼矣。"冥王立命送还阳界。隶率带领出北门，指示归途，反身遂去。

迷信谓阴间地府为"冥府"，乃死者神魂所在之处，这里指与郡、邑相对的"冥王之府"，即阎王殿。

"负气"，凭恃意气，不肯屈居人下。二官见席方平不为"许以千金"的利诱所动，另谋对策，分别私信冥王，打通上层关节。连旅店主人都知道"于王前各有函进"，席方平还天真地视为"道路之口"，将信将疑。

先是席廉惨遭荼毒，接着席方平再受拷打，作者先后用了"搒""掠""扑""笞"等动词。这里铺展笔墨，着重描写冥王刑讯席方平的过程。一上来不问三七二十，"命笞二十"。笞是古代五刑之一，指用竹板或荆条打背部或臀部，这充其量只是一系列酷刑的前奏。

我们今天见到的文言，绝大多数属于书面语，有其独特的地方。"墀"，本义为殿堂上涂饰过的地面。"东墀"指的是东边台阶上面的空地。"见东墀有铁床，炽火其下，床面通赤"，从受刑者一面写其眼中所见，画面感很强。席方平首先看到的是开阔平地上放着的火床，接着是熊熊燃烧的烈火，眼光再由床下往上移，发现床面烧得通红——以密集的视觉形象传达心理感受，当事人的恐惧可想而知，酷刑令人不寒而栗。研读这一类文字，如果仅从字面作"句式倒装"等理解，是很难搔到痒处的。

旧时认为心的大小在方寸之间，故名"寸心"。"大冤未伸，寸心不死，若言不讼，是欺王也。必讼！"句中"寸心"已由实指转为抽象义，表示"心愿"。席方平的回答表明永不放弃诉讼的坚决态度，直言不隐的性格更能看到乃父"性戆拙"的影子。

"受而束之，一身顿健，殊无少苦"，是说整个身子一下子就好了，绝无一点痛苦。作者"实录"行刑的全过程，主要写受刑者的感受、表现，适当辅以行刑者的言行，突出刑罚的惨烈及席方平的坚忍，表现主人公的至孝。当然，区区肉身以当鼎镬，如何耐受！"席恐再罹酷毒，便答：'不讼矣。'"

席念**阴曹**阴间之暗昧尤甚于阳间，奈无路可达**帝**玉帝听。世传灌口二郎为帝**勋戚**有功的皇亲国戚，其神聪明正直，诉之当有灵异。窃喜两隶已去，遂转身南向。奔驰间，有二人追至，曰："王疑汝不归，今果然矣。"捽回复见冥王。窃意冥王益怒，祸必更惨，而王殊无厉容，谓席曰："汝志**诚孝**出自内心的孝敬。但汝父冤，我已为若雪之矣。今已往生富贵家，何用汝鸣呼喊冤为 wéi 句末语气词？今送汝归，予以千金之产、**期颐**一百岁之寿，于愿足乎？"乃注籍中，**篏**同"嵌"。盖印以巨印，使亲视之。席谢而下。鬼与俱出，至途，驱而骂曰："奸猾贼！频频**翻复**往返，使人奔波欲死！再犯，当捉入大磨中，细细研之！"席张目叱曰："鬼子胡为者！我性耐刀锯，不耐挞楚。请反见王，王如令我自归，**亦复**又何劳相送。"乃返奔。二鬼惧，温语劝回。席故**蹇缓**步履缓慢，行数步，辄憩路侧。鬼含怒不敢复言。约半日，至一村，一门半辟，鬼引与共坐，席便据门**阈**门槛。阈，yù 二鬼乘其不备，推入门中。

"帝听"，即天听。"阴曹之昧暗尤甚于阳间，奈无路可达帝听"，是说阴间的黑暗腐败比人世更厉害，可是没有途径向玉帝反映这一情况。灌口二郎，俗称"二郎神"，享祀于灌口二郎庙（一说连云港灌南县灌河五龙口为其居住地）。宋朱熹认为其前身是秦蜀郡守李冰的次子（《朱子语类》），《封神演义》《西游记》称其为杨戬（可能由李冰次子的故事演变而来），传说是玉帝的外甥，力大无穷，变幻莫测，额间有第三只神眼。席方平想着，冥界官官相卫上下一气，已然腐败透顶；"无路可达帝听"，直接求助玉帝，也是不可能的；只有向"聪明正直"的二郎神诉冤，或许还有一线希望。

按古代迷信观点，人一生的富贵贫贱、寿夭，与前世今生的善恶密切相关，阴间以福籍、禄籍、恶簿等分别记录、注明。"注籍"，即"注福籍"，意思是在福籍中注明。（明瞿佑《剪灯新话·富贵发迹司志》："府君下于本司，今已著之福籍矣""今早奉命，记注恶簿，惟俟时至尔"。）"何用汝鸣呼为"即"哪里还用得着你四处奔走呼号呢"，"为"，表反问的句末语气词。"期颐"，指一百岁，典出《礼记·曲礼上》"百年曰期，颐"。汉代郑玄说："期，犹要也。颐，养也。不知衣服食味，孝子要尽养道而已。"清人孙希旦进一步解释："百年者饮食、居处、动作，无所不待于养。方氏悫曰：'人生以百年为期，故百年以"期"名之。'"

席方平被小鬼抓回，本以为会再遭毒打，结果冥王"殊无厉容"，不但宽慰他已经洗雪了席廉的冤情并安排投胎富贵人家，还承诺送他回去，同时现场在福籍中记录、注明"予以千金之产、期颐之寿"。为防止事态进一步发展，冥王煞费苦心，威恩并用。

"鬼与俱出"至"推入门中"一段，专注于二鬼与席方平交涉的言行，文字不多，却写得很精彩。"翻复"（铸雪斋抄本作"反复"），既表示来回往返的具体行为，也表示变化无常的抽象意义。

在二鬼看来，不接受现实、反复折腾是你自己的事，不该连累我们"奔波欲死"，情急之下不禁以"再犯，当捉入大磨中，细细研之"相威胁。换到席方平的立场来看，你俩不离我左右属受命差派，被监押回家本非我所愿，干脆就别管我了。席方平"乃返奔""故蹇缓，行数步，辄憩路侧"，一改此前行事风格，故意捉弄；"二鬼惧，温语劝回""含怒不敢复言"，前倨而后恭，滑稽意味十足。"二鬼乘其不备，推入门中"，自然收束上文，情节继续往下发展。

惊定自视，身已生为婴儿。愤啼不乳，三日遂殇。魂摇摇不忘灌口，约奔数十里，忽见羽葆来，旛戟长旛、繁戟等仪仗横路遮路。越道避之，因犯冲撞卤簿，为前马仪仗队的前驱所执，縶捆缚送车前。仰见车中一少年，丰仪丰姿仪态瑰玮奇伟不凡。问席："何人？"席冤愤正无所出，且意是必巨官，或当能作威福，因缅诉备述毒痛痛楚。车中人命释其缚，使随车行。俄至一处，官府十馀员，迎谒道左，车中人各有问讯。已而指席谓一官曰："此下方人，正欲往诉，宜即为之剖决决断。"席询之从者，始知车中即上帝殿下九王，所嘱即二郎也。席视二郎，修躯多髯，不类世间所传。九王既去，席从二郎至一官廨官署，则其父与羊姓并衙隶俱在。少顷，槛车囚车。槛jiàn中有囚人出，则冥王及郡司、城隍也。当堂对勘对质，席所言皆不妄。三官战栗，状若伏鼠。二郎援笔立判，顷之，传下判语，令案中人共视之。判云：

"殇"，未至成年而死。席方平尽管被迫重新投胎，但执意要揭露冥府"昧暗"的真相，因而"愤啼不乳"，出生三天就绝食而死。

"羽葆""旛戟""卤簿"，都与古时帝王或贵官出行时的仪仗有关。羽葆，《礼记·杂记》唐孔颖达疏："以鸟羽注于柄头，如盖。"旛，长幅下垂的旌旗；戟，即后文所说的"繁戟"，有缯衣或涂漆的木戟；卤簿，仪仗队。这里用以描写"上帝殿下九王"出行时前呼后拥的盛大阵势。

"作威福"即"作威作福"，本指国君专行赏罚，独揽威权，这里借指握有生杀予夺的大权。九王发话"宜即为之剖决"，二郎当然不敢怠慢，等席方平到了官署，"其父、羊姓并衙隶俱在"，随后冥王、郡司、城隍也被押解前来，既然"当堂对勘，席所言皆不妄"，则即刻判决。"判云"以下，是详细的判词实录。

"勘得冥王者：职膺承当王爵，身受帝恩。自应贞洁以率为……作表率臣僚，不当贪墨贪污以速招致官谤。而乃繁缨繁戟，徒夸品秩官阶品级之尊；羊狼狼贪，竟玷人臣之节。斧敲斫，斫入木，妇子之皮骨皆空；鲸吞鱼，鱼食虾，蝼蚁之微生可悯。当掬取西江长江之水，为尔涤肠；即烧东壁东边之床，请君入瓮。城隍、郡司：为小民父母之官，司上帝牛羊之牧。虽则职居下列，而尽瘁竭尽心力者不辞折腰；即或势逼被逼迫威胁大僚大官，而有志者亦应强项刚正不为威武所屈。乃上下其鹰鸷之手，既罔念夫 fú 句中助词民贫；且飞扬任意施展其狙狯 jū kuài 狡猾奸诈之奸，更不嫌乎鬼瘦。惟受赃而枉法，真人面而兽心！是宜剔髓伐拔除毛，暂罚冥死

171

转世投胎；所当脱皮换革，仍令胎生。隶役者：既在鬼曹，便非人类。只宜公门衙门修行，庶或许还落蓐之身人身；何得苦海生波，益造弥天之孽？飞扬跋扈，狗脸生六月之霜；隳突横行，骚扰叫号，虎威断九衢纵横交叉的大道之路。肆淫威于冥界，咸知狱吏掌管讼案、刑狱的官吏为尊；助酷虐于昏官，共以屠伯是惧。当于法场之内，剁其四肢；更向汤镬煮着滚水的大锅之中，捞其筋骨。羊某：富而不仁，狡而多诈。金光盖地覆盖大地，因使阎摩殿上尽是阴霾；铜臭铜钱的气味熏天，遂教枉死城中全无日月。余腥犹能役鬼，大力直可通神。宜籍登记并没收羊氏之家，以偿席生之孝。即押赴东岳施行。”又谓席廉：“念汝子孝义，汝性良懦善良而懦弱，可再赐阳寿三纪十二年。”因使两人送之归里。

“贪墨”，贪污的意思。《左传·昭公十四年》：“贪以败官为墨。”唐杜预认为“墨”是“不絜（通“洁”）之称”。清朱骏声则说“墨，又借为冒”，意思是“犯而取也”，不同意杜预的注解（《说文通训定声》）。《左传·成公十二年》有“诸侯贪冒，侵欲不忌”，贪冒，意为贪得。

“速官谤”，典出《左传·庄公二十二年》：“敢辱高位，以速官谤。”

“繁”通“鞶”，马腹带；“缨”，马颈饰；“繁缨”，古时天子、诸侯的马饰，语出《左传·成公二年》。

“羊狠狼贪”，语出《史记·项羽本纪》：“因下令军中曰：猛如虎，很如羊，贪如狼，强不可使者，皆斩之。”由常识可知，羊并非性情凶猛的动物，但乖戾难以牵引，"羊狠"的"狠"是"很"的假借字，本作"羊很"。"很如羊"，是指乖戾不听从指挥。判词断冥王"羊狠狼贪"，是说他不仅漠视曲直，不以为过，反而违背天帝公平的本旨，一意孤行，且为人极其贪婪。

"鲸"，鲸鲵；"鲸吞鱼"典出《左传·宣公十二年》："古者明王伐不敬，取其鲸鲵而封之，以为大戮。"晋杜预注："鲸鲵，大鱼名，以喻不义之人，吞食小国。"

"当掬西江之水，为尔湔肠"，语出《新五代史·王仁裕传》："尝梦剖其胃肠，以西江水涤之。"

唐武则天时，酷吏周兴犯罪，武后命来俊臣审理，"俊臣与兴方推事（勘断案件）对食，谓兴曰：'囚多不承（招认），当为何法？'兴曰：'此甚易耳！取大瓮，以炭四周炙之，令囚入中，何事不承！'俊臣乃索大瓮，火围如兴法，因起谓兴曰：'有内状（内廷文书）推（审问）兄，请兄入此瓮！'兴惶恐叩头伏罪"（《资治通鉴·唐纪二十·则天皇后天授二年》）。"请君入瓮"，喻指以其人之道还治其人之身。

"司上帝牛羊之牧"，职掌代替天帝管理人民之事。化用《孟子》语典"今有受人之牛羊而牧之者，则必为之求牧与刍矣"（《公孙丑下》），意思是冥王为官一方，本应为民解困。

《诗·小雅·北山》："或尽瘁事国。""尽瘁"，指竭尽心力。"折腰"，本义为弯腰，引申可指兢兢业业做事。"虽则职居下列，而尽瘁者不辞折腰"，全句意思是，虽然冥王担任的职务不高，但不应玩忽职守，凡是鞠躬尽瘁的官员都是兢兢业业、尽心尽力的。

东汉董宣为洛阳令，杀湖阳公主恶奴，光武帝大怒，令小黄门挟持董宣向公主叩头谢罪；董宣两手据地，始终不肯低头，光武帝称之为"强项令"（见《后汉书·酷吏传·董宣》）。"强项"（也作"彊项"），指刚正不为威武所屈。

春秋时，楚国攻郑，穿封戌活捉郑国守将皇颉，而王子围与之争功，请伯州犁裁处。伯州犁叫俘虏本人作证，审问时"上其手"（高举其手）暗示王子围地位尊贵，"下其手"（下垂其手）暗示穿封戌地位低微，皇颉会意，承认自己是被王子围俘虏的（《左传·襄公二十六年》）。"上下其手"比喻玩弄手法，串通作弊。"罔念"，从来不想。

"人面兽心"，原本形容不开化，近似禽兽，喻指为人凶残卑鄙，典出《汉书·匈奴传赞》。

"剔髓伐毛"，即"洗髓伐毛"，典出《洞冥记》："吾却食吞气，已九千馀岁，目中瞳子，色皆青光，能见幽隐之物，三千岁一反骨洗髓，二千岁一刻肉伐毛，自吾生，已三洗髓五伐毛矣。"

受精卵在母体内发育，通过胎盘自母体获得营养，到一定阶段脱离母体，叫做"胎生"（人和大多数哺乳动物都是胎生）。"脱皮换革，仍令胎生"，意即罚其转世为畜生。

"既在鬼曹，便非人类。只宜公门修行，庶还落蓐之身"，是说冥府隶役原非人类，本来只应在衙门行善积德，也许还有转世为人的可能。"蓐"，产蓐；"落蓐"，指人的降生。

相传战国时，邹衍侍奉燕惠王，被人陷害下狱，在狱中仰天而哭，"夏五月，天为之下霜"（见《初学记·天部》引《淮南子》）。"狗脸生六月之霜"语带双关，既指隶役一副冷脸布满杀气，又指其屡使无辜者受冤。

《汉书·酷吏传·严延年》："冬月，传属县囚，会论（会同判决罪犯死刑）府上，流血数里，河南号曰'屠伯'。"唐颜师古注引邓展的话："言延年杀人如屠儿之杀六畜。伯，长也。""屠伯"，相当于"屠夫""刽子手"。

《太平广记·治生贪附》引《幽闲鼓吹》："唐张延赏将判度支，知一大狱颇有冤屈，每甚扼腕。及判使，召狱吏，严诫之，且曰：

'此狱已久，旬日须了。'明旦视事，案上有一小帖子曰：'钱三万贯，乞不问此狱。'公大怒，更促之。明日，复见一帖子来曰：'钱五万贯。'公益怒，令两日须毕。明旦，案上复见帖子曰：'钱十万贯。'公遂止不问。子弟承间侦之。公曰：'钱至十万贯，通神矣，无不可回之事。吾恐及祸，不得不受也。'""余腥犹能役鬼，大力直可通神"，意思是小钱可以役使鬼吏，而巨额金钱连神明都能买通。"大力"，指巨额金钱的威力。

"铜臭"，铜钱的气味（"臭"读做"xiù"，指不含感情色彩的气味，铜钱可能会锈蚀，但不会发出臭味）。《释常谈·铜臭》："将钱买官，谓之铜臭。"

"东岳"，泰山。迷信传说，泰山之神东岳大帝总管天地人间生死祸福，并施行赏罚。

文备众体是古代小说发展成熟的一个重要特点，杂入公文并非《聊斋志异》的首创，明代已不乏其例。陈国学先生撰文指出，《金瓶梅词话》第四十八回，著有山东监察御史曾孝序弹劾山东提刑所正副千户夏寿、西门庆的奏折；《醒世姻缘传》第十三回，描写东昌府理刑褚推官对施珍哥（晁源的妾）诽谤正妻计氏与和尚通奸、致使计氏上吊自尽一案后，也以断案文书接续。

《席方平》中的这篇断案书卷，显示了作者高超的文言造诣。一是写得尖锐泼辣、痛快淋漓，分别就冥王、隶役、羊某、席廉断以判语，"执法据理，参以人情"（徐师曾《文体明辨序说·判》），类从之外辅以对比，条理清晰。二是紧扣本事，出句皆有典，寓说理于形象，内容充实，言简义丰。三是行文以"四六体"为主，整饬中含变化，情理兼具，言雅意当。蒲松龄毕生沉潜举业，纵览饱学，深谙经史旁通杂著，但最终未能跻身仕途；他从游同乡好友孙蕙，不仅帮助孙蕙处理公牍，而且代为撰草往来酬酢文书，这一段幕僚经历时间不长，但过程丰富充实（《蒲松龄全集·聊斋文集》

整理收录"拟判"六十六则）。此处借二郎之笔作判决之词，主要目的是申明冤情得雪、真理昭彰的主旨，恐怕也不无炫才和过瘾的成分。

席乃抄其判词，途中父子共读之。既至家，席先苏，令家人启棺视父，僵尸犹冰，俟之终日，渐温而活。及索抄词，则已无矣。自此，家道日丰，三年间，**良沃**良田遍野；而羊氏子孙**微**衰败矣，楼阁田产尽为席有。里人或有买田者，夜梦神人叱之曰："此席家物。汝乌怎么得有之！"初未深信；既而种作，则终年升斗无所获，于是复**鬻**卖归席。席父九十馀岁而卒。

至席父"渐温而活"，席方平赴冥府伸冤一节故事终告完成。附带着交待"自此，家道日丰"，羊氏子孙式微，席廉享年九十馀等等，无非善恶果报的基本套路。

异史氏曰："人人言净土，而不知生死隔世，意念都迷，且不知其所以来，又乌知其所以去；而况死而又死，生而复生者乎？忠孝志定，**万劫**万世不移，异哉席生，何其伟也！"

在佛教观念中，佛所居住的无尘世污染的世界即西方佛土，是清净自然的极乐世界，故称"净土"。

"死而又死，生而复生"，指席方平出生入死、死而复生、生而又死地去为父亲鸣冤昭雪，表现其至情至性。最真挚的父子之情与最炽烈的男女之爱，同样感人至深，所谓"生而不可与死，死而不可复生者，皆非情之至也"（汤显祖《牡丹亭还魂记题辞》），作者于此不吝赞语，"异哉席生，何其伟也"。

这篇作品借用传统"入冥—复活"的故事类型，以玄幻的形式表现了昭彰正义的严肃主题。主人公离魂、投胎转世，穿越于人间、地府、天界之间为父鸣冤，历经拷掠而不屈，以一己之努力、借二郎秉公执法，终使沉冤洗雪，得偿所愿。在这里，我们看到了作者非凡的想象力与突出的创造精神。阴司不再是按阴功、宿罪施行赏罚的所在，冥府的种种黑暗成为人间腐败乱象的生动影射；揆情度理据实判案的二郎神，无疑寄寓着作者追求法制公正、相信善恶有报的淳朴思想。

实事求是地说，席方平这一人物形象相对扁平，有限的篇幅一定程度上限制了其性格的"发育"，还谈不上血肉丰满。当然，这并不影响作品整体上的感染力，雅俗共赏、庄谐相生是文章突出的特点之一。比如实施酷刑的场景，通过想象将阎罗殿等口耳传闻再现于笔端，能极大地满足普通读者的好奇心；几度记叙审理、对质的情节，聚焦现场，实录言行，或详或略，声口如闻；借二郎之手挥就的判词，更是融经化典，惩奸赏孝，令善恶得所，堪称生花妙笔，鲜明而强烈的爱憎贯注其中。

康熙四十九年（1710），邑中已被革职的漕粮经承康利贞，厚赂罢官居家的刑部尚书王士禛（渔洋），同邑进士谭再生（无竟）从中说情，终复其旧职，时年71岁的蒲松龄愤而致书王渔洋："敝邑有积蠹康利贞，旧年为漕粮经承，欺官虐民，以肥私橐，遂使下邑贫民，皮骨皆空。当时啧有烦言，渠乃腰缠万贯，赴德不归。昨忽扬扬而返，自鸣得意，云已得老先生荐书，明年复任经承矣。于是阖县皆惊，市中往往偶语，学中数人，直欲登龙赴愬（诉）。某恐搅挠清况，故尼其行，而不揣卑陋，潜致此情。康役果系门人纪纲，请谕吴公别加青目，勿使复司漕政，则浮言息矣。此亦好事，故敢妄及。"（《聊斋文集·上王司寇书》）其"孤介峭直，尤不能与时相俯仰"（《柳泉蒲先生墓表》）的性情透于纸背，以此佐读本文，似更能体悟作者讥贪刺虐的撰述倾向。文弱书生百折不磨、终于鸣冤成功的故事，崇孝与嫉恶相表里，实有先生苦心在。

一八 黄英

　　《黄英》是一篇以花的精灵为主角的小说。故事中由菊花精灵化成的两个人，姐姐是一位二十岁左右的绝世美人，名叫黄英——黄英即黄花，也就是菊花（如李清照"满地黄花堆积"等）；弟弟是一个儒雅少年，好酒成癖，名叫陶生——"晋陶渊明独爱菊""（五柳先生）性嗜酒"。

　　在我们的文学传统中，菊被视为隐逸的象征。爱菊、赏菊是文人雅事，偏重精神追求。在本文中，与这一思想认识相配合的，是菊精在人、花之间几番变化的奇异图景，以及贩花为业、经营致富的情节。故事离奇，写来却入情入理，推演变化都很自然。

　　马子才，顺天人。世好菊，至才尤甚，闻有佳种，必购之，千里不惮。一日，有金陵客寓其家，自言其中表亲有一二种，为北方所无。马**欣动**高兴而动心，即刻治装，从客至金陵。客多方为之营求，得两芽，裹藏如宝，归。至中途遇一少年，**跨蹇**骑着驴子从油碧车，丰姿**洒落**洒脱飘逸。渐近与语，少年自言陶姓，**谈言骚雅**谈吐风流儒雅。因问马

所自来，实告之。少年曰："种无不佳，培溉在人。"因与论**艺菊**_{种菊之法}。马大悦，问："将何往？"答云："姊厌金陵，欲卜居于**河朔**_{黄河以北耳}。"马欣然曰："仆虽固贫，茅庐可以**寄榻**_{寄住}，不嫌荒陋，**无烦他适**_{不用去别的地方}。"陶趋车前，向姊咨禀。车中人推帘语，乃二十许绝世美人也，顾弟言："屋不厌**卑**_{低矮简陋}，而院宜得广。"马代诺之。遂与俱归。

听说哪里有菊花佳种，想方设法都要弄到手，不计代价，马子才可谓好菊成癖。他从金陵谋得"两芽"菊花异种，其欣喜之情自不待言，"裹藏如宝"，随即返程，归途中偶遇陶生姐弟。据此理解，"归至"之间似当逗开，即"裹藏如宝，归。至中途遇一少年……"

父亲姊妹（姑母）的儿女叫"外表"，母亲兄弟（舅父）姊妹（姨母）的儿女叫"内表"，外为表，内为中，统称"中表"。"中表亲"即这一类亲戚。

"油碧车"又称油壁车，车壁用油涂饰，多为妇女所乘。

"榻"是一种狭长而矮的坐卧用具。后汉时，陈蕃任乐安太守。乐安郡的周璆（qiú）是一位高洁之士，在历任郡守中，唯有陈蕃能召他前去。陈蕃特为周璆置一榻，周璆走了就收起来。后陈蕃为豫章太守，在郡不接宾客，唯徐穉（同"稚"）来特设一榻，去则悬之。（《后汉书·陈蕃传》）后遂称礼遇宾客为"下榻"。马子才见陶生气质不凡，且精于种菊，因而力邀姐弟寄住在自己家，语带尊客之意，故曰"寄榻"。

开头这段文字交代黄英姐弟出场的前因，从世代爱菊的顺天人马子才写起；姐弟北来寄居马家，缘于中途巧遇，菊花为媒。

第房子南有荒圃，仅小室三四椽，陶喜，居之。日过北院，为马**治菊**种菊。菊已枯，拔根再植之，无不活。然家清贫，陶日与马共食饮，而察其家似不**举火**生火做饭。马妻吕亦爱陶姊，不时以**升斗**表示少量**餽**通"馈"恤之。陶姊小字小名黄英，**雅**很善谈，辄过吕所，与共**纫绩**缝纫缉麻。

古人遣词造句较少拘束，词语的运用因而非常灵活。"椽"，原本只是一个表示名物的词。古代建筑的屋顶，在搭好屋架或砌好山墙后，先要横向架设起承托作用的条木——檩，然后在檩上纵向架设更细一些的条木——椽，最后铺上屋面板或瓦。"仅小室三四椽"，放在具体语境中，名词"椽"既自然发挥了量词的功能，又在语义上形象地突出了室之小。上文"客多方为之营求，得两芽，裹藏如宝"，"芽"的理解亦可作如是观。

"绩"，就是把麻分成细缕再捻接起来（搓成线），也叫"缉麻"。古时女子从事的日常工作叫"女功"或"女红"，包括纺织、刺绣、缝纫等，缉麻是一道基础性工序。

住进马家之后，姐弟生活如常，陶、马种菊，黄英与马妻吕氏针黹共话，相处很是融洽。表面上看，黄英、陶生姐弟平时不"举火"，乃因家境清贫，"陶日与马共食饮"，黄英又时得马妻"餽恤"，实则暗伏姐弟花仙（不食人间烟火）的身份，且为下文陶生卖菊之举张本。

陶一日谓马曰："君家固不丰，仆日以口腹累**知交**知心朋友，**胡可**怎能为常？为今计，卖菊亦足谋生。"马素介耿介，闻陶言，甚鄙之，曰："仆以君风流高士，当能安贫，今作是论，则以东篱为市井，有辱**黄花**菊花矣。"陶笑曰："自食其力不为贪，贩花为业不为俗。人固不可苟求富，然亦不必**务**致力求贫也。"马不语，陶起而出。自是，马所弃残枝劣种，陶悉掇拾而去。由此不复**就**随，依马寝食，招之**始**才一至。未几，菊将开，闻其门嚣喧如市，怪之。过而窥焉，见市人买花者，车载肩负，道相属也。其花皆异种，目所未睹。心厌其贪，欲与绝；而又恨其私秘**佳本**良种，遂**款**敲其扉，将**就**到他家里诮让。陶出，握手曳入。见荒庭半亩皆菊畦，数椽之外无**旷土**荒废的土地。**劚**zhú挖去者，则折别枝插补之；其蓓蕾在畦者，罔不佳妙，而细认之，皆**向**先前所拔弃也。陶入屋，出酒馔，设席畦侧，曰："仆贫，不能守清戒，**连朝**连日幸得微资，颇足供醉。"少间，房中呼"三郎"，陶诺而去。俄献佳肴，烹饪**良**很精。因问："贵姊**胡以**为何不**字**许嫁？"答云："时未至。"问何时，曰："四十三月。"又诘**何说**这么说是何意，**但**只笑不言。尽欢始散。过宿，又诣之，新插者已盈尺矣。大奇之，苦求其术。陶曰："此固非**可**不能言传，且君不以靠这个谋生，焉用此？"

"相属"，相接连，相继。"见市人买花者车载肩负，道相属也"，是说看见前来买花的市民络绎不绝，他们车拉肩扛，争相购买，路上的买花人排成了长龙。

"诺"，表示同意、遵命的答应声。"陶诺而去"，是说陶生答应一声就离开了。

这一节写陶生凭借艺菊的神技"贩花为业","自食其力",由贫而富。汉司马迁说,"夫千乘之王,万家之侯,百室之君,尚犹患贫,而况匹夫编户之民乎！""富无经业,则货无常主,能者辐凑,不肖者瓦解"(《史记·货殖列传》)。大意是说,王、侯、大夫(君)分别拥千乘、治万家、有百室,尚且担心贫穷,何况那些编入户籍、作为被统治者的普通老百姓呢？致富不靠固定的行业,挣钱养家大可各尽其能;财货也不属于哪一个,有才者能聚集,不成器的子孙只会败家散业。菊精陶生隐身烟火人间,谋生以足口腹,"不为俗"。五柳先生"性嗜酒,家贫不能常得。亲旧知其如此,或置酒而招之;造饮辄尽,期在必醉"(《五柳先生传》)。陶生以"贩花为业",得微资供醉,骋雅兴而"晏如",自"不为贪"。马子才所谓"好菊",实乃为好而好;指摘陶生"以东篱为市井,有辱黄花矣",刻意求贫以示清高,其迂执腐陋,徒增笑耳。

又数日,门庭略寂,陶乃以蒲席包菊,捆载数车而去。逾岁,春将半,始载**南中**南方异卉而归,于**都中**京城设花肆,十日尽售,复归艺菊。问之去年买花者,留其根,次年尽变而劣,乃复购于陶。陶由此日富,一年增舍,二年起**夏屋**大屋。兴作从心建筑随意,更不谋诸主人。渐而旧日花畦,尽为廊舍。更于墙外买田一区,筑**墉**墙四周,悉种菊。

"都中",京都,京城。马子才是顺天人,明清时顺天府直隶朝廷,治所在今北京市,为都城所在。陶生从南方归来"于都中设花肆"，即在热闹的京都开了一爿花店。

"诸"，这里用作兼词，相当于"之于"，"不谋诸主人"即不和主人（陶生姐弟寓居马家，马为主人）商量。区，畦，有一定界限的长条田块。陶生由原先的坐售发展为贩运，"由此日富"，接着进一步扩大菊花种植。

至秋，载花去，春尽不归。而马妻病卒，**意属**倾心黄英。**微**悄悄使人**风示**暗示之，黄英微笑，意似允许，惟专候陶归而已。年馀，陶竟不至。黄英**课**督率仆种菊，一如陶。得金益**合**汇集财力商贾，村外治**膏**肥沃田二十顷，甲第益壮。忽有客自东粤来，**寄**捎来陶生函信，发之，则嘱姊**归**嫁马。**考**察考其寄书之日，即妻死之日。回忆园中之饮，**适**正好四十三月也，大奇之。以书示英，请问**致聘**送交定亲礼品何所。英辞不受**采聘礼**；又以故居陋，欲使就南第居，若**赘**入赘，婚后男到女家焉。马不可，择日行亲迎礼。

黄英既适马，于间壁开扉通南第，日过课其仆。马耻以妻富，恒嘱黄英**作南北籍**把南北两院的财物分别记入账簿，以防淆乱，而家所须，黄英辄取诸南第，不半岁，家中触类皆陶家物。马立遣人一一赍还之，戒勿复取。未**浃旬**十天，又杂之。凡数更，马不胜烦。黄英笑曰："陈仲子毋乃**劳**累乎？"马惭，不复**稽**计较，争论，一切听诸黄英。**鸠**聚集工**庀** pǐ 备办料，土木大作，马不能禁。经数月，楼舍连亘，两第竟合为一，不分疆界矣。然遵马教，闭门不复**业**从事于菊，而享用过于世家。马不自安，曰："仆三十年**清德**高洁的品德，为卿所累。今**视息**人间苟活于人世，徒依裙带而食，真无一毫丈夫气矣。人皆**祝**祈求富，我但祝穷耳。"黄英曰："妾非贪鄙，但不少稍微致丰盈，遂令**千载下人**千百年后的人谓渊明贫贱骨，百世不能发迹，故聊为我家彭泽解嘲耳。然贫者愿富**为难**是难事，富者求贫固亦甚易。床头金任君挥去之，妾不**靳** jìn 吝惜也。"马曰："**捐**弃，花费他人之金，抑亦良丑。"黄英曰："君不愿富，妾亦不能贫也。**无已**不得已，析君居，清者自清，浊者自浊，何**害**妨害？"乃于园中筑**茅茨**茅屋，择美婢往侍马。马安之。然过数日，苦念黄英。招之，不肯至；不得已，反就之。隔宿辄至，以为常。黄英笑曰："东食西宿，廉者当不如是。"马亦自笑，无以对，遂复合居如初。

"意属"即倾心，钟情爱慕之意。"而马妻病卒，意属黄英"，马子才丧妻之后，有意娶黄英续弦。"风示"即"讽示"，"微使人风示"是说马子才私下里托人试探黄英的想法。

"亲迎"，古代婚礼"六礼"之一，就是夫婿自到女家迎新娘入室，行交拜之礼。黄英婉辞聘礼，已是有心周济；因马家居处太过简陋，故"欲使就南第居"，马子才坚决不同意，纯属大男子主义作祟。

"未浃旬"，不到十天。"浃"意为满。"陈仲子毋乃劳乎"，意思是你这个"陈仲子"是不是太累呀？陈仲子，战国时齐人，"立节抗行，不入洿（wū）君之朝，不食乱世之食，遂饿而死"（《淮南子·氾（fàn）论训》），以廉介著称。据说为孟子弟子，孟子认为除非像蚯蚓一样"上食槁壤，下饮黄泉"，否则很难说是秉持廉士的操守，尽管承认陈仲子是齐国首屈一指的人物，却对他的行为不以为然。（《孟子·滕文公下》）黄英以"陈仲子"戏称马子才，语带调侃。

"视息"，仅存视觉、呼吸等，意为苟全活命。"裙带"，比喻由于妻女姊妹等的关系，多含讥刺意。蔡京"拜右相，家宴张乐，伶人扬言曰：'右丞今日大拜，都是夫人裙带！'讥其官职自妻而致"（宋周辉《清波杂志》）。蔡京妻为王安石女。既然感慨"视息人间，徒依裙带而食，真无一毫丈夫气矣"，分居之后又安于"东食西宿"，马子才为了面子失去"底子"，读者简直要"掩口胡卢而笑"了。两相对比，马子才的所谓狷介凸显黄英的才识。

会马以事客金陵，适逢菊秋。早过花肆，见肆中盆列甚烦多，**款**朵花朵式样佳胜，心动，疑类陶制。少间，主人出，果陶也。喜极，具道**契阔**怀念，遂止宿焉。要之归，陶曰："金陵，吾故土，将婚于是。积有薄资，烦寄吾姊。我**岁杪**年底。杪miǎo当暂去。"马不听，请之益苦，且曰："家幸充盈，但可坐享，无须复贾。"坐肆中，使仆代**论价**定价，廉其**直**通"值"，数日尽售。逼促囊装，赁舟遂北。入门，则姊已**除**打扫舍，床榻**裀褥**坐卧的垫具皆设，若预知弟也归者。

陶自归，解装**课役**役使督促，大修亭园。惟日与马共棋酒，更不复结一客。为之择婚，辞不愿。姊遣两婢侍其寝处，居三四年，生一女。陶饮素豪，从不见其沉醉。有友人曾生，量亦**无对**无敌，适过马，马使与陶相较饮。二人纵饮甚欢，**相得**彼此投合恨晚，自辰以**讫**通"迄"。到**四漏**四更天，计各尽百壶。曾烂醉如泥，沉睡座间。陶起归寝，出门践菊畦，玉山倾倒，委衣于侧，即地化为菊，高如人，花十馀朵，皆大于拳。马骇绝，告黄英。英急往，拔置地上，曰："**胡**怎么醉至此！"覆以衣，**要**通"邀"马俱去，戒勿视。既明而往，则陶卧畦边。马乃悟姊弟菊精也，益爱敬之。而陶自露迹，饮益放，恒自折柬招曾，因与莫逆。值花朝，曾来造访，以两仆舁药浸白酒一坛，约与共尽。坛将竭，二人犹未甚醉。马潜以一**瓻**陶制的酒器。瓻 chī 续入之，二人又尽之。曾醉已惫，诸仆负之以去。陶卧地，又化为菊。马见惯不惊，如法拔之，守其旁以观其变。久之，叶益憔悴，大惧，始告黄英。英闻骇曰："杀吾弟矣！"奔视之，根株已枯。痛绝，掐其梗，埋盆中，携入闺中，日灌溉之。马悔恨欲绝，甚怨曾。越数日，闻曾已醉死矣。盆中花渐萌，九月既开，短干粉朵，嗅之有酒香，名之"醉陶"，浇以酒则茂。

古代汉语中，因使用范围可以伸缩，一词多义的现象较为普遍（甚至同一个词兼有正反两个义项，如"售"可以是"买"也可以是"卖"，"让"可表"谦让"，也可作"责备"讲，等等）。"赁舟"就是雇船，也称"买舟"；又如"吾数年来欲买舟而下，犹未能也"

（清彭端淑《为学一首示子侄》）。"买"相当于"雇，租"，与现在"买卖"一词用法不同。金陵之于顺天，远隔千里，陶生久淹异地，贩花为业，如今姐姐与马子才结为眷属，家境宽绰，自当一家团聚相守。这边，子才"逼促囊装，赁舟遂北"，催陶生马上打点行装，雇船随即北归；那边，黄英赶着收拾庭院、屋子，仿佛知道弟弟就要回来。短句为主的叙述方式配合紧凑的行程，语言表现力十足。

"惟日与马共棋酒，更不复结一客。为之择婚，辞不愿。姊遣两婢侍其寝处，居三四年，生一女"，看似无关紧要的闲笔，实则呼应陶生"金陵，吾故土，将婚于是"的前言，也符合其落拓不羁、唯恐身累的性格。只是侍婢为其所生女，日后嫁入世族之家，不脱好人福报的结局，不足为奇。

位于十二地支第五位的辰，用以纪时，指上午七时至九时。"自辰以迄四漏，计各尽百壶"，相当于从早上持续到半夜以后，陶生、曾生都喝了百来壶，时间长、酒量大，二人十分投缘，很是尽兴。

晋代裴楷容貌出众、气质高雅，时人称见到他"如近玉山，映照人也"（《晋书·裴楷传》），后因以"玉山"比喻俊美的仪容。三国时魏末名士嵇康，为人"岩岩若孤松之独立；其醉也，傀俄若玉山之将崩"（南朝宋刘义庆《世说新语·容止》）。这里以"玉山倾倒"形容陶生酒醉卧倒之态。

"莫逆"，志同道合，交谊深厚。"因与莫逆"，是说陶生与曾生以酒结缘志同道合，成为莫逆之交。旧俗以农历二月十五日为"百花生日"，故称此日为"花朝（节）"。

大醉之后的陶生"即地化为菊"，次日复变作人形，与平常无异，令人称奇。姐弟同为菊精，黄英"拔置地上""覆以衣"，应急处理自然而然；子才如法炮制且"守其旁以观其变"，置"勿视"的戒律于不顾，结果酿成大祸。人、神两隔，其道不通，作者凭着奇异的想象，写得神乎其神。

　　陶生由金陵回到北方定居，过着"酒中仙"的逍遥生活，终因马子才失手而陨灭凡胎，时间恰在百花生日。为报马子才爱菊之意，多方助力其致富发家，并促成合欢之姻缘，待到完成使命，再变生菊花佳种"醉陶"陪伴至亲、馈赠世人，如此酬报，已然是浪漫的传奇了。

　　后女长成，嫁于世家。黄英终老，亦无他异。

　　相对平淡的结尾，凸显上文故事高潮的余味。

　　异史氏曰："青山白云人，遂最终以醉死，世尽惜之，而未必不自以为快也。植此种于庭中，如见良友，如对丽人，不可不物色之也。"

　　"青山白云人"，喻指放浪形骸于青山白云间的旷达之士，典出唐代傅奕事。"奕生平遇患，未尝请医服药，虽究阴阳数术之书，而并不之信。又尝醉卧，蹶然起曰：'吾其死矣！'因自为墓志曰：'傅奕，青山白云人也。因酒醉死，呜呼哀哉！'其纵达皆此类。"（《旧唐书·傅奕传》）

　　生活安然自足，每到菊花盛开的秋天，便能观赏"短干粉朵，嗅之有酒香"的醉陶，夫复何求？文人雅士的人生理想，于此得见一斑。

　　《黄英》一篇，从宏观上看，耿介书生抱得美人，无非是老调重弹，安排夫妇二人安宁幸福生活的大团圆结局，看得多了当然会出现审美疲劳。

这个故事之所以吸引人，靠的是极为鲜明的人物形象，比如黄英的精明贤惠、陶生的神于"艺菊"、豪放不羁等等，不经意间即能唤起读者的倾慕之心。与此同时，在明清商品经济发展的大背景下，作品自然而巧妙地探讨"义利之辨"，否定以马子才为代表的"君子固穷"的迂执观念，形象地反映出当时读书人悄然变化的"治生"思想。马子才"人皆祝富，我但祝穷耳"，陶生"人固不可苟求富，然亦不必务求贫也"，黄英"不少致丰盈，遂令千载下人谓渊明贫贱骨，百世不能发迹，故聊为我家彭泽解嘲耳"，借人物之口，凭故事说话，两相对照，其意甚明。

在叙事节奏方面，本文亦颇见经营之功。小说以"黄英"为题，关于黄英，前半部分仅有少量着墨，集中铺写处乃是她与马子才的结合。表面看来，这是以暗线勾连情节，应验此前陶生"四十三月"的预言，成就姻缘天造的文人佳话；细加揣摩，则可见作者通盘考虑、着意经营的手眼。故事自马子才归途偶遇少年始，承以陶生凭"艺菊"神技坐贾行商的经历，结至黄英与子才婚配、陶生醉死化菊。前半多写陶生，逻辑顺恰，结构紧凑；待黄英成为新妇，特留出笔墨写其言谈录其行止，这样的叙事安排，疏密有致从容不迫，让人印象深刻。

读《聊斋》，几乎每时每刻都能感受到天地间万物幻化的魅力，惊叹蒲松龄天马行空的想象。就像作为菊花精灵的黄英与陶生，集菊之雅与人之情于一身，"人即是花，花即是人。花随人意，人之意即花之意"，堪赏耐品，引人神往。从这个角度说，以爱菊敬菊自命、实则俗不可耐的马子才，也就算个传扬这一动人故事的"他人"。无怪乎汪曾祺先生著《聊斋新义》，改写《黄英》时"大大简化了，删去了马子才与黄英结为夫妇的情节"。

一九 张氏妇

这则故事的主人公是一位张姓女子。她不甘凌辱，凭一己智慧反杀来犯者，惩处了犯罪，捍卫了尊严，堪称奇女子。所谓"贼来如梳，兵来如篦，官来如剃"，令人不寒而栗；"慧而能贞"的农妇形象背后，可见旧时专制罪恶之一斑。

凡大兵所至，其害**甚**超过于盗贼。盗贼，人**犹得**还能而仇之；兵，则人所不敢仇也。其少稍微异于盗者，唯不甚敢轻于杀人耳。

"大兵"，这里指清朝的八旗兵。"仇之"，视为仇敌。与现在的军民鱼水关系不同的是，乱世无良，古时"兵匪一家"，为祸不浅。盗贼即匪，"人犹得而仇之"，面对兵，老百姓却敢怒不敢言。在作者看来，兵与盗贼的唯一区别在于，兵一般不轻易取人性命（战场杀敌另当别论），这真是可怜的安慰。

甲寅岁，三**逆**叛乱者作乱，南征之士，养马**兖郡**兖州府，

鸡犬店舍一空，妇女皆被淫污。时遭霪霖久雨，田中潴zhū蓄积水为湖，民无所匿，遂乘桴fú小竹（木）筏子入高粱丛中。兵知之，裸体乘马，入水冥搜尽力寻找，掳掠奸淫，鲜xiǎn少有遗脱。惟张氏妇独不伏隐藏，公然在家中。有厨舍一所，夜与夫掘坎坑深数尺，积堆叠茅焉；覆以薄帘子，加席其上，若可寝处坐卧。自炊灶下。有兵至，则出门应给供给之。二蒙古兵强与淫，妇曰："此等事，岂对人可行者？"其一微笑，啁嘬zhāo zhè啰嗦多言而出。妇与入室，指席使先登。薄折，兵陷。妇又另取席及薄覆其上，故立坎边，以诱来者。少间，其一复入。闻坎中号，不知何处，妇以手笑招之曰："在此矣。"兵踏席，又陷。妇乃益更，接着投以薪，掷火其中。火大炽，屋焚。妇乃呼救。火既熄，燔fán焚烧尸焦臭。或问之，妇曰："两豕恐害于兵，故纳坎中耳。"

"甲寅岁"，是以干支纪年，这里指康熙十三年（1674）。

"三逆作乱"即三藩之乱。清初封明降将吴三桂为平西王，镇云南；耿继茂为靖南王（后来儿子耿精忠继承），镇福建；尚可喜为平南王，镇广东；并称三藩。康熙十二年（1673）下令削夺藩王封地，吴三桂、尚之信（尚可喜的儿子）、耿精忠相继反清，历时八年才平定，史称"三藩之乱"。

"南征之士，养马兖郡"，是说征伐南方的军队驻扎在兖州府。修整阶段不为厉兵秣马、止息安民，转而肆意劫掠，致使"鸡犬店舍一空，妇女皆被淫污"，令人发指。百姓即使躲到高粱丛中也很难幸免，藏无所藏。

人人惊恐之际，唯独张氏妇"不伏，公然在家中"，让人担心而又好奇——且看她有何举动。

薄，通"箔"，帘子，多用苇子或秫秸编成。张氏妇在厨房里挖了一个深坑，覆以茅草、盖上帘子、铺上席子，外人看来，这就是一处可以休息的地方。作者安排这一情节，于文献有据："……攻贺州，已克之，楚人来救，（吴）珣凿大穽（jǐng）于城下，覆箔于上，以土傅之，楚兵迫城，悉陷穽中，死者数千，楚人皆走。"（《新五代史·南汉世家·刘晟》）"夜与夫掘"的说明，大大增强了真实性，绝非闲笔。独自一人"炊灶下。有兵至，则出门应给之"，更是张氏妇精心设计的诱敌之策。

清朝八旗兵分满洲八旗、蒙古八旗、汉军八旗，当时蒙古八旗兵是军纪最涣散的。对他们来说，当着别人的面强行奸淫之事无不可，张氏妇这样说，无非是抓住了蒙古兵"好事"办好的龌龊心理。其中一人"微笑，唧嘹而出"便是明证。果然，一兵中计掉入深坑，张氏妇故意"立坎边，以诱来者"，如法炮制，终于将两兵活活烧死。尽管"屋焚"，但烧的只是与房子并不相连的"厨舍一所"；众人救火过后，以为烧的是两头猪。的确，在张氏妇眼中、心里，恶人本就无异猪狗。

由此离村数里，于大道旁并无树木处，携女红往坐烈日中。村去郡远，兵来**率**大都乘马，顷刻数至。笑语**唧啾**zhōu jiū，虽多不解，大约调弄之语。然去道不远，无一物可以蔽身，辄去，数日无患。一日，一兵至，殊无少耻，欲就妇烈日中。妇含笑，不甚拒，而隐以针刺其马，马辄**喷嘶**嘘气嘶叫，兵遂**絷**拴马股际，然后拥妇。妇出巨锥，猛

一
九
张
氏
妇

刺马项脖子，马负痛骇奔。缰系股，不得脱，曳驰数十里，同伍始代捉之。首躯不知何处，缰上一股，俨然真切的样子在焉。

有光天化日之下作恶，就有张氏妇"公然"惩凶。

"女红"，通"女工"，也作"女功"，指旧时妇女从事的纺织、刺绣、缝纫等手工，这里包括做手工的材料、工具、半成品等。"由此离村数里，于大道旁并无树木处，携女红往坐烈日中"，成竹在胸。

"啁啾"，原指鸟鸣声，这里用以形容非汉语的语言。"笑语啁啾"，是说蒙古兵一边不怀好意地笑，一边呜哩哇啦说着汉人听不懂的话。

"隐以针刺其马""出巨锥，猛刺马项"，一针一锥，前后两"刺"，用的正是所携之"女红"工具，妙哉。

"同伍"，同一伍的人，古时军队五人为伍，户籍五家为伍，这里即指同一军队的军人，相当于今天说的战友。先前"殊无少耻，欲就妇烈日中"的蒙古兵，已然身首异处，仅剩"缰上一股，俨然在焉"，真是"死得其所"。

异史氏曰："巧计六出，不失身于悍兵。贤哉妇乎，慧而能贞！"

"巧计六出"即"六出奇计"，典出《史记·陈丞相世家》，指陈平曾为高祖"凡六出奇计""奇计或颇秘，世莫能闻也"。清代钱大昭根据自己的理解，概括出其中的五个，"间疏楚君臣""夜出女子二千人荥阳东门""蹑汉王立信为齐王""伪游云梦缚信""解平城围",并说"其六当在从击臧荼、陈豨、黥布时,史传无文"(《汉书辨疑·陈平传》)。这里用以盛赞张氏妇屡用巧智捍卫尊严。

"慧而能贞",机智聪慧而又能保住贞操。极度看重贞操,强调"失节事大",是观念受时代局限所致,不足为训亦不必苛责。高度赞扬张氏妇挺身而出,以奇计巧智抗击凶暴的壮举,无疑能引发读者强烈的共鸣。

蒲松龄给予妇女以极大的关注,客观上表现出鲜明的平等意识,从历史发展的角度看,这是难得可贵的。蒲氏的艺术世界里,集中了一大批性格各异的优秀女性,张氏妇是其中智勇一类的代表。作者以五百馀字的篇幅,成功塑造了一位"巧计六出""慧而能贞"的"贤"妇形象。

《聊斋志异》的内容异常丰富,写鬼写妖、刺贪刺虐的作品之外,写作的触角延伸得很广,除了不少充分发挥想象、展现惊人创造力的小说杰作,也不乏或记录见闻或采撷逸闻进行重构的艺术精品。阅读后者,往往会窥见历史的片段、时代的印记,惊喜连连。

明末清初湖北人程正揆所撰《青溪遗稿·自题二溪合作卷》载:"甲寅秋九月,予在乡居,时有蒙古兵往剿湖南,颇多焚劫之事。且不行官驿大路,扰害既甚,而夫役畏鞭扑,使引导旁搜,无得免者。途遇捆载,尽夺之。又褫(chǐ)取穷人衣帽,皆赤体奔窜,往来遂绝。予乡以隔一线水,仅偷安。而邻里人携抱咸投吾园林间,妇女入室匿焉,井灶皆满,亦奇惊也。"程正揆(1604—1677)曾官至工部右侍郎,所记当为实录。拿它佐读《张氏妇》,想来会更增一层感慨。

二〇 乩仙

乩（jī），即"扶乩"，是旧时迷信者求神降示的一种方法。术士制丁字形木架，其直端顶部悬锥下垂；架放在沙盘上，由两人各以食指分扶横木两端，依法请神，木架的下垂部分即在沙上画成文字，作为神的启示，以此预示吉凶，或决疑治病。传说神仙来时驾凤乘鸾，故又称"扶鸾"。乩仙，即扶乩时请托的神灵。由于科学认识水平的制约，扶乩在古代社会中并不鲜见，文学作品也多有涉及。且以我们熟悉的《红楼梦》为例："老爷只说善能扶鸾请仙，堂上设了乩坛，令军民人等祇管来看""乩仙批了，死者冯渊与薛蟠原系夙孽，今狭路相遇，原因了结"（第四回），"（邢岫烟道）我在南边闻妙玉能扶乩，何不烦他问一问"（第九四回），"妙玉笑了一笑，叫道婆焚香，在箱子里找出沙盘乩架，书了符，命岫烟行礼，祝告毕，起来同妙玉扶着乩"（第九五回）。

据专家研究，近代扶乩可能与紫姑神信仰有关，在演变过程的早期，"最初只以箸（筷子）插箕上，受术者扶着动的箕，使箸在沙盘上写字，毋须笔墨。后来才改箕为丁字形杆"，故称"扶箕"（许地山《扶箕迷信的研究》）。宋明以来，在传统的占卜术之外，扶乩更发展出"供文人学子消遣"的功能，招仙降笔酬唱互答、斗诗比文，成为闲士日常雅事之一种。鲁迅先生博闻善思，此等有趣的故实曾引起他的注意，信手拈来化入笔端，揶揄味十足："我们的盛德乩坛天天请仙，兄弟也常常去唱和。砒翁也可以光降光降罢。那乩仙，就是蕊珠仙子，从她的语气上看来，似乎是一位谪降红尘的花神。她最爱和名人唱和，也很赞成新党，像砒翁这样的学者，她一定大加青眼的。哈哈哈哈！"（《彷徨·高老夫子》）

　　章丘米步云善以乩卜，每同人**雅集**风雅集会，辄召仙相与互相**赓和**唱和。一日，友人见天上微云，得句，请其**属对**对出下联。属zhǔ，曰："羊脂白玉天。"乩书云："问城南老董。"众疑其不能对，故妄言之。后以故偶适城南，至一处，土如**丹砂**朱砂，异之。有一叟牧豕其侧，因问之。叟曰："此俗呼'猪血红泥地'也。"忽忆乩词，大骇。问其姓，答云："我老董也。"属对不奇，而预知**过**到城南之必遇老董，斯亦神矣！

　　"章丘"，明清县名，属济南府，治所在今山东省济南市章丘区。

　　"同人"，源自唐孔颖达对《易·同人》"同人于野，亨"一句的疏解："同人，谓和同于人。"同人，意为与人和协，引申指志同道合的朋友。

　　"赓"，继续；"和"，唱和。"赓和"是指在诗词酬答时有明确的要求，必须续用他人的原韵或题意。

　　"羊脂白玉"即"羊脂玉"，白玉的一种，半透明，因色如羊脂，故称。明宋应星《天工开物·珠玉》："朝鲜西北太尉山，有千年璞，中藏羊脂玉，与葱岭美者无殊异。"参照属对（对对子）"仄起平收"的基本要求，"天"属平声，此处"羊脂白玉天"当为下联（对句）；下文"猪血红泥地"方为上联（出句）。

"后以故偶适城南"，是说后来因外出办事偶然到了城南。其中的"以故"是两个词，"以"相当于"因为"，"故"指事情。

在一般人的印象中，放养的对象似乎局限于牛、羊，至于"牧豕（猪）"，则颇感费解。其实，在圈养之外，猪也是要放养的。中国是世界上最早驯化野猪的国家之一，北魏贾思勰《齐民要术》即有肉猪养殖的内容："圈不厌小；处不厌秽。亦需小厂，以避风雪。春、夏中生。随时放牧；糟糠之属，当日别与。八、九、十月，放而不饲；所有糟糠，则畜待穷冬春初。""随时放牧"，说得非常清楚。《庄子·逍遥游》中，"牧豕听经"的故事后来发展为成语，《史记·平津侯主父列传》也有公孙弘（齐国丞相）"家贫"、四十岁前"牧豕海上"的记载。

"土如丹砂"令友人好奇，向"牧豕其侧"的老者打听，得知当地百姓都把这块地叫做"猪血红泥地"。老者姓董，答语恰与乩仙"问城南老董"的批词相合，此所谓"预知"。

本篇小说是对民间流传素材的二度加工，并非蒲松龄首创。故事的蓝本，业已检出的至少有以下几种：

"吴人朱近仁领乡荐，后招仙以会试致问，仙书曰：'身且不保，安问功名？'众怪其妄诞，因请对'羊脂白玉天'之句，乩遂书曰：'三日后至闻德桥，有人自对。'众益笑之。如期，有好事者偕近仁往其处，适见耕者倚锄而立。怪而问之，耕者曰：'鳝血黄泥地，难为锄耳。'众皆惊骇。未几，近仁果卒。"（明俞弁《山樵暇语》）"刑部郎中黄暐亦尝召仙，令对'羊脂白玉天'。乩云：'当出丁家巷田夫口。'公明日往试之，其一耕者锄土甚力。问：'此何土？'耕者曰：'此鳝血黄泥土也。'公大嗟异。"（明冯梦龙《古今谭概·谈资部·仙对》）"时刑部郎中黄暐亦令仙对'羊脂白玉天'，乩云：'当出丁家巷田夫口中。'黄明日往试之，见一耕者锄土，问此何土，耕者曰：'此鳝血黄泥土耳。'"（清褚人获《坚瓠集·乩对》）

细加品味不难看出，蒲松龄既保留了原故事的基本框架，又虚笔巧作，推陈出新，尤见撰拟之功。就联句而言，以"鳝血黄泥地（土）"对"羊脂白玉天"，善则善矣，尚不为"绝联"，能否使故事更可信、更耐读才是关键，匠心之运可判高下。"章丘米步云善以乩卜，每同人雅集，辄召仙相与赓和"，变古为今，重置情境，人是身边人、事为日常事，亲切可闻；"众疑其不能对，故妄言之。后以故偶适城南……忽忆乩词，大骇"，在呼应前文情节的同时，合乎人情心理、生活逻辑，自然中见巧妙。与此相比，《山樵暇语》"招仙以会试致问""如期，有好事者偕近仁往其处"，设计痕迹太过明显；为讲故事刻意杂入"身且不保，安问功名""未几，近仁果卒"等内容，事倍而功半。《仙对》《乩对》篇，则直叙梗概，缺乏细节刻画，淡而少味；"明日往试之"亦无趣。

《聊斋志异》的取材极广，创作艺术精彩纷呈。本篇是否为作者旧题新做的练笔，尚不可知（练笔是文人常事，如1936年，沈从文从"第一个十年"的"习作"中选出二十个短篇，并"附入几个性质不同的作品"，结集为《从文小说习作选》）。不过，从作品客观呈现的艺术效果看，蒲松龄无疑是故事改编的圣手。学习如何常处见奇、引人入胜地讲好中国故事，《乩仙》是值得研究的好例。

二一 鬼隶

鬼隶，即迷信所谓阴曹地府的差役，俗称小鬼。鬼隶常受判官（阎王属下掌管生死簿的官）差派，前往阳世拘捕、传拿人犯。因为勾摄人命是他们的主要工作，一般情况下，谁也不想和他们打交道。如果当事人因提前偶遇鬼隶而免灾，那就另当别论。作者构思本文，敷演故事，就选择了这一有意思的切口。

历城二隶，奉邑宰韩承宣命，**营干**办事他郡，**岁暮**年末方归。途中遇二人，服装亦类**公役**官署衙役，同行半日，近与话言。二人自称**郡役**济南府衙役。隶曰："济城**快皂**捕快，相识者十有八九，二君殊**昧**不了解生平。"其人云："实相告：我乃城隍之鬼隶也，今将**以**带着公文投东岳。"隶问："**函**公文中何事？"答云："济南大**劫**灾祸所**报**告知，通知者，杀人之**名数**姓名和数字也。"惊问其数。曰："亦不甚悉，恐近百万。"隶益骇，因问其期，答以"**正朔**正月初一。正 zhēng"。二隶相顾，计到郡则岁已除，恐**罹**于难；迟之恐**贻**

致使谴责。鬼曰："违误限期罪小，入遭劫数祸大。宜他避，姑勿归。"隶从之，各趋歧路遁归。无何，北兵大至，屠济南，扛gāng抬尸百万。二人亡匿得免。

"历城"，明清县名，为济南府府治，即今山东省济南市。韩承宣，字长卿（？—1639），一字康侯，蒲州（今属山西省）人，明崇祯七年（1634）三甲第三十九名进士，历官淄川、历城县令。崇祯十一年冬，清兵大举进攻山东，第二年正月初攻破历城，承宣遇难。乾隆二十年（1755）《蒲州府志·忠节》有传。

所记之事有明确的地点，涉事人物亦历历可考，或由当事者亲述，或得自辗转听闻，大大增强了故事的真实性。

古代身份低贱的奴仆、差役通常穿皂（黑色）衣，"皂"因而有了"差役"的引申义。"快皂"即"捕快"（快、捕为同义词），又称"捕役"，指州县官署中从事缉捕的差役。

差役奉长官之命外出办事，到年终才返回复命，途中偶遇同行，相伴赶路走了半天，于是上前搭话。碍于阴阳有别，鬼隶以"自称郡役"敷衍；"济城快皂，相识者十有八九，二君殊昧生平"，是说济南府衙役十有八九我都认识，您二位却好像从没见过。谎言识破，鬼隶也就以真实身份相告了。

"期"，预定的时间，选定的日子。"正朔"，本指帝王新颁的历法。古代帝王易姓受命，必改正朔，"正，谓年始。朔，谓月初。言王者得政，示从我始，改故用新"（《礼记·大传》"改正朔，易服色"孔颖达疏）。这里指新年的第一天，即农历正月初一。

言谈之际，差役始知济南新年有惊天浩劫，近百万人将罹难。所谓天机不可泄露，鬼隶"违规"当在有意无意间。

旧俗，于腊岁（冬至后三戌之后）前一日击鼓驱疫，谓之逐除，故称年终为"岁除"。"计到郡则岁已除，恐罹于难"，意思是，估计按日程回到衙门时旧年已过，正值"正朔"之期，在劫难逃。按照规定，两位差人如果不能赶在除夕之前回衙门完成公务交割，就会被问以误期之罪，必将受到惩处。此时，鬼隶的提醒和建议充满善意："违误限期罪小，入遭劫数祸大"，赶紧逃往别处不要回城。果然，没过几天，清兵大规模屠城，二人得以幸免于难。

异史氏曰："趋吉避凶，人世之机机智权变，不意地府阴间亦复如是。抑或者，还是二吏本不在劫，故使鬼隶以谕之耶？"

趋利避害，自是人情之常，但如果没有鬼隶事先透露天机，两位差役不可能逃得性命。"二吏本不在劫，故使鬼隶以谕之"，作者无非借民间迷信的外衣装扮一番，希望如此，当不得真。相反，战争涂炭生灵之暴虐，读来令人脊背发凉。

清廷入主中原前，曾多次南下袭扰，大肆掳掠妇女财物，如崇祯十一年冬入寇山东，历城被攻破，战事相当惨烈："大清兵自畿辅南下。本兵杨嗣昌檄山东巡抚颜继祖移师德州，于是济南空虚，止乡兵五百，莱州援兵七百，势弱不足守。巡按御史宋学朱方行部章丘，闻警驰还，与秉文及副使周之训、翁鸿业，参议邓谦，盐运使唐世熊等议守城，连章告急于朝。嗣昌无以应，督师中官高起潜拥重兵临清不救，大将祖宽、倪宠等亦观望。大清兵徇下州县十有六，遂临济南。秉文等分门死守，昼夜不解甲，援兵竟无至者。明年正月二日，城溃，秉文擐（huàn）甲巷战，已被箭，力不能支，死之。妻方、姜陈，并投大明湖死。学朱、之训、谦、世熊及济南知府苟好善、同知陈虞胤、通判熊烈献、历城知县韩承宣皆死焉，德王由枢被执。"（《明史·忠义传》）十二年春，"正月庚申，清兵入济南。……巡按御史宋学朱……遇害。同时左布政使张秉文、督粮道副使邓谦、济南道副使周之训、都转盐运使唐世熊、济南知府苟好善及历城、临池、武城、博平、茌平诸县令俱死之。副总兵祖宽以三百骑援济南，败没。德王被执，诸郡王并见杀。……壬戌，清兵入青县。……命云南道御史郭景昌巡按山东，兼核城陷之故。景昌至，瘗济南城中积尸十三万馀，悉发仓粟赈贫民。……甲戌，清兵自济南取东平。乙亥，入莘县，复至济宁、临清、固城。丙子，取营丘、馆陶。清兵取庆云、东光、海丰，遂东行。庚辰，入冠县。甲申，清兵至张秋、东平，入汶上，焚康庄驿，攻兖州；距徐州百馀里，居人南渡。安庆巡抚史可法驻徐州，刘宇亮、孙传庭会师于大城。……清兵退，官兵复屯沧州、盐山……戊戌，……清兵迁道，比还西至青山口，总兵陈国威于喜峰口却之。……三月壬戌，清兵趋丰润……丙寅，清兵至冷口，闻有备，引去；复出青山口。戊辰，清兵尽出塞，计深入二千里——历五阅月，破七十馀城，杀亲王、陷省会。中国援兵环合，未尝少挫也"。（《崇祯实录》）明廷官吏死难如此之多，普通百姓遭受的苦难可想而知。

本文以"鬼隶"为题，表面上是谈闲说鬼，暗地里却提笔千钧，记录一段不忍卒读的血淋淋的历史。由屠城幸存者亲述见闻，故事显得真实；鬼隶上场，赋予荒诞色彩的同时，避免了对应和坐实"真相"。揭批残酷的史实与姑妄言之相表里，笔底造化，用心良苦。

主要参考文献

一、著作

《巴黎评论·作家访谈 1》，黄昱宁等译，上海文艺出版社 2015年版。

《辩士与游侠》，陶希圣著，岳麓书社 2013 年版。

《称谓录》，〔清〕梁章钜著，王释飞、许振轩点校，福建人民出版社 2003 年版。

《池北偶谈》，〔清〕王士禛撰，乐斯仁点校，中华书局 1982 年版。

《崇祯实录》，台湾大通书局 1971 年《台湾文献丛刊》版。

《初学记》，〔唐〕徐坚等辑，韩放主校点，京华出版社 2000 年版。

《春秋左传正义》，〔周〕左丘明著，〔晋〕杜预注，〔唐〕孔颖达正义，北京大学出版社 1999 年《十三经注疏》版。

《春秋左传注》，杨伯峻编著，中华书局 2009 年修订版。

《辞海》，辞海编辑委员会编纂，上海辞书出版社 2009 年第六版彩图版。

《大家教语文》，叶圣陶等著，张攻非主编，广西师范大学出版社 2015 年版。

《大清律例》,张荣铮、刘勇强、金懋初点校,天津古籍出版社1993年版。

《道教小辞典》,任继愈主编,上海辞书出版社2010年修订版。

《独断》,〔汉〕蔡邕撰,日本宽文九年(1669)刊本。

《独醒杂志》,〔宋〕曾敏行撰,朱杰人校点,上海古籍出版社2012年版。

《杜甫诗选译》,倪其心、吴鸥译注,凤凰出版社2011年版。

《杜牧诗文选译》,吴鸥译注,凤凰出版社2011年版。

《尔雅》,〔晋〕郭璞注,王世伟校点,上海古籍出版社2015年版。

《尔雅翼》,〔宋〕罗愿撰,石云孙校点,黄山书社2013年版。

《封氏闻见记校注》,〔唐〕封演撰,赵贞信校注,中华书局2005年版。

《扶箕迷信的研究》,许地山著,商务印书馆1999年版。

《陔余丛考》,〔清〕赵翼著,栾保群、吕宗力校点,河北人民出版社1990年版。

《古今谭概》,〔明〕冯梦龙编著,栾保群点校,中华书局2007年版。

《古今逸史精编》,〔汉〕班固等撰,熊宪光选辑,徐志奇点校,重庆出版社2000年版。

《古今注》,〔晋〕崔豹撰,焦杰校点,辽宁教育出版社1998年版。

《故训汇纂》,宗福邦、陈世铙、萧海波主编,商务印书馆2003年版。

《顾炎武全集》,〔清〕顾炎武撰,严文儒、戴扬本校点,上海古籍出版社2011年版。

《管锥编》,钱锺书著,中华书局1979年版。

《汉书》,〔汉〕班固撰,〔唐〕颜师古注,中华书局2005年版。

《汉书辨疑》,〔清〕钱大昭撰,新文丰出版社1984年《丛书集成新编》版。

《汉魏六朝笔记小说大观》,王根林、黄益元、曹光甫校点,上海古籍出版社 1999 年版。

《汉译无量寿经会译对照》，林祺安编，和裕出版社 2007 年修订版。

《汉语大词典》，商务印书馆(香港)有限公司，汉语大词典出版社 2002 年电子 2.0 版。

《汉语现象论丛》，启功著，中华书局 2005 年版。

《汉字源流大典》，钱中立主编，华语教学出版社 2019 年版。

《和谐栖居——齐鲁民居户牖》，张勇著，山东美术出版社 2012 年版。

《河东先生龙城录》，〔唐〕柳宗元撰，台湾新兴书局 1975 年《笔记小说大观》版。

《红楼梦》，〔清〕曹雪芹著；〔清〕无名氏续；〔清〕程伟元、〔清〕高鹗整理；中国艺术研究院红楼梦研究所校注，人民文学出版社 2019 年版。

《后汉书》，〔宋〕范晔撰，〔唐〕李贤等注，中华书局 2005 年版。

《淮南鸿烈集解》，刘文典撰，冯逸、乔华点校，中华书局 1989 年版。

《淮南子》，〔汉〕刘安著，许慎注，陈广忠校点，上海古籍出版社 2016 年版。

《坚瓠集》，〔清〕褚人获辑撰，李梦生校点，上海古籍出版社 2012 年版。

《剪灯新话》，〔明〕瞿佑著，周楞伽校注，上海古籍出版社 1981 年版。

《简明道教辞典》，黄海德、李刚编，四川大学出版社 1991 年版。

《晋书》，〔唐〕房玄龄等撰，中华书局 2011 年版。

《旧唐书》，〔后晋〕刘昫等撰，中华书局 2000 年版。

《开元天宝遗事》，〔五代〕王仁裕撰，丁如明校点，上海古籍出版社 2012 年版。

《郎潜纪闻》,〔清〕陈康祺撰,晋石点校,中华书局1984年版。

《琅嬛记》,〔元〕伊世珍撰,台湾新兴书局1975年《笔记小说大观》版。

《乐府诗集》,〔宋〕郭茂倩编,中华书局1979年版。

《类说》,〔宋〕曾慥编,台湾新兴书局1980年《笔记小说大观》版。

《学礼管释》,〔清〕夏炘撰,清刻《皇清经解续编》版。

《礼记集解》,〔清〕孙希旦撰,沈啸寰、王星贤点校,中华书局1989年版。

《礼记译注》,杨天宇译注,上海古籍出版社1997年版。

《礼记正义》,〔汉〕郑玄注,〔唐〕孔颖达正义,吕友仁整理,上海古籍出版社2008年版。

《李贺诗选评》,陈允吉、吴海勇撰,上海古籍出版社2004年版。

《李商隐诗选评》,刘学锴、李翰撰,上海古籍出版社2003年版。

《李商隐文编年校注》,刘学锴、余恕诚著,中华书局2002年版。

《李时珍全集》,史世勤、贺昌木主编,湖北教育出版社2004年版。

《历代赋评注·南北朝卷》,赵逵夫主编,巴蜀书社2010年版。

《聊斋诗集笺注》,〔清〕蒲松龄著,赵蔚芝笺注,山东大学出版社1996年版。

《聊斋琐议》,蒲先和著,齐鲁书社2018年版。

《聊斋志异对照注译析》,邱威主编,广西民族出版社1990年版。

《聊斋志异详注新评》,〔清〕蒲松龄著,赵伯陶注评,人民文学出版社2015年版。

《柳南随笔》,〔清〕王应奎撰,王彬、严英俊点校,中华书局1983年版。

《鲁迅全集》,鲁迅著,人民文学出版社2005年版。

《论语今注今译》,毛子水注译,中国友谊出版公司2021年版。

《论语译注》,杨伯峻译注,中华书局2009年版。

《逻辑、语言与文化》，王克喜著，中国社会科学出版社 2013 年版。

《孟子译注》，杨伯峻译注，中华书局 2010 年版。

《梦溪笔谈辨疑》，吴以宁著，上海科学技术文献出版社 1995 年版。

《梦溪笔谈全译》，〔宋〕沈括著，金良年、胡小静译，上海古籍出版社 2013 年版。

《妙法莲华经文句校释》，朱封鳌校释，宗教文化出版社 2000 年版。

《明朝小史》，〔明〕吕毖撰，清初刊本。

《明清史论著集刊》，孟森著，中华书局 1959 年版。

《明儒学案》，〔清〕黄宗羲著，沈芝盈点校，中华书局 1985 年版。

《明史》，〔清〕张廷玉等撰，中华书局 2013 年点校版。

《明史讲义》，孟森撰，商传导读，上海古籍出版社 2002 年版。

《牡丹亭》，〔明〕汤显祖著，徐朔方、杨笑梅校注，人民文学出版社 2005 年版。

《南史》，〔唐〕李延寿撰，中华书局 2011 年点校版。

《裴启语林》，〔晋〕裴启撰，周楞伽辑注，文化艺术出版社 1988 年版。

《蒲松龄全集》，〔清〕蒲松龄著，盛伟编，学林出版社 1998 年版。

《蒲州府志》，〔清〕周景柱等纂修，乾隆二十年（1755）刊本。

《齐民要术》，〔北魏〕贾思勰著，石声汉译注，石定枎、谭光万补注，中华书局 2015 年版。

《清波杂志校注》，〔宋〕周煇撰，刘永翔校注，中华书局 1994 年版。

《清代科举考试述录》，商衍鎏著，故宫出版社 2014 年版。

《清代诗文集汇编》，《清代诗文集汇编》编纂委员会编，上海古籍出版社 2010 年版。

《清史稿校注》，"国史馆"校注，台北商务印书馆 1999 年版。

《情史》，〔明〕冯梦龙评辑，凤凰出版社 2011 年版。

《全唐诗话》，〔清〕何文焕辑，中华书局 1981 年《历代诗话》版。

《全校会注集评聊斋志异》,〔清〕蒲松龄著,任笃行辑校,人民文学出版社2016年版。

《人往低处走:〈老子〉天下第一》,李零著,生活·读书·新知三联书店2014年版。

《容斋随笔》,〔宋〕洪迈撰,孔凡礼点校,中华书局2005年版。

《三国志》,〔晋〕陈寿撰,〔宋〕裴松之注,中华书局2005年版。

《山东府县志辑》,〔清〕张明铎修,〔清〕张廷寀等撰,凤凰出版社2004年《中国地方志集成》版。

《山海经校注》,袁珂校注,上海古籍出版社1980年版。

《山樵暇语》,〔明〕俞弁撰,齐鲁书社1995年《四库全书存目丛书》版。

《沈从文全集》,沈从文著,北岳文艺出版社2009年版。

《慎子·尹文子·公孙龙子全译》,高流水、林恒森译注,贵州人民出版社1996年版。

《诗经鉴赏辞典》,金启华、朱一清、程自信主编,安徽文艺出版社2006年版。

《诗经新注全译》,唐莫尧译注,巴蜀书社2004年修订版。

《诗经选注》,余冠英选注,中华书局2012年版。

《诗经译注》,周振甫译注,中华书局2019年版。

《石林燕语》,〔宋〕叶梦得撰,田松青、徐时仪校点,上海古籍出版社2012年版。

《史记》,〔汉〕司马迁撰,〔宋〕裴骃集解,〔唐〕司马贞索隐,〔唐〕张守节正义,中华书局2005年版。

《世说新语全译》,〔南朝〕刘义庆编撰,柳士镇、刘开骅译注,贵州人民出版社1996版。

《释名》,任继昉、刘江涛译注,中华书局2021年版。

《释氏要览校注》,〔宋〕释道诚撰,富世平校注,中华书局2014

年版。

《水浒传》,〔明〕施耐庵著,〔清〕金圣叹批评,刘一舟校点,齐鲁书社1991年版。

《水浒传》,〔明〕施耐庵著,〔清〕金圣叹评,齐鲁书社1992年版。

《说文解字注》,〔汉〕许慎撰,〔清〕段玉裁注,上海古籍出版社1981年版。

《说文通训定声》,〔清〕朱骏声编著,中华书局1984年版。

《说苑译注》,〔汉〕刘向原著,王锳、王天海译注,贵州人民出版社2011年版。

《苏轼全集校注》,张志烈等校注,河北人民出版社2010年版。

《太平广记》,〔宋〕李昉等撰,中华书局1961年版。

《谈写作》,朱光潜著,北京教育出版社2014年版。

《唐五代笔记小说大观》,丁如明、李宗为、李学颖等校点,上海古籍出版社2000年版。

《万历野获编》,〔明〕沈德符著,黎欣点校,文化艺术出版社1998年版。

《汪曾祺全集》,汪曾祺著,人民文学出版社2019年版。

《王子安集注》,〔唐〕王勃著,〔清〕蒋清翊注,上海古籍出版社1995年版。

《文体明辨序说》,〔明〕徐师曾著,罗根泽校点,人民文学出版社1998年版。

《文选》,〔梁〕萧统编,〔唐〕李善注,上海古籍出版社1986年版。

《问学札记》,凡朴著,首都师范大学出版社2015年版。

《五灯会元》,〔宋〕释普济撰,北京图书出版社2003年“中华再造善本”版。

《西湖游览志》,〔明〕田汝成辑撰,尹晓宁点校,上海古籍出版社2017年版。

《先秦汉魏晋南北朝诗》,逯钦立辑校,中华书局1988年版。

《现代汉语词典》,中国社会科学院语言研究所词典编辑室编,商务印书馆2012年第6版。

《小说课2:偷故事的人》,许荣哲著,中信出版社2016年版。

《新唐书》,〔宋〕欧阳修、宋祁撰,中华书局1975年版。

《新五代史》,〔宋〕欧阳修撰,徐无当注,中华书局2015年点校版。

《新译吴越春秋》,黄仁生注译,李振兴校阅,三民书局股份有限公司2009年版。

《星槎胜览校注》,〔明〕费信著,冯承钧校注,华文出版社2019年版。

《燕京岁时记》,王碧滢、张勃校点,北京出版社2018年版。

《夜航船》,〔明〕张岱撰,李小龙译,中华书局2015年版。

《艺文类聚》,〔唐〕欧阳询撰,汪绍楹校,上海古籍出版社1982年版。

《俞樾全集》,〔清〕俞樾著,宗天水点校,浙江古籍出版社2017年版。

《元白诗笺证稿》,陈寅恪著,上海古籍出版社1978年版。

《增订注释全唐诗》,陈贻焮主编,文化艺术出版社2001年版。

《战国策》,〔西汉〕刘向集录,上海古籍出版社1985年版。

《中国高等植物图鉴》,中国科学院植物研究所主编,科学出版社2016年版。

《中国古代衣食住行》,许嘉璐著,北京出版社2011年版。

《中国近代文论选》,郭绍虞、罗根泽主编,舒芜、陈迩冬、周绍良、王利器编选,人民文学出版社1981年版。

《中国考试大辞典》,杨学为主编,上海辞书出版社2006年版。

《中国历代官制大辞典》,吕宗力主编,商务印书馆2015年版。

《中国历代文学作品选》,朱东润主编,上海古籍出版社1979年版。

《中国历史地震图集·清时期》,国家地震局地球物理研究所、复旦大学中国历史地理研究所主编,中国地图出版社1990年版。

《中国文化史词典》,杨金鼎主编,浙江古籍出版社1987年版。

《中国文学史》,袁行霈主编,高等教育出版社2005年版。

《中国游侠史论》,汪涌豪著,上海人民出版社2016年版。

《中国植物志》,中国科学院中国植物志编辑委员会编著,科学出版社2016年版。

《周礼》,徐正英、常佩雨译注,中华书局2017年版。

《周易译注》,杨天才、张善文译注,中华书局2011年版。

《朱子语类》,〔宋〕黎靖德编,王星贤点校,中华书局1986年版。

《祝允明集》,〔明〕祝允明著,上海古籍出版社2016年版。

《庄子今注今译》,陈鼓应注译,中华书局1983年版。

《庄子全译》,〔战国〕庄周原著,张耿光译注,贵州人民出版社1991年版。

《资治通鉴》,〔宋〕司马光编著,〔元〕胡三省音注,中华书局2013年典藏版。

《字源》,李学勤主编,天津古籍出版社2012年版。

二、论文

白亚仁:《略论李澄中〈艮斋笔记〉及其与〈聊斋志异〉的共同题材》,《蒲松龄研究》2000年第1期。

陈国学:《对〈聊斋志异·席方平〉的重读及其创作启示的探讨》,《蒲松龄研究》2022年第2期。

冯伟民:《〈聊斋志异〉本事琐证》,《蒲松龄研究》1995年第2期。

流舟:《读〈席方平〉随记》,《青海社会科学》1981年第4期。

马天舒:《〈大宗师〉"撄宁"浅释——结合〈聊斋志异·婴宁〉来

看》,《名作欣赏》2019年第 29 期。

马振方:《〈聊斋志异〉语义琐辨》,《中国典籍与文化》2001 第 2 期。

孟昭连:《〈促织〉与〈帝京景物略〉》,《齐鲁学刊》2000 年第 3 期。

孙克诚:《蒲松龄游崂行迹考述》,《青岛科技大学学报(社会科学版)》2013 年第 2 期。

夏放:《向蒲松龄学写现场短新闻——读〈聊斋志异·地震〉》,《新闻通讯》1994 第 1 期。

肖阳:《蒲松龄〈劳山道士〉解读》,《语文知识》2012 年 4 期。

袁世硕:《〈聊斋志异〉的再创作研究》,《蒲松龄研究》2010 年第 3 期

张崇琛:《"镜听"考源》,《民俗研究》1993 年第 3 期。

张泓:《婴宁名字来历研究综述》,《成都理工大学学报(社会科学版)》2017 年第 5 期。

后　记

　　薄薄的这么一本小册子，采选斟酌，敷演成篇，每每如履薄冰，断断续续准备了十年，付梓之际，愧怍、惶恐兼而有之。

　　对于"聊斋"的兴趣，与我一向服膺的吴小如、孙犁两位先生有关，纯属检书闲览的偶然。"聊斋"的精髓全在蒲氏手眼。识见之广博，表达之顿挫，造化于笔端，堪称"黄金之煅"。蒲氏几乎是在用生命写作，《志异》是其毕生心血的结晶。字里多故事，话外有旁音，这样的作品无疑是耐读的，也一定不容易读。犹记得给《偷桃》"郡试"作注，上下穷搜终得确解，区区几行文字费时近半月。至于尽弃前稿而推倒重来，往往有之。述作之难，感受尤切。

　　小书出版，离不开杨桦老师长久以来的耳提面命，詹绪佐教授的专业指导，叶兄帮义的鼓励与鞭策，工作室各位小伙伴的辛勤工作。感谢内人的默默付出与犬子的全力支持，以及各位挚友无私的帮助。

　　南京市书协副主席邱世鸿先生赐题书名，安徽师范大学出版社胡志恒主任帮助甚多，至感。

　　并以此书献给日亮老师。

　　　　　　　　　　　　　　　　　　　　二〇二四年十月